Knaur.

Knaur.

Gerne schicken wir Ihnen unser erotisches
Gesamtverzeichnis mit vielen Lesetipps
für schöne Schmökerstunden –
schreiben Sie einfach eine E-Mail mit dem
Stichwort »Zuckerstangen« an:
leidenschaft@droemer-knaur.de

Über die Autorin:
Lilly Meerbusch, Jahrgang 1974, ist Schriftstellerin aus Leidenschaft und lebt in der abgeschiedenen Stille Norddeutschlands, um dort ihrer blühenden Phantasie freien Lauf zu lassen. Lilly Meerbusch freut sich immer über nette Reaktionen auf ihren ersten Roman *Zuckerstangen,* dem bald ein weiterer folgen wird, *Seidenstrümpfe*. Schreiben Sie ihr: lilly.meerbusch@web.de
Mehr Informationen im Internet: www.lilly-meerbusch.de

Im Knaur Taschenbuch Verlag erschien bereits Lilly Meerbuschs Kurzgeschichte *Roter Lack* im erotischen Lesebuch *Meine feuerroten Stilettos* (herausgegeben von Lola Lindberg).

Lilly Meerbusch

Zuckerstangen

Ein erotischer Roman

Knaur Taschenbuch Verlag

Besuchen Sie uns im Internet:
www.knaur.de

Gerne schicken wir Ihnen unser erotisches Gesamtverzeichnis mit vielen Lesetipps für schöne Schmökerstunden – schreiben Sie einfach eine E-Mail mit dem Stichwort »Zuckerstangen« an:
leidenschaft@droemer-knaur.de

Originalausgabe März 2009

Redaktion: Angela Troni
Umschlaggestaltung: ZERO Werbeagentur, München
Umschlagabbildung: Bildstelle
Satz: Daniela Nikel, Germering
Druck und Bindung: CPI – Clausen & Bosse, Leck
Printed in Germany
ISBN 978-3-426-50184-9

2 4 5 3 1

1. Kapitel

Das Wasser perlte angenehm warm über ihren Körper und wusch die Spuren des Duschgels von ihrer Haut. Bettina schloss die Augen und versuchte, in Gedanken den Rinnsalen, die durch ihr langes schwarzes Haar und über ihre Schultern flossen, zu folgen.

Zwei feuchte Stränge glitten über ihre Brüste, deren Spitzen unter der sanften Berührung des Wassers hart wurden. Ein weiterer Strang floss an ihrer Wirbelsäule hinab, geradewegs in die Ritze zwischen ihren beiden Pobacken, wo er sich aufteilte und sich dann an ihren Beinen entlang einen Weg nach unten suchte. Das, was nicht von ihren Nippeln tropfte, floss über ihren Bauch zu ihrer Scham und sammelte sich in dem dichten, perfekt getrimmten Busch.

Der Gedanke, dass das Wasser Sperma sein könnte, das aus einem harten Schwanz auf sie herabperlte, ließ ihren Kitzler anschwellen.

Martin war kein Freund von Experimenten, weshalb er stets davon abgesehen hatte, sie mit seinen Säften zu bespritzen. Dabei hatte Bettina sich genau das häufig ausgemalt – ein Wunsch, den er nicht bemerkt hatte und den sie nicht ausgesprochen hatte, weil sie ihren Ehemann nicht erschrecken wollte. Wenn er genau hingesehen hätte, hätte er es ihr von den Augen ablesen können. Aber so sensibel war er nicht. Außerdem musste bei Martin alles seine Ordnung haben, und sein kostbares Sperma gehörte für ihn nun mal nicht auf ihre Brüste oder auf irgendwelche anderen Körperstellen außerhalb ihrer Vagina.

Gedanken sind nun mal frei, und so kam ihr als Nächstes eine Zunge, die all diese Tropfen aufsammeln würde, in den Sinn. Diese würde ihr über die Brüste lecken, die sanfte Kurve ihres Bauches nachziehen und schließlich das getrimmte Dreieck erreichen. Und dann weiterstreifen. Tiefer. Die Zunge würde sich einen Weg durch ihre Schamlippen bahnen und dann, endlich, in sie eindringen. Hart und fordernd.

Bettina hörte sich leise stöhnen, und während das Wasser weiter auf sie hinabrieselte, glitt ihre Hand wie von selbst zwischen ihre Schenkel.

Das Fleisch dort war fest und feucht und empfing ihren Finger bereitwillig. Bettina musste an die ersten Nächte ihrer Ehe denken, jene Nächte, in denen Martins Schwanz die Stelle ihres Fingers eingenommen und unnachgiebig in sie hineingestoßen hatte. Sein Schwanz war für sie beinahe ein wenig zu groß gewesen, doch mit ein wenig Übung hatte sie bald schon gelernt, ihn zu beherrschen. Jetzt stellte sie allerdings fest, dass ihre Pforte beinahe wieder genauso eng war wie damals.

Sicher, sie schliefen noch immer miteinander, aber es war inzwischen nicht mehr als eine monatliche Pflichtübung. Bettina hatte ihr irgendwann spöttisch den Namen 4-R-Sex gegeben: rauf, rein, raus, runter. Aber nicht immer konnte sie darüber lachen. Die Tatsache, dass ihr Mann sie vernachlässigte, wirkte sich zunehmend auf ihre Seele aus. Außerdem hatte sie das Gefühl, alt und unattraktiv zu sein. Sicher, sie hatte einen Mann und brauchte demnach nicht mehr auf die Jagd zu gehen. Doch irgendwie fehlte Bettina das Gefühl des Jagens. Und in letzter Zeit sehnte sie sich immer häufiger nach frischem Fleisch, in das sie die Zähne schlagen konnte. Oder nach jemandem, der seine Zähne in sie schlug, je nachdem.

In diesem Augenblick, als ihr Mittelfinger in ihrer Möse

steckte und ihr Daumen den Kitzler reizte, dachte sie genau daran; an frisches Fleisch. An einen gesichtslosen Mann, einen dicken Schwanz, an wilde Küsse und Sex unter einem Wasserfall, an wildes, ungehemmtes Stoßen und an laute Lustschreie. Sie biss sich auf die Lippen, um nicht wirklich aufzuschreien. Die Nachbarn könnten sonst denken, dass sich ein Einbrecher eingeschlichen hätte, der sie bedrohte. Auf die Idee, dass Martin ihr das Hirn aus dem Schädel ficken könnte, würden sie ganz sicher nicht kommen.

Als sich ihre Pussy heftig zuckend um ihren Finger zusammenzog, konnte sie ein Aufstöhnen nicht länger unterdrücken. Für einen Moment spürte sie nichts weiter als den Orgasmus, der explosionsartig durch ihren gesamten Körper zog und alle anderen Sinnesregungen in den Hintergrund treten ließ. Sie konnte nicht anders, als sich gegen die Wand der Duschkabine zu lehnen, denn ihre Beine zitterten, und ihr Verstand war wie in Nebel gehüllt. Dichten Nebel, der negative Gedanken einfach verschwinden ließ.

Ein Klopfen an der Badezimmertür riss sie unsanft aus ihren Träumen fort.

»Bettina, bist du fertig?«, fragte Martin ungeduldig.

Seine Stimme, die früher einmal die Fähigkeit gehabt hatte, erregend sanft und einschmeichelnd zu klingen, hatte sich in ein hartes Stakkato verwandelt. Das hätte einem Armeeoffizier sicher gut zu Gesicht gestanden, bei einem Ehemann dagegen wirkte es einfach nur abtörnend.

Bettina atmete tief durch. Das Duschwasser fühlte sich zwar wie ein warmer Regen an, aber Martins Stimme hatte ihm jegliche Sinnlichkeit genommen. Seufzend drehte sie den Wasserhahn zu und trat aus der Kabine.

»Ja, du kannst reinkommen«, antwortete sie und griff nach dem Handtuch.

Rasch schlang sie es um ihren Körper. Früher hatte sie kein Problem, ihrem Mann nackt in der Dusche zu begegnen, doch davon war sie ebenso abgekommen wie von allem anderen. Früher hätte sie Martin auch dazu überreden können, vor Arbeitsbeginn eine heiße Nummer unter der Dusche zu schieben. Inzwischen war es dagegen schon so weit, dass er anklopfte und fragte, ob er ins Bad kommen könne. Und sie verhüllte ihren Körper vor ihm. Als seien sie Fremde! Oder als würde er sich vor ihrem Körper ekeln und sie diesen Ekel stillschweigend dulden.

Bettina betrachtete sich im Spiegel, während sie das Badetuch festzog und hörte, wie Martin hereinkam. Sie war siebenunddreißig, kein Alter, in dem man eine Frau als alt bezeichnen konnte. Sie trug Kleidergröße vierzig, was nicht schlank war, aber auch nicht gerade fett. Mit allem, was sie hatte und was sie war, schaffte sie es jedoch nicht mehr, die Leidenschaft in Martin zu wecken. Noch schlimmer war allerdings, dass sie das wusste.

»Guten Morgen, Schatz«, sagte Martin, als er auf die Duschkabine zustrebte. Einen flüchtigen Kuss auf die Wange, mehr bekam sie nicht.

Er roch nach Schweiß, aber auf eine Weise, die sie erregte. So hatte er früher immer gerochen, wenn sie miteinander geschlafen hatten. Damals war er danach nicht gleich ins Bad gerannt und hatte sich geduscht. Er war dageblieben, und sie hatten weitergemacht, bis sie völlig verschwitzt und erschöpft eingeschlafen waren.

Jetzt schwitzte Martin nur noch bei seinen täglichen Workouts. Bettina konnte nicht gerade behaupten, dass ihr sein Waschbrettbrauch und die gestählten Arme gefielen. Als sie ihn kennengelernt hatte, hatte sie sich gerade deswegen in ihn verliebt, weil er nicht so muskulös war. Er hatte eine gute Figur gehabt, sicher, aber sein Körper war weich gewesen, so dass man sich an ihn schmiegen und träumen konnte. Jetzt wirkte er hart wie eine Marmorstatue, und als hätte sie Angst, sich daran zu verletzen, vermied ihr Körper, den seinen zu berühren.

Oder hatte sie einfach nur Angst davor, dass er ihr wieder in den Hüftspeck kneifen und meinen würde, dass ein wenig Sport auch ihr nicht schaden könne?

Bettina wusste nur zu gut, dass Martin lieber eine zarte Elfe neben sich gehabt hätte. Bei offiziellen Anlässen, zu denen er als erfolgreicher Zahnarzt häufig eingeladen war, wirkte er immer ein wenig peinlich berührt, wenn er sie als seine Frau vorstellte. Seine Frau, deren Busen beinahe über den BH quoll und die unmöglich ein hautenges und tief ausgeschnittenes Kleid tragen konnte, weil sie hier und da ein bisschen zu viel zu bieten hatte. Jedenfalls in seinen Augen.

Nicht, dass sie es nicht versucht hätte! Zumindest in der ersten Zeit, als sie Martin noch um jeden Preis gefallen wollte. Doch die Diäten hatten sich stets als Falle herausgestellt. Der Preis für ein mühsam verlorenes Kilo war meist eine Woche schlechte Laune gewesen, und so war Bettina schnell wieder davon abgekommen.

Die Dusche begann zu rauschen.

Bettina schlug ihr langes schwarzes Haar in ein Handtuch ein und verließ das Bad. Eigentlich konnte sie froh sein: Martin hatte ihr heute immerhin keine Runde in seiner Folterkammer ans Herz gelegt, in der er sich täglich schindete.

Vor etwa zwei Jahren hatte es begonnen. Er war gerade fünfundvierzig geworden und von heute auf morgen auf die Idee gekommen, sich ein privates Fitnesscenter einzurichten.

Räumlichkeiten waren in ihrer Villa schließlich mehr als genug vorhanden. Er hatte sich einen Raum in der ersten

Etage ausgesucht, ein Zimmer mit vielen Fenstern, das erste, in dem man früh morgens schon Licht hatte und das vom Tageslicht als letztes verlassen wurde.

Bettina hatte davon geträumt, aus diesem Raum mal ein Kinderzimmer zu machen, damals, als sie noch glaubte, alles würde für immer so bleiben. Sie liebte Kinder, und vielleicht wäre ihr das Leben, wie es momentan war, leichter gefallen, wenn ein paar Sprösslinge durch das Haus getobt wären. Doch Martin hatte sich dagegen ausgesprochen. Er hatte es auf die Arbeit geschoben und gemeint, dass sie später Kinder bekommen sollten, wenn er beruflich etwas kürzer treten konnte.

Kürzer trat er immer noch nicht, ganz im Gegenteil. Seine Überstunden wurden immer zahlreicher, und es war schon ziemlich lange her, dass sie über Kinder gesprochen hatten. Bettina war sich sicher, dass er glaubte, sie hätte sich mit ihrer Situation abgefunden.

Jetzt plagte sich Martin jeden Morgen vor der Arbeit in seinem Fitnesscenter ab, wie er es nannte. Bei Bettina hießen die Geräte nur Folterinstrumente, wenngleich sie dieses Wort ihm gegenüber nicht verwendete. Sie hatte Martin zuliebe sogar versucht, sich mit ihnen anzufreunden, doch ebenso wie von der Diät war sie auch davon bald wieder abgekommen. Sie war eben ein Genussmensch, liebte das Kochen und Backen, und es gab für sie kaum etwas Schöneres, als sich stundenlang mit einem Buch aufs Sofa zurückzuziehen und Pralinen zu naschen. Den einzigen Sport, den sie liebte, war der Sex, doch in der Disziplin war Martin trotz aller Sportlichkeit nicht mal mehr ein williger Sparringspartner.

Im Schlafzimmer angekommen, in dem es zwar nach verbrauchter Luft, aber nicht nach Sex roch, öffnete sie ein Fenster zum Lüften, zog sich dann an und drehte ihre Haare zu einem Knoten auf. Nie benutzte sie einen Fön, denn sie wollte nicht, dass sie stumpf wurden oder brachen. Ihre Haare waren nämlich das Einzige an ihr, auf das die anderen Zahnarztgattinnen neidische Blicke warfen. Und das wollte sie sich nicht ruinieren.

Nachdem sie in ihren Hausanzug geschlüpft war, ging sie in die Küche. Im Badezimmer rauschte es noch immer, Thomas hatte offenbar sehr viel Schweiß abzuwaschen. Oder befriedigte er sich ebenso wie sie unter der Dusche selbst?

Wenn ja, hätte er es einfacher haben können, ging es Bettina durch den Sinn. *Er hätte mich vorhin in der Dusche nur zu ficken brauchen.*

Auch wenn sie für Martin mittlerweile fast nur noch Eiweißomelettes zubereitete, fühlte sich Bettina in der Küche irgendwie geborgen.

Als sie ihren Mann kennengelernt hatte, hatte sie in einer Konditorei gearbeitet und den Traum gehegt, eines Tages einen eigenen Laden zu haben. Dieser Traum war dann von etwas anderem ersetzt worden. Martin war eines Tages in den Laden gestürmt, um Spritzgebäck zu kaufen, und irgendwie hatte es Bettina gereizt, einen anzüglichen Witz darüber zu machen. Sie war rot geworden, und er hatte gelacht, und nur ein paar Tage später hatten sie ihr erstes Date. Sie hatte Spritzgebäck und Schillerlocken mitgebracht, und sie hatten auf einer Wiese irgendwo in der Nähe von Potsdam gesessen und die prickelnden Gefühle füreinander genossen.

Später dann, als sie ihren Job aufgegeben hatte, um voll und ganz für Martin da zu sein, hatte sie täglich für ihn gekocht. Mit keinem Wort hatte er sich darüber beschwert, dass ihr Essen dick machen könnte. Er hatte ihre Kurven geliebt, die damals auch nicht schmaler waren als heute.

Genauso hatte er es geliebt, wenn sie seinen Schwanz mit einer Schillerlocke verglichen und seine Sahne und damit auch seinen Verstand herausgelutscht hatte. Diese Bilder erschienen ihr jetzt, als stammten sie aus irgendeinem Liebesfilm. Einem sehr alten Liebesfilm, der in irgendeinem Archiv vor sich hin schimmelte.

Nicht nur ihre Liebe, auch ihre Kochkünste litten unter Martins Körperkult. Sie waren nämlich nur noch gefragt, wenn sein Unternehmerclub wieder einmal eine seiner Wohltätigkeitsveranstaltungen plante. Dann hagelte es von überall her Lob und Bewunderung. Allerdings bekam sie meist keinen einzigen Bissen von den Köstlichkeiten ab, weil Martin sie ständig darauf aufmerksam machte, dass ihr Kleid nicht richtig saß oder schon wieder eine Speckrolle beim Sitzen sichtbar war. Und das, was er sich von ihren Köstlichkeiten auf den Teller häufte, war zum Lachen. Nein, eher zum Weinen, denn im Grunde durfte sich ein Mann glücklich schätzen, wenn er eine Frau hatte, die gut kochen konnte.

Seufzend griff Bettina nach der Eierpackung.

»Wie möchtest du dein Omelette heute?«, hätte sie am liebsten gerufen. Mit viel Eiweiß oder mit mehr Mehl?

Abgesehen davon, dass er sie durch das Rauschen der Dusche wahrscheinlich nicht gehört hätte, wäre seine Reaktion dieselbe gewesen wie immer, wenn sie ihn etwas fragte: »Das weißt du doch!«

Also fragte sie gar nicht erst und machte sich an die Arbeit. Sie trennte das Eigelb vom Eiweiß, und unwillkürlich kam ihr wieder Sperma in den Sinn, als sie Mehl in das Eiweiß gab, denn die Masse sah genauso aus. Nur brachte sie nicht mal halb so viel Spaß wie das Original. Deshalb rührte Bettina das hier auch nie an. Sie goss die Masse in die Pfanne, die sie nur ganz leicht mit Margarine gefettet hatte, und wartete, bis das Ei stockte. Phantasien von Sahne und Früchten auf goldgelben Pancakes kamen ihr in den Sinn und ließen ihr das Wasser im Mund zusammenlaufen.

Vor Martins Augen würde sie natürlich nur einen Toast mit Diätmargarine essen, aber wenn er weg war, würde sie das Eigelb, das sie vorgab wegzuwerfen, hervorholen und sich daraus Eier im Körbchen machen. Und zwar mit viel Butter! Oder vielleicht doch Pancakes? Sahne hatte sie leider nicht da, aber es wäre ein Leichtes, welche zu besorgen. Und dazu frische Erdbeeren!

Ebenso wenig, wie sich Martin mittlerweile für ihre Verführungskünste interessierte, wusste er, was sie an Vorräten in der Küche hatte. Natürlich konnte sie keine großen Kochorgien starten, denn wenn er nach Hause kam, würde er es riechen und ihr stundenlang Vorhaltungen machen, dass sie nie schlank werden könnte, wenn sie immer wieder heimlich aß.

Ein kleiner Snack zwischendurch dagegen war unauffällig, besonders, wenn sie wie jetzt im Frühsommer den ganzen Tag über das Fenster offen halten konnte.

Endlich kam Martin aus dem Bad. Die Tür schlug zu, er huschte mit schnellen Schritten durch den Gang. Ein Blick auf die Küchenuhr zeigte Bettina, dass es Viertel vor acht war. Um acht Uhr begann seine Sprechstunde, und sicher würde er nur hastig ein paar Bissen nehmen und den Kaffee hinunterstürzen.

Sie legte ihm das unförmige, blasse Etwas auf den Teller und goss ihm einen Kaffee ein. Martin trank ihn immer schwarz, nicht mal Süßstoff oder fettfreier Kaffeeweißer durften hinein.

Nur wenige Augenblicke später stürmte er durch die Tür. Diesmal trug er bereits seine weißen Praxisklamotten. Unter dem T-Shirt zeichneten sich seine Muskeln ab, und die Hose spannte sich aufregend eng über seine Männlichkeit. Bettina konnte nicht behaupten, dass dieser Anblick sie kaltließ. Für einen Quickie auf dem Küchentisch, mit dem Hintern auf diesem scheußlichen Omelette, wäre sie durchaus zu haben gewesen.

Ein Lächeln überzog ihr Gesicht, während sie sich vorstellte, wie er nach dem Frühstück fragte und sie sich daraufhin auf den Tisch setzte, die Beine spreizte, mit Sahne ihre feuchte Pussy verzierte und antwortete: »Das hier ist dein Frühstück, Liebling.«

Wahrscheinlich würde er sie dann nur dumm anschauen und fragen, was der Unfug solle.

Das Lächeln verschwand wieder von ihrem Gesicht, ohne dass Martin bemerkt hätte, dass es jemals da gewesen war.

Er legte sein Handy und das Schlüsselbund auf den Tisch, und wie Bettina es vorhergesehen hatte, schlang er sein Frühstück in Windeseile hinunter. Zwischendurch nippte er an seinem Kaffee. Dieser war heiß, weshalb Martin sich dazu genötigt sah, doch noch ein wenig mit ihr zu reden.

»Heute Abend wird es wieder spät«, begann er, wie so oft in der letzten Zeit. »Gestern hat sich noch eine OP angesagt, ein Patient lässt sich sage und schreibe acht Implantate setzen. Damit dürfte unser Sommerurlaub gerettet sein.«

Nicht, dass der Urlaub jemals in Gefahr gewesen wäre, dachte Bettina ein wenig spöttisch. *Du würdest ohnehin keinen machen. Und selbst wenn, würde es dein Vermögen auch ohne diesen wichtigen Patienten zulassen, eine große Reise zu unternehmen.*

Wenigstens versuchte er heute, ein wenig mit ihr zu plaudern. Oder besser gesagt, er versuchte, ihr die bittere

Pille, dass sie heute Abend wieder mal allein sein würde, schmackhafter zu machen.

Eigentlich wäre jetzt Bettina an der Reihe gewesen, ihm zu berichten, was sie heute vorhatte. Doch was sollte sie schon vorhaben, außer putzen, einkaufen gehen und die Kleider, die sie bei der letzten Party getragen hatten, aus der Reinigung zu holen? Sie würde vielleicht ein Buch lesen, sich was zu essen machen und dann durch die Programme zappen. Nichts, was mit den Ereignissen in Martins Zahnarztpraxis zu vergleichen wäre.

Im Grunde genommen wollte er von ihr gar keine Antwort hören. Die Zeiger rückten auf fünf vor acht. Als er es bemerkte, verschluckte er sich fast an seinem Kaffee. Hustend sprang er auf, griff nach seinen Schlüsseln, und nachdem er ihr ein »Mach's gut!« zugerufen hatte, war er auch schon aus der Tür.

Bettina stellte die Kaffeekanne ab und blickte auf den traurigen Rest des Frühstücks, das eigentlich kein richtiges Frühstück war. Da bemerkte sie, dass Martin sein Handy neben dem Teller liegengelassen hatte.

Das war ihm noch nie passiert! Vor allem in letzter Zeit war es sein ständiger Begleiter gewesen, und nie ließ er es irgendwo liegen!

Bettina fand daran nichts sonderbar, immerhin war er Zahnarzt, und es gab tatsächlich Patienten, die ihren Mann zu den unmöglichsten Zeiten auf dem Handy anriefen und ihm ihr Leid klagten. Umso mehr würde er es jetzt vielleicht vermissen.

Sie griff nach dem Handy und beschloss, es Martin zu bringen, doch da hatte er den Motor bereits angelassen, und wenig später preschte er davon. Es hatte keinen Zweck, einem zweihundert PS starken Boliden nachzulaufen.

Bettina kehrte in die Küche zurück. Sie spielte mit dem Gedanken, in der Praxis anzurufen und den Helferinnen zu sagen, dass sie Martin an sein Handy erinnern sollten. Aber wahrscheinlich würde es ihm selbst auffallen, wenn er aus dem Wagen stieg und es aus der Tasche ziehen wollte.

Plötzlich vibrierte das Telefon in ihrer Hand. Bettina schrie erschrocken auf und hätte es um ein Haar fallen gelassen, doch im letzen Moment erwischte sie es noch. Seit wann hatte Martin das Gerät denn auf lautlos gestellt?

Als sie auf das Display blickte, sah sie, dass er eine Nachricht erhalten hatte. Beim Nachgreifen war sie wohl versehentlich auf die Öffnen-Taste gekommen und hatte nun den Text vor sich.

> Hi Süßer, das ist ja mal ein scharfes Schwanzfoto! Du musst ziemlich heiß an mich gedacht haben bei dieser Ladung. Heute Abend werde ich dir die Soße vom Stengel lecken. Kuss, Suse.

Bettina schnappte nach Luft. Sie starrte auf das Handy, als hätte es sich unter ihren Händen in eine riesige Spinne verwandelt. Eine ganze Weile konnte sie sich nicht rühren, ja, sie vergaß sogar auszuatmen.

Das Licht des Displays erlosch, aber die Nachricht brannte weiterhin vor ihren Augen. Ihre Gedanken wirbelten durcheinander, ohne dass Bettina sie greifen konnte.

Sie schlurfte zum Küchentisch und ließ sich auf den Platz fallen, auf dem Martin zuvor gesessen hatte. Dass sie dabei mit dem Ellenbogen mitten im Rest seines Eiweißomelettes landete, bekam sie gar nicht mit. Sie drückte auf eine Taste, und das Displaylicht flammte wieder auf. Wieder und wieder las Bettina die Zeilen, die so wenig und gleichzeitig so viel sagten.

Offenbar hatte Martin unter der Dusche so lange gebraucht, weil er gewichst und das Ergebnis auch noch fotografiert hatte. Und das Bild hatte er dann einer anderen geschickt!

Während sie spürte, wie sich ihr Innerstes zusammenzog, verließ sie diese SMS und rief den Ordner mit den Nachrichten auf. Fünfundfünfzig Eingänge, Fünfzig Ausgänge.

Sie wusste, dass sich das nicht gehörte und dass sie sein Vertrauen brach, doch in diesem Augenblick konnte sie nicht anders. Martin hatte ihr Vertrauen zuerst missbraucht, da stand es ihr ohne Frage zu, die Wahrheit zu erfahren. Die ganze Wahrheit.

Ihr Herz begann zu rasen, so schlimm, dass sie die Adern an ihren Schläfen und am Hals spüren konnte. Nach keinem noch so anstrengenden Dauerlauf hätte sie so einen Puls haben können!

Fieberhaft klickte sie die Nachrichten durch, und bei jeder, die sie gelesen hatte, fühlte sie sich, als würde ihr jemand ein Messer zwischen die Schulterblätter rammen.

Natürlich fand sie auch das »Schwanzfoto«, das er Suse geschickt hatte, und sie musste zugeben, dass die Ladung, die er abgeschossen hatte, beträchtlich war. Außerdem stieß sie auf einige andere Nachrichten, bei denen sich ihr Magen kräftig zusammenkrampfte. Neben Dankes-SMS für scharfe Nächte fand Bettina Fotos von Suse: Brüste, Blicke unter den Rock, Lippen, sie sich um einen kräftigen, von blauen Adern überzogenen Schwanz schlossen. Niemals ein ganzes Gesicht. Dazu immer wieder Liebesschwüre und Schwärmereien und zwischendurch auch Ansagen der härteren Sorte.

Ein paar Mal sogar die Ankündigung, dass ihm Suse etwas für zwischendurch auf die Mailbox stöhnen werde.

Den Live-Mitschnitt wollte sich Bettina allerdings nicht antun. Kraftlos ließ sie den Arm sinken, und das Handy erschien ihr mit einem Mal so schwer wie eine von Martins Hanteln. Ihr Herz raste noch immer, allerdings nicht mehr, weil sie ein schlechtes Gewissen hatte. Sie war nur noch enttäuscht und sauer. Vor allem ärgerte es sie, dass sie es nicht schon früher bemerkt hatte.

Im Nachhinein fielen ihr all die kleinen Vorzeichen auf. Martins Unlust im Bett, die vielen Überstunden, die Mäkeleien über ihre Figur, sein Körperkult und die lange Zeit, die er im Bad verbrachte. Sie wollte gar nicht daran denken, was er sonst noch alles tat. Mit dieser Suse! Wer war sie? Eine seiner Zahnarzthelferinnen? Nein, Martin würde sich nie mit einer von denen einlassen. Die waren ihm sicher zu gewöhnlich – oder zu fett. Die wenigen Bildausschnitte ließen auf eine Frau schließen, die Männer gemeinhin als »scharfes Geschütz« bezeichneten. Bettina fiel nur das Wort »Nutte« dazu ein, doch das änderte auch nichts.

Was sollte sie nun tun? Ihm eine Szene machen? Ihre Mutter anrufen? Oder so tun, als wäre nichts geschehen?

Sie war keine Frau, die zu ihrer Mutter rannte, sobald ihr Mann etwas anstellte. Wahrscheinlich wäre ihre Mutter sogar der Ansicht, dass sie selbst schuld war, wenn Martin sie betrog. Ihre Ansichten stammten direkt aus der Mottenkiste und besagten, dass eine Frau den Mann immer wieder aufs Neue reizen müsse, damit er ihr treu blieb. Was Martin anging, war sie da in den letzten Monaten mehr und mehr auf eine Mauer getroffen. Kein Wunder, denn er hatte ja Suse!

Das Motorengeräusch von Martins Wagen riss sie aus

ihren Gedanken. Er hatte das Fehlen seines Handys offenbar ziemlich schnell bemerkt. Vielleicht, weil er nachsehen wollte, wie Suse die Schwanzfotos gefallen hatten? Oder wollte er ihr etwa weitere Bilder von unterwegs schicken?

Bettina hatte das Handy gerade zurückgelegt, als ihr einfiel, dass Martin es sehen konnte, dass sie seine Nachricht wenn auch unabsichtlich geöffnet hatte. Ungeschehen machen konnte sie den Vorgang nicht mehr, also entschloss sie sich, die Nachricht einfach zu löschen. Auch wenn sie kein eigenes Handy hatte, fand sie schnell heraus, wie es ging – vielmehr bot ihr das Telefon diese Option beim Schließen der Nachricht automatisch an.

Drei Tastenklicks, und es war geschehen. Suse würde zwar sicher nachfragen, warum Martin ihr nicht geantwortet hatte, aber bestimmt gab es manchmal irgendwelche Netzschwierigkeiten. Ihr Mann hatte jedenfalls ab und an darüber geklagt, dass Nachrichten nicht verschickt wurden. Außerdem hatte sie bisher noch nie in seinen Sachen herumgeschnüffelt, daher würde er es ihr gewiss nicht zutrauen.

Rasch legte sie das Handy wieder so hin, wie sie es neben dem Teller entdeckt hatte. Martin hatte den Wagen bereits abgestellt, und seine Schritte polterten den Weg zur Haustür entlang.

Bettina rieb sich die kalten Hände und überlegte, was sie tun sollte. Sie könnte ihn gleich hier und jetzt überrumpeln, ihm seine Liebschaft vorhalten und mit Scheidung drohen. Doch das wäre zu unüberlegt. Was er ihr gerade antat, war nicht einfach mit Scheidung oder einem Wutanfall wiedergutzumachen. Über Ersteres würde er sich am Ende sogar noch freuen!

Sie musste sich etwas Besseres überlegen, um es ihm

richtig heimzuzahlen. Etwas, das ihn bis ins Mark treffen und ihm die gleichen Schmerzen verursachen würde wie ihr.

Als sie Martin hereinkommen hörte, wandte sie sich dem Küchenschrank zu. Ihr Gesicht glühte, und sie wollte nicht, dass er sie so sah. Also tat sie, als würde sie zwischen den Tassen etwas suchen.

»Hallo Schatz, hast du mein Handy gesehen?«, rief Martin auch schon durch die Tür.

»Es liegt auf dem Küchentisch«, gab Bettina zurück, während sie weiter mit den Tassen klapperte, damit ihm nicht auffiel, wie verletzt sie klang und dass sie kurz vorm Heulen war.

»Ah, stimmt, vielen Dank!«, rief er und ließ das Telefon in seine Tasche wandern. »Dann bis heute Abend!«

Damit verschwand er wieder. Natürlich hatte er nichts bemerkt. Als Bettina die Haustür gehen hörte, ließ sie vom Schrank ab und stellte sich ans Küchenfenster. Sie konnte gerade noch sehen, wie Martin zu seinem Wagen eilte. Natürlich warf er dabei einen Blick aufs Handy. Bestimmt würde er gleich nachfragen, ob Suse die Nachricht erhalten hatte.

Schließlich ertönte das Röhren des Motors, und Bettina kehrte zum Küchentisch zurück. Ihr Blick blieb an der Stelle hängen, an der das Telefon gelegen hatte. Etliche Fragen nach dem Warum fuhren in ihrem Verstand Achterbahn. Dann endlich brachen die Tränen aus ihr hervor.

Wie lange sie weinte, wusste sie nicht. Es dauerte so lange, bis keine Tränen mehr kommen wollten und nur noch ein Schluchzen blieb. Gut, ihre Ehe war schon seit einiger Zeit nicht mehr prickelnd gewesen, aber noch nie zuvor hatte sie sich so allein gefühlt wie jetzt. Noch nie hatte sie sich so hilflos gefühlt. So wertlos. Das waren alles Gefühle, die sie hasste.

Doch sie war keine Frau, die den Kopf in den Sand steckte. Ja, sie hatte sich einiges von Martin gefallen lassen, nur dachte sie zu der Zeit, dass er sie immer noch liebte. Soeben hatte sie den Gegenbeweis erhalten, also konnte sie sich nun daranmachen, es ihm heimzuzahlen. Wie sie das tun sollte, wusste sie noch nicht, aber ihr würde schon noch etwas einfallen.

Erst einmal musste sie hier raus! Sie hatte keine Ahnung, wie sie je wieder ins Bad gehen und dort masturbieren sollte, wenn sie gleichzeitig daran denken musste, dass Martin dort für seine Suse Wichsfotos geschossen hatte. Sie hatte keine Ahnung, wie sie so tun sollte, als wäre nichts gewesen. Irgendwie würde es schon gehen, und irgendwie würde sie weitermachen können.

Vielleicht würde die Morgenluft ihren Verstand ja ein wenig freipusten und ihr eine Eingebung bescheren.

Sie wischte also ihre Tränen ab und spritzte sich kaltes Wasser ins Gesicht. Ihre Augen blieben zwar geschwollen, aber das würde sich bald legen. Ab und zu wurde sie noch von einem verirrten Schluchzen durchgeschüttelt, doch das verschwand schließlich ebenso, wie sich die Brandung wieder ins Meer zurückzog, nachdem sie das Ufer berührt hatte.

Nachdem sie sich umgezogen hatte und sich einigermaßen ausgehfertig fühlte, schnappte sie sich ihre Tasche samt der Belege für die Reinigung und verließ das Haus.

2. Kapitel

Andreas erwachte, als sein Schwanz hart gegen die Bettdecke drückte. Dass es keine gewöhnliche Morgenlatte war, spürte er sofort. Er hatte einen unheimlich scharfen Traum gehabt, von einer Frau, der er mitten im Park begegnet war und die einfach schamlos ihren Rock gelüftet hatte. Ein prachtvoller, großer Hintern war darunter zum Vorschein gekommen, und als sie sich gebückt hatte, konnte er einen Blick auf ihre rasierte Möse werfen. Sie wirkte wie ein feuchter Schlund, der darauf aus war, ihn zu verschlingen. Er hatte nach den prallen Backen gegriffen und wollte seinen Schwanz gerade in sie hineinstoßen – da hatte der Wecker geklingelt.

Das hatte er nun davon. Einen Mordsständer und niemanden, den er damit beglücken konnte. Der Platz neben ihm war leer, das hatte er gleich gespürt. Nicole war wieder auf einer ihrer Joggingrunden. Er hatte keine Ahnung, woher diese Frau ihren Elan nahm. Früher war sie mit dem gleichem Eifer im Bett aktiv gewesen, aber das hatte sich seit einiger Zeit gegeben. Manchmal verfluchte Andreas sämtliche Frauenzeitschriften, die den Frauen einredeten, dass sie ihren Körper stählen sollten, als gelte es, bei der Miss-Mager-Wahl mitzumachen. Nicole war keinesfalls zu dick, aber sie glaubte, dass sie es werden könnte, wenn sie auch nur einmal auf ihren Sport verzichtete.

Mittlerweile hatte er sich damit arrangiert, wenngleich er Nicole trotzdem immer wieder sagte, dass sie ihm so gefiel, wie sie war. Das war keinesfalls einfach so dahergesagt.

Sie war gut gewachsen, schlank und hatte feste, kleine Brüste, die aufregend hüpften, wenn sie ihn beim Sex ritt. Ihre Schenkel waren fest, und ihr Hintern hatte zwar nicht die Ausmaße seiner Traumbekanntschaft, doch die wohlgeformten Backen konnten ihn schon zum Wahnsinn treiben, wenn er es ihr von hinten besorgte. Mittlerweile machte es ihn sogar an, wenn Nicole vollkommen verschwitzt zurückkehrte, nur leider hatte sie nach dem Sport meist nicht mehr die geringste Lust auf Sex. Was sollte er jetzt machen? Sich einen runterholen? Oder sich die Bettdecke zwischen die Schenkel klemmen?

Bevor er sich für eine Alternative entscheiden konnte, ging die Haustür. Offenbar hatte Nicole heute nur eine kleine Runde gedreht. Meist war sie nicht unter einer Dreiviertelstunde unterwegs. Das Wetter konnte ihr keinen Strich durch die Rechnung gemacht haben, denn draußen schien die Sonne. Vielleicht hatte sie ja ihre Lust auf etwas anderes wiederentdeckt.

Dieser Gedanke machte ihn mutig. Wenn sie erst sah, was er an diesem Morgen zu bieten hatte, würde sie sich vielleicht zu einer Nummer überreden lassen. Andreas wusste auch schon, was er sagen konnte, wenn sie ihre mangelnde Lust wieder einmal auf den Sport schob.

Einen Moment noch lauschte er ihren Schritten, dann kletterte er aus dem Bett. Rasch schlüpfte er aus seiner Pyjamahose und trat aus dem Schlafzimmer. Seine Erektion war ein wenig abgeflacht, aber ihm war immer noch anzusehen, dass dies nicht der Normalzustand war.

Als Nicole ihn bemerkte, blieb sie stehen. Ihr Shirt klebte an ihren Brüsten, die Nippel waren hart. Überall hatten sich Schweißflecken auf ihren Kleidern gebildet, doch der Geruch, der Andreas entgegenströmte, war keineswegs unangenehm. Es roch so urwüchsig nach ihr, dass sich sein Penis sogleich wieder versteifte.

Nicole entging das nicht, und sie zog fragend die Augenbrauen hoch.

»Na Schatz, wie war dein Training?«, fragte er und schob die Hüften vor, um sich in ein noch besseres Licht zu rücken.

»Es war gut, wie immer. Ich habe heute nur ein wenig früher Schluss gemacht.«

Andreas ging ihr entgegen und lächelte. »Weil du Sehnsucht nach mir hattest?«

Nicole brauchte einen Moment, dann antwortete sie: »Nein, ich habe mir den Knöchel verdreht und …«

Bevor sie weitersprechen konnte, zog er sie an sich und küsste sie.

Irgendwie meinte er, einen kleinen Widerstand zu spüren, doch der verschwand sofort, als seine Zunge sich einen Weg in ihren Mund bahnte. Plötzlich war sie weich wie Wachs in seinen Händen, und sie wehrte sich auch nicht, als er sie mit sich ins Bad zog.

»Dann sollte ich mich wohl mal ein wenig um deinen Knöchel kümmern«, sagte er und begann, sie aus ihrer Trainingskluft zu schälen.

»Meinst du nicht, ich sollte erst mal duschen?«, fragte sie, als er ihr aus dem T-Shirt half.

»Warum denn?«, fragte er. Kaum war das Kleidungsstück auf dem Boden gelandet, vergrub er sein Gesicht in ihren Brüsten.

Nicole wollte etwas erwidern, ließ es aber sein, als er einen ihrer Nippel in seinen Mund saugte. Er wusste, dass dies die empfindlichste Stelle an ihrem gesamten Körper war und dass er ihr damit alle nebensächlichen Gedanken austreiben konnte.

»Keine Sorge, du bekommst deine Dusche«, raunte er, als er sie schließlich wieder freigab, um ihr die Leggings und den Tanga von den Hüften zu streifen. »Wir duschen einfach gemeinsam, und ich verspreche dir, dass dein Knöchel dabei entlastet wird.«

Der Geruch wurde immer besser und sein Schaft immer härter. Wenn er sie nicht bald unter die Dusche bekam, würde er abspritzen, noch bevor er in ihr drin war. Rasch zerrte er an den Beinkleidern und hob Nicole dann auf seine Arme.

»Na, du hast es ja eilig«, sagte sie scherzhaft und lachte auf. »Das passt gar nicht zu dir, wo du doch sonst immer den großen Genießer spielst.«

»Ich weiß ja, dass du zur Arbeit musst, und ich will nicht, dass du mir entwischst, bevor wir kommen.«

Vor der Dusche ließ er sie wieder herunter und drehte den Wasserhahn auf. Er achtete darauf, dass das Wasser nicht zu kalt wurde, denn er wollte nicht, dass Nicoles frisch aufgeflammte Lust gleich wieder verging. Als es die richtige Temperatur hatte, zog er sie mit sich, und erneut küssten sie sich. Ihre Zungen glitten übereinander und erforschten den Mund des anderen. Andreas knetete ihre Brüste und glitt langsam an ihr hinab. Nicole rasierte sich neuerdings sehr sorgfältig, was ihm besonders gut gefiel. Er öffnete den Mund und umschloss einen Teil ihres Venushügels mit den Lippen. Gleich darauf ließ er die Zunge in die Spalte gleiten, und als er ihren Kitzler berührte, zuckte Nicole zusammen.

»Komm, lass mich nicht länger warten«, raunte sie und griff nach seinem Haar, als wollte sie ihn hochziehen. Andreas tat ihr den Gefallen, denn er hielt es auch kaum mehr aus.

Während das Wasser auf sie herabrieselte, umklammerte

er ihren kleinen, knackigen Hintern und hob sie an. Das Training hatte sie federleicht gemacht, jedenfalls kam es ihm so vor. Er drängte sie gegen die Kacheln, und als sie merkte, was er vorhatte, legte sie ihm die Beine um die Hüften. Sobald sie die Spitze seines Gliedes spürte, stöhnte sie auf.

Für einen Moment verharrte er an ihrem Hals und küsste ihn, dann drang er in sie ein. Eng umschlossen ihre Schamlippen seinen Schaft. Nicole stöhnte auf und drängte sich ihm entgegen. Andreas nahm das als Zeichen, dass er loslegen sollte, und fing an zu stoßen. Zunächst vorsichtig, als würden sie es das erste Mal miteinander treiben, dann wurde er schneller und schneller. Nicole schien nichts dagegen zu haben, denn sie stöhnte immer lauter und klammerte die Beine immer fester um ihn.

Sie steigerten sich zu einer wilden, ekstatischen Raserei, bei der Nicole an den Kacheln der Duschzelle auf und ab rutschte und ihre Brüste im Rhythmus seiner Stöße gegen seine Haut klatschten. Als Andreas kam, lehnte er sich mit seinem vollen Gewicht gegen sie, sein Schwanz war jetzt bis zum Anschlag in ihr drin. Ihm war, als würde jeden Moment sein Verstand aus dem Hirn fliegen. Nach so einem Fick hatte er sich seit langem gesehnt, und so, wie Nicole sich gebärdet hatte, war auch sie voll und ganz auf ihre Kosten gekommen. Sie sagte ihm nie, ob sie einen Orgasmus hatte, sondern ließ es ihn jedes Mal selbst herausfinden. Aber heute, da war er sich sicher, war es alles andere als eine eheliche Pflichtübung gewesen.

»Ich muss los«, sagte sie unvermittelt, als sie wieder zu Atem gekommen war.

»Kannst du nicht mal einen Tag freinehmen?«, fragte er und küsste ihre Schläfen. Bevor er sich wieder ihren Lippen zuwenden konnte, drehte sie den Kopf zur Seite und stemmte die Hände gegen seine Arme.

»Nein, das geht nicht. Mein Chef will die Statistiken schon morgen, und wenn ich heute fehle, bekomme ich den Rüffel meines Lebens.«

Andreas seufzte und zog sich zurück. War Nicole soeben noch heiß wie frische Lava gewesen, wirkte sie auf einmal kühl wie ein Stein. Er kannte diese Stimmung an ihr und wusste, dass jetzt selbst die besten Verführungskünste nichts mehr brachten. Kaum hatte er die Duschkabine verlassen, zog sie die Tür zu, wobei sie den Blick krampfhaft auf die Armatur gesenkt hielt. Durch die Scheibe konnte er beobachten, wie sie nach dem Duschgel griff und sich einseifte.

Ein wenig Ernüchterung machte sich in ihm breit. Früher hatte Nicole nichts dagegen gehabt, spontan einen Tag freizunehmen. Und sie hatte auch nichts gegen Zärtlichkeiten nach dem Sex gehabt. Ihre Worte eben hatten ja schon beinahe einem Rauswurf geglichen.

Er seufzte und kehrte ins Schlafzimmer zurück. Auch für ihn wurde es Zeit, dass er sich für die Arbeit fertigmachte. Als Werbegrafiker mit eigenem Studio war er zwar sein eigener Herr, doch auch er hatte einige Aufträge auf dem Tisch, die er in den nächsten Tagen erledigen musste. So viel Zeit, um sich mit seiner Frau einen schönen Tag zu machen, hätte er allerdings gehabt …

Als er hörte, dass Nicole fertig war, ging er ins Badezimmer. Nicole hatte sich in ein Handtuch eingewickelt, Wassertropfen fielen aus ihrem roten Haar auf ihre Schultern und bildeten ein feines Rinnsal zwischen ihren Brüsten. Sie hätte seinen Blick spüren müssen, doch sie hob den Kopf nicht. Offenbar war sie bereits bei ihren Statistiken.

Andreas verschwand in der Dusche. Für einen kleinen

Moment hatte er gehofft, dass er ihren Geruch dort vorfinden würde, doch das Duschgel hatte jede Spur des Aktes beseitigt. Also rieb er sich ebenfalls ein und ließ auch seinerseits alle Gerüche und die Säfte, die noch an ihm klebten, verschwinden.

Als er kurz darauf in die Küche kam, sah er, wie Nicole mit ihrem Handy hantierte. Hinter ihr blubberte die Kaffeemaschine, und aus dem Toaster sprangen gerade zwei leicht gebräunte Toastbrotscheiben.

Nicoles Ansage, dass sie wegen der Statistiken nicht freinehmen konnte, hatte die Stimmung zwischen ihnen ein wenig getrübt. Andreas wusste nicht, woher das kam. Vielleicht war es nur eine momentane Laune. Vielleicht brauchte sie auch endlich mal wieder ein wenig Abwechslung und Entspannung.

»Wie lange musst du heute arbeiten?«, fragte er, während er die Kaffeekanne aus der Maschine nahm und sich eine Tasse eingoss.

»Warum fragst du?«, gab Nicole zurück, ohne von dem Display des Telefons aufzublicken.

Offenbar schrieb sie wieder ihrer Freundin Anke, da konnte sie nur ein Erdbeben davon abbringen, das Gerät aus der Hand zu legen.

»Weil ich heute gern mit dir ausgehen möchte. Wir waren schon so lange nicht mehr gemeinsam unterwegs.«

»Hm«, war die einzige Reaktion darauf, offenbar beeilte sich Anke mit dem Antworten.

»Wie wäre es, wenn wir ins Kino gehen? Oder in ein schickes Restaurant?«

Nicole schreckte hoch, als hätte er etwas Falsches gesagt. »Was?«

Offenbar hatte sie ihm nicht zugehört. Andreas seufzte.

»Ich hab dich gerade gefragt, ob wir heute Abend ausgehen wollen.«

Nicole strich sich mit einer nervösen Geste die Haare aus dem Gesicht. »Geht leider nicht, ich werde heute wohl wieder Überstunden machen müssen. Vielleicht am Wochenende.«

Er nickte resigniert. »Okay, dann am Wochenende.«

Diesmal schien Nicole seine Enttäuschung zu spüren, denn sie ließ die Hand sinken, kam zu ihm und gab ihm einen Kuss. »Am Wochenende feiern wir den Abschluss dieses verdammten Projekts. Danach wird es endlich wieder ein wenig ruhiger, und wir haben mehr Zeit füreinander.«

Halb zufrieden nickte Andreas, strich ihr eine Haarsträhne aus dem Gesicht und küsste sie erneut. Dann wirbelte sie herum und nahm die Toastscheiben aus dem Toaster.

3. Kapitel

Nachdem Bettina ihre Einkäufe und Besorgungen erledigt hatte und eine Weile durch die Stadt geschlendert war, kehrte sie nach Hause zurück.

Am Zaun, der das Anwesen umgab, blieb sie stehen und betrachtete die Villa. Die Rosen, die sich an der Südseite des Gebäudes bis ins erste Stockwerk emporrankten, standen in voller Blüte. Bettina musste plötzlich an Sex auf einem Bett voller Rosenblüten denken – und daran, dass Martin und sie so etwas nie gemacht hatten. Wie so viele andere Dinge auch.

Vor zehn Jahren hatten sie die Villa gekauft, als die Praxis anfing, sehr gut zu laufen. Sie wollten das Anwesen zu ihrem Palast machen, zu einem Liebesnest, und sie wollten sich nicht um die Nachbarn kümmern, wenn sie es wild miteinander trieben. Doch die Zeit, der Alltag und die Hormone hatte all ihre Pläne zunichte gemacht.

Noch immer war Bettina wie betäubt. Ihre Füße waren ihr in der Stadt bleischwer vorgekommen, und ihr Magen hatte sich schmerzhaft zusammengezogen, als sie ein knutschendes Pärchen beobachtet hatte.

Ein paar Männer hatten ihr in der Stadt nachgesehen, doch dem maß sie keine Bedeutung bei. War das ein Fehler? Vielleicht war sie attraktiver, als sie dachte. Attraktiver, als Martin sie in seinem Diätwahn glauben machen wollte. Was wusste er denn schon, immerhin hatte er ja nur Augen für seine Suse!

Bettina atmete tief durch und ging ins Haus.

Auf dem Anrufbeantworter waren während ihrer Abwesenheit keine Nachrichten eingegangen. Wie immer hatte Martin nicht über Mittag angerufen, um zu fragen, wie es ihr ging. Früher hatte er es regelmäßig getan, aber seit einigen Jahren war Schluss damit. Er hatte behauptet, dass er aufgrund seines ausgebuchten Terminkalenders immer wieder Termine in die Mittagspause schieben müsse.

Was er in den Mittagspausen geschoben hatte, wusste sie nun.

Warum war sie nur so blind gewesen? Warum hatte sie nichts bemerkt?

Eine Weile stand sie ratlos im Flur, dann ging sie ins Schlafzimmer. Nicht, um sich weinend in die Kissen zu werfen. Tränen konnte sie keine mehr weinen. Für sie war jetzt die Zeit der Bestandsaufnahme gekommen.

Sicher sah man die Fehler an einem selbst manchmal nicht, aber Bettina wollte wissen, wie attraktiv sie noch war. Reichte es, um den Briefträger zu einer schnellen Nummer zu überreden? Oder sich einen knackigen Handwerker ins Haus zu holen, der ihr den Fick ihres Lebens verpasste? Oder sollte sie sich damit abfinden, dass ihre Möse nie mehr zu tun bekam? Dass sie allmählich Spinnweben ansetzte.

Nein, das wollte sie auf gar keinen Fall!

Im Schlafzimmer angekommen, begann sie sich auszuziehen. Seit Martins Interesse an ihr nachgelassen hatte, waren auch ihre Outfits immer farbloser geworden. Es war, als hätte sie instinktiv gewusst, dass es sich nicht mehr lohnte, sich schön zu machen. Sie streifte ihre Jeans und das weite T-Shirt ab, schälte sich aus ihrer schmucklosen Baumwollunterwäsche (die laut Martin am besten für die Haut war), und nachdem sie auch die Socken los war, stellte sie sich vor den Spiegel. Sie löste den Haarknoten in ihrem Nacken und zupfte das Haar mit den Fingern auseinander. Es reichte ihr fast bis zur Taille, und sie hätte mühelos ihre Brüste darunter verbergen können wie eine Figur auf einem Botticelli-Gemälde. Aber das wollte sie jetzt nicht.

Als sie fertig war, drückte sie den Rücken durch und fing an, sich von Kopf bis Fuß zu betrachten. Ihr Haar war ihr großes Kapital, selbst Frauen aus der Shampoo-Werbung konnten da nicht mithalten. Dass sie eine Vorliebe für gutes Essen hatte, ließ ihr Gesicht ein paar Jahre jünger wirken, denn sie hatte einen Ansatz zu Pausbäckchen, wie ihn nur Teenager hatten. Ihre dunklen Augen wirkten ein wenig südländisch, ihre Lippen waren voll. Wäre sie ein Mann, würde sie beim Anblick ihrer Lippen Blowjob-Phantasien hegen.

Weiter ging es zu ihrem Hals. Er war weder dünn noch speckig. Dank ihrer Konfektionsgröße hatte sie an den Schlüsselbeinen keine Salzfässer wie andere, dünnere Frauen in ihrem Alter. Die Knochen standen nur so weit hervor, wie es natürlich war. Und dann die Brüste. Groß, aber nicht so groß, dass die Schwerkraft bereits Schaden anrichten konnte. Früher hatte Martin mal davon geschwärmt. Er konnte gar nicht genug bekommen von ihr in geblümten Sommerkleidern, wenn sie die oberen Knöpfe offen ließ. Aber da waren sie auch noch nicht ständig auf irgendwelchen Schickimicki-Partys gewesen, bei denen die Frauen darum wetteiferten, wann die erste wohl Kleidergröße dreißig trug.

Als Nächstes kamen die Problemzonen. Ihre Taille war im Gegensatz zu ihrem Hintern recht schmal, doch beides entsprach gewiss nicht dem Gardemaß. Vor allem ihr Hintern war rund wie ein Pfirsich. Früher hatte ihr Martin noch liebevoll in die Speckrolle an den Hüften gekniffen, und wenn er sie geneckt hatte mit der Behauptung, dass sie dick sei, hatte sie ihm geantwortet, dass sie dem abhelfen könnten, indem sie ins Schlafzimmer gingen und dort eine Runde fickten.

Davon war er in letzter Zeit gänzlich abgekommen.

Über ihren Pfirsichhintern ließ sie ihren Blick zu den Beinen hinunterwandern, die immer noch schlank und passabel aussahen, auch wenn sie sie nicht mit Jogging malträtierte. Wegen der anhaltenden Kritik ihres Mannes hatte sie es sich abgewöhnt, kurze Röcke zu tragen, Wenn es hochkam, befanden sich in ihrem Kleiderschrank höchstens noch zwei oder drei Teile von Kostümen, die sie schon seit einer ganzen Weile nicht mehr getragen hatte.

Warum hatte sie bloß auf ihn gehört?

Ganz einfach, weil sie dachte, er würde sie noch immer lieben und nur ihr Bestes wollen. Um ihn nicht zu blamieren, hatte sie sich in weite Kleidung gehüllt. Jetzt hatten ihr einige wenige Sätze auf einem Handydisplay klargemacht, dass das Ganze eigentlich ein Akt der Demütigung war, weil Martins Liebe und Loyalität einer anderen gehörten.

Bettina hätte sich die Mühe machen können, darüber nachzudenken, wie lange die Sache zwischen Martin und Suse schon ging. Aber das wollte sie nicht. Schwimm oder geh unter, vor dieser Alternative hatte sie besonders in jungen Jahren häufiger gestanden. *Du solltest dich darauf besinnen,* dachte sie.

Schon immer hatten Demütigungen ihren Trotz angestachelt. Ob es nun ihr Genießerfrühstück war, das sie zu sich nahm, wenn Martin mit dem faden Eiweißomelette im Magen zur Arbeit gefahren war. Oder dass sie Butter statt Margarine verwendete, wenn sie für die Wohltätigkeitsveranstaltungen Kuchen backte.

Gut, das reichte nicht für den Titel einer Rebellin, aber Bettina machten diese kleinen Abweichungen vom Erwarteten Spaß. Vielleicht sollte sie es in dieser Situation ebenfalls tun. Vielleicht sollte sie keine Fressorgie veranstalten, sondern ihr Leben umkrempeln. Sich etwas schaffen, das ihrem Leben Sinn gab – und Martin zur Weißglut trieb, wenn er es herausfand. Der Gedanke an eine Affäre kam ihr in den Sinn. Sicher gab es Männer, die Frauen mit ihrer Statur mochten und geil wurden, wenn sie ihre Hände auf einen runden Hintern legen konnten.

Nur wo sollte sie solche Männer finden? Auf der Baustelle? Nein, so mutig, dort einfach hinzugehen und zu fragen, wer von den Kerlen es ihr besorgen wolle, war sie nicht.

Zum Glück gab es das Internet. In Zeiten von Cybersex und Online-Dating wollte sie es doch wohl nicht ernsthaft mit der alten Methode versuchen!

Außerdem, so ging es ihr durch den Kopf, war eine Affäre im Internet nicht nachzuweisen – und völlig unverbindlich. Niemand wusste, wer sich hinter ihrem Nickname verbarg, und wenn ihr jemand nicht passte, konnte sie sich einfach zurückziehen. Das war im wirklichen Leben manchmal nicht so einfach, im Internet dagegen ganz normal.

Noch einen Moment blickte sie ihr Spiegelbild an, als sei es eine gute Freundin, die ihr Mut und Hoffnung machen wollte. Dann wandte sie sich um und verließ das Schlafzimmer. Die Kleider ließ sie einfach liegen, denn das Gefühl der Nacktheit gefiel ihr. Das Schwingen ihres Körpers hatte etwas Erregendes.

Martin wäre sicher empört gewesen, dass sie tagsüber so herumlief, immerhin konnte der Paketbote klingeln oder jemand von den Stadtwerken. Aber Bettina sagte sich voller Trotz: *Sollen sie doch kommen!* Vielleicht verbarg sich unter dem Dress des Paketboten oder der Latzhose des Stromablesers ja etwas, das mit ihrem Aussehen etwas anfangen konnte. Und mit dem sie ebenfalls etwas anfangen konnte.

Sie erklomm die Treppen und ertappte sich dabei, von unten beobachtet werden zu wollen. *Spanner dieser Welt, wo seid ihr? Hier steigt gerade etwas die Treppe hinauf, das eure Schwänze zum Schwellen bringt. Vorausgesetzt, ihr steht nicht auf Größe sechsunddreißig …*

Der Computer stand in Martins Arbeitszimmer. Dort herrschte meist Chaos, weil er über die zahlreichen anderen Beschäftigungen nicht dazu kam, seinen Schreibkram zu erledigen. Bettina hatte ihm mehrfach angeboten, es für ihn zu übernehmen, doch er hatte stets abgelehnt. Sie solle sich lieber um den Haushalt kümmern und den Tag genießen. Um ihr das zu ermöglichen, würde er schließlich arbeiten gehen.

Als ihr seine Worte wieder in den Sinn kamen, schnaubte sie spöttisch.

Vielleicht hatte er das bis zu einem bestimmten Zeitpunkt sogar ehrlich gemeint, aber inzwischen war die Aussage reiner Selbstschutz. Bettina war sich sicher, dass sie einige pikante Dinge finden würde, wenn sie nur danach suchte.

Aber sie wollte Martin vorerst noch die Illusion lassen, dass alles in Ordnung war. Dass sie sich von einer intelligenten Frau mit Träumen zu einem dummen Heimchen gemausert hatte, das nichts um sie herum mitbekam.

Sie setzte sich vor den Computer und schaltete ihn ein. Der kalte Lederstuhl schmiegte sich an ihre nackte Haut und erwärmte sich, und schon bald fühlte es sich an, als würde der Stuhl zu ihr gehören. Während sie den Geräuschen des Computers lauschte, lehnte sie sich zurück und schloss die Augen. Martins Geruch war überall. Er rauchte nicht, trotzdem merkte man, wem dieses Zimmer gehörte – und das lag nicht daran, dass hier nicht gelüftet wurde. Sein Aftershave klebte am Stuhl, an den Briefen und Ordnern, die er angefasst hatte.

Sie wollte es eigentlich nicht zulassen, aber der Gedanke an ihn verschaffte ihr erneut ein warmes Gefühl. Vielleicht sollte sie sich wirklich mehr anstrengen, um ihn zurückzuerobern ...

Sie öffnete die Augen und wählte sich ins Internet ein. Da Martin faul war, hatte er das Passwort gespeichert. Anscheinend glaubte er auch nicht, dass sie tagsüber und ohne sein Beisein ins Internet wollte. Sonst hatte Bettina nämlich nicht viel mit dem Computer am Hut. Höchstens wenn sie neue Rezepte für eine Wohltätigkeitsveranstaltung brauchte, warf sie mal einen Blick ins Internet.

Den Button mit den Chatangeboten hatte sie bisher immer ignoriert, sie besaß ja nicht mal eine eigene Mailadresse. Nun ja, vielleicht würde sich das schon bald ändern ...

Kaum hatte sie sich eingewählt, erschien auch schon die Meldung, dass drei neue Mails da seien. Wer sollte Martin privat mailen? Er hatte bisher immer behauptet, sein elektronisches Postfach nie zu nutzen.

Neugierig geworden, öffnete Bettina den Posteingangsordner.

Eine der Nachrichten war Spam und bot Martin – wie passend – eine Penisverlängerung an. Bettina lachte auf. Vielleicht sollte sie dem Absender mal das Bild schicken, das Martin seiner Suse gesendet hatte. Da würde er glatt davon absehen, ihm erneut so ein Angebot zuzusenden.

Die anderen beiden Nachrichten waren offensichtlich von einer Frau, die sich »Fantasygirl« nannte.

Sogleich spürte Bettina denselben Kloß im Hals, den sie schon beim Betrachten der Handynachricht gehabt hatte. Ein wenig widerstrebend verharrten ihre Finger über der Maustaste, und sie fragte sich, ob sie sich das wirklich antun sollte. Schlimmstenfalls waren es Bilder oder Liebesgestammel, das ihren Puls erst recht auf zweihundert anhob. Ihr Herz raste zwar jetzt schon, aber sie hatte das Gefühl, sich noch einigermaßen unter Kontrolle zu haben.

Dann kam ihr wieder das Gefühl in den Sinn, das sie gehabt hatte, als sie sich auf den Stuhl gesetzt und Martins Geruch eingeatmet hatte. Ja, sie war für einen Moment bereit gewesen, ihm zu verzeihen, was er getan hatte. Diesen ziemlich dummen Gedanken konnte sie sich nun endgültig austreiben, indem sie die Mails öffnete.

Ihr Finger drückte auf die Maustaste, und der Pfeil zeigte auf den Öffnen-Button.

Es war genau, wie sie es erwartet hatte. An die erste Mail war ein Foto angehängt, das einen Frauentorso zeigte. Ein paar blonde Locken waren von dem Kopf zu erahnen, mehr nicht. Dafür zeigte sie an anderer Stelle alles her.

Ihr Körper war eine perfekte sechsunddreißig, nein, vielleicht sogar eine vierunddreißig. Ihre Taille war sehr dünn, Rippen und Hüftknochen standen deutlich hervor. Ihre Brüste waren dagegen ziemlich groß, allerdings konnte man ihnen genau ansehen, dass nicht Mutter Natur, sondern ein plastischer Chirurg diese Pracht geschaffen hatte. Im Bauchnabel trug sie ein Piercing, das auch das Thema der Mail war, Martin sollte sagen, wie ihm ihre Neuerwerbung gefalle. Frisch gestochen konnte es nicht sein, dazu sah die Haut zu gesund aus. Wahrscheinlich war das die Belohnung für das Schwanzbild, aber Bettina war sich sicher, dass Martin nicht das kleine, glitzernde Ding betrachten würde, wenn darüber zwei Titten wie Fußbälle baumelten.

Bettina schüttelte den Kopf. Offenbar hatte sie den Geschmack ihres Mannes wirklich nicht gekannt. Klar, dass sie damit nicht mithalten konnte!

Sie stellte die Mail zurück auf »neu« und loggte sich aus. Die zweite Mail wollte sie sich nicht antun. So, wie »Fantasygirl« den ersten Text formuliert hatte, schien sie den IQ eines Toastbrotes zu haben. Außerdem hatte das Bild gereicht, um Bettina auch die letzten zärtlichen Gefühle für ihren Mann auszutreiben.

Eine Weile blickte sie auf den Bildschirm und spürte, wie Wut, Traurigkeit und Rachedurst in ihrem Innern miteinander rangen. Dann lenkte sie die Maus auf den Chatbutton und wählte sich ein.

Ein Fenster öffnete sich, das ihr zahlreiche Angebote offerierte.

Es gab Chats über Fußball, Fernsehserien, Reisen und natürlich auch welche für die Liebe. Dahinter war jeweils die Zahl der Teilnehmer vermerkt.

Sie musste lachen, als sie sah, dass sich im Love-Chat gerade mal drei Besucher tummelten. Sicher waren es um diese Zeit irgendwelche grünen Jungs, die auf der Suche nach Kontakt waren oder sich einen Spaß daraus machen wollten, irgendwelche Frauen an der Nase herumzuführen. *Mein Schwanz ist zwanzig Zentimeter lang, und ich habe viel Freizeit …*

Für einen Moment dachte sie daran, ihr Glück besser im Fußball-Chat zu versuchen, der mit sechzehn Teilnehmern immerhin gut gefüllt war. Aber wahrscheinlich war die Gefahr, auf den Arm genommen zu werden, dort noch größer, daher wollte sie es doch erst mal im Love-Chat versuchen.

Vielleicht waren ja nur Frauen eingeloggt, die auf einen Stecher warteten. Dann konnte sie sich immer noch auswählen und dafür entscheiden, dem Briefträger nackt die Tür zu öffnen. Wenn sie nicht alles täuschte, war er noch nicht da gewesen …

Sie war erstaunt, wie leicht und unkompliziert alles vonstattenging. Als Nickname wählte sie »Sahneschnitte«, was nicht besonders originell war, aber sie war der Meinung, dass dieser Spitzname am besten zu ihr passte. Süß und mit der Lizenz zur Hüftrolle.

Kaum hatte sie den Chatraum betreten, musste sie feststellen, dass zwei der Teilnehmer inzwischen das Weite gesucht hatten. Einzige ein Typ namens Zuckerstange war noch da. Jedenfalls ging sie davon aus, dass es ein Mann war, denn warum sollte sich eine Frau so nennen? Bei Zuckerstange kam ihr ein harter, großer Schwanz in den Sinn, den man mit Vergnügen lutschte …

Zuckerstange: Hi, Sahneschnitte, netter Nick. Bist du m oder w?

Der beeilte sich aber! Bettina fühlte ein Kribbeln in den Fingerspitzen, so als wüsste sie nicht, ob sie antworten sollte. Doch wenn sie Martin seine Untreue heimzahlen wollte, durfte sie jetzt keinen Rückzieher machen.

Sahneschnitte: Bin weiblich. Ebenfalls netter Nick. Was bist du?
Zuckerstange: M.
Sahneschnitte: Und woher kommt der Name? Zuckt deine Stange, oder vernaschst du gern Zuckerstangen?
Zuckerstange: Ich vernasche gern Sahneschnitten. Und meine Stange ist groß und hart. Lust, ein wenig bei mir zu naschen?

Bettinas Vermutung bestätigte sich, der Mann hatte offenbar wirklich keine Zeit zu verlieren. Dass er gleich so ranging, bescherte ihr ein Prickeln zwischen den Schenkeln. Ihre Lippen schwollen an und wurden feucht. Sie hätte es nie für möglich gehalten, dass so wenige Worte einen solchen Effekt bei ihr haben könnten.

Sahneschnitte: Ich liebe es, Sahne aus großen Stangen zu schlecken. Allerdings frage ich mich, ob du schon alt genug dafür bist.

Zuckerstange: Keine Sorge, mit achtunddreißig ist man das wohl. Aber du scheinst eine ganz Vorsichtige zu sein, stimmt's? Was führt dich um diese Stunde hierher, ich habe dich noch nie zuvor hier bemerkt.

Schlagartig verschwand die Spannung. Offenbar war es um ihre Verführungskünste nicht sonderlich gut bestellt. Warum sonst sollte der Mann am anderen Ende, der offenbar kein kleiner Junge war, so schnell auf ein anderes Thema umschwenken?

Sahneschnitte: Bin heute das erste Mal hier und auf der Suche. Na ja, genau genommen nicht auf der Suche nach einem Mann, sondern nach Bestätigung.

Na prima! Warum hatte sie das abgeschickt? Sie hatte keine Ahnung, wer der Kerl am anderen Ende war, und irgendwie beschlich sie das ungute Gefühl, dass sie sich soeben eine Chance verdorben hatte. Wenn er las, dass sie nur Bestätigung brauchte, dann glaubte er sicher, dass sie hässlich und fett war.

Na ja, was das Fett anging, würde er noch nicht mal falschliegen …

Zuckerstange:	Bestätigung? Weshalb denn? Hast du etwa zwei Nasen oder drei Brüste? Glaub mir, es gibt Männer, die auf Letzteres stehen würden. Auch wenn sie nicht genug Hände dafür haben. ;-)
Sahneschnitte:	Ich habe heute Morgen herausgefunden, dass mich mein Mann betrügt. Er hat sich was Jüngeres gesucht. Oder zumindest was Schlankeres.
Zuckerstange:	Starker Tobak. Wie dick bist du denn wirklich? ;-)
Sahneschnitte:	Größe vierzig. Alles, was über sechsunddreißig geht, ist für ihn fett.
Zuckerstange:	Größe vierzig kann man nicht fett nennen. Du bist sicher eine Genießerin, nicht wahr?
Sahneschnitte:	Ja, ich liebe das Kochen und Backen. Mein Mann ist dagegen der Askese verfallen.
Zuckerstange:	Er weiß sicher gar nicht, was ihm entgeht.
Sahneschnitte:	Vielleicht nicht, aber ich habe auch nicht vor, zu warten, bis er das alles wiederentdeckt.
Zuckerstange:	Was willst du nun tun?
Sahneschnitte:	Ich weiß nicht, mir einen Liebhaber suchen. Ich sitze sowieso den ganzen Tag zu Hause, weil mein Mann meint, dass er genug für uns beide verdient.
Zuckerstange:	Vielleicht solltest du daran etwas ändern.
Sahneschnitte:	Also doch einen Liebhaber suchen?
Zuckerstange:	Nein, dass du zu Hause rumsitzt. Mach dein eigenes Ding, solche Frauen sind die attraktivsten.

Sahneschnitte:	Mein eigenes Ding? Was soll die Gattin eines Zahnarztes denn schon tun?
Zuckerstange:	Du warst doch sicher nicht immer die Gattin eines Zahnarztes, oder? Du hast bestimmt vor der Hochzeit studiert oder einen Job gehabt? Oder zumindest davon geträumt, irgendwas zu erreichen.
Sahneschnitte:	Ich war mal Konditorin. Daher auch meine Körperfülle.
Zuckerstange:	Hast du denn nie die Absicht gehabt, dich selbständig zu machen? Unabhängig von deinem Mann? Wenn er dich betrügen kann, brauchst du dich nicht länger für ihn zu opfern. Mach deine eigene Sache und wirf ihn raus, wenn du fest auf eigenen Beinen stehst.
Sahneschnitte:	Es wird wohl eher darauf hinauslaufen, dass ich gehen muss. Aber das würde mir mittlerweile nicht mal mehr besonders schwer fallen.
Zuckerstange:	Dann tu es! Such dir etwas, das deinem Leben Sinn gibt. Und dann schick diesen Armleuchter in die Wüste.
Sahneschnitte:	Du redest so, wie es eine beste Freundin tun würde. Bist du dir sicher, dass du ein Mann bist?
Zuckerstange:	Vielleicht lege ich dir ja irgendwann mal den Beweis auf den Tisch.
Sahneschnitte:	Womit wir wieder am Anfang unseres Gesprächs wären.

Das Kribbeln zwischen ihren Schenkeln kehrte zurück. Ein Mann, der so verständnisvoll war, konnte eigentlich nur toll aussehen – und toll im Bett sein. Oder bildete sie sich da jetzt etwas ein?

Zuckerstange:	Tut mir leid, meine Pause ist rum. Aber wenn du willst, treffen wir uns morgen wieder. Oder magst du mir deine Mailadresse geben?
Sahneschnitte:	Ich habe bislang keine.
Zuckerstange:	Du hast anscheinend viel nachzuholen ... Ich bin morgen wieder hier und will von deinen Fortschritten hören. Mach es gut!

Damit verließ er den Chat. Bettina blieb noch eine Weile vor dem Bildschirm sitzen und las sich die Zeilen erneut durch. Konnte es so etwas geben? Obwohl der Mann am anderen Ende ein Fremder war, fühlte sie sich von ihm verstanden. Lag das vielleicht an seinem Nick? Ein Mann, der sich den Namen einer Süßigkeit gab, konnte eigentlich nicht verkehrt sein.

Sie beschloss, am nächsten Tag wieder online zu gehen und mit ihm zu chatten. Natürlich musste sie bis dahin Ergebnisse vorzuweisen haben. Was sie genau tun sollte, wusste sie nicht, aber vielleicht würde ein kleiner Spaziergang durch die Stadt helfen. Sie könnte sich in ein Café setzen, den Männern nachschauen uns sich etwas überlegen. Vielleicht traf sie ja sogar jemanden, mit dem sie ein bisschen schäkern und sich ablenken konnte. Irgendwas, um sich von dem Zorn, der immer noch an ihr nagte, zu befreien.

Bis zum nächsten Mal!, verkündete eine Tafel auf dem Computerbildschirm. Andreas klickte sie weg und schloss den Browser. Sein Blick fiel auf seine Lunchbox, die noch immer ungeöffnet neben ihm lag. Jetzt meldete sich auch sein Magen wieder, nachdem die Anspannung von ihm abgefallen war. Während ein lautes Brummen durch seinen gesamten Körper zu hallen schien, öffnete er die Plastikdose und nahm das Sandwich heraus. Der Salat, ein Zugeständnis an Nicoles Fitnesswahn, sah schon nicht mehr ganz frisch aus, aber das war ihm in diesem Augenblick egal. Er biss ab und schüttelte kauend den Kopf.

Er konnte nicht glauben, dass er seine gesamte Mittagspause dazu genutzt hatte, einer Fremden Lebensberatung zu erteilen. Genauso wenig konnte er glauben, dass er sich im Love-Chat herumgetrieben hatte. Er hatte eine Frau, und er war kein Fremdgänger. Erst vor wenigen Stunden hatte er mit Nicole eine extrem scharfe Nummer geschoben. Aber vor einigen Stunden war ihm auch aufgefallen, dass seine Frau für ihn nicht mehr das gleiche Interesse hegte wie er für sie.

Offenbar ging es ihm genauso wie seiner Gesprächspartnerin: Er suchte Bestätigung. Er suchte Anerkennung für sein Tun. Das konnte man nicht Ehebruch nennen.

Irgendwie hatte er trotzdem das Gefühl, dass er soeben versucht hatte, Nicole zu betrügen. Die Fremde wäre sicher ohne weiteres zu einer Runde Chat-Sex bereit gewesen. Natürlich sollte man so etwas besser nicht in einem öffentlichen Chatroom tun, und obwohl Andreas es eigentlich nicht vorhatte, dachte er daran, wo man so einen finden konnte.

Während er sein halbes Sandwich beiseitelegte, öffnete er erneut den Browser. Sein Mailprogramm verfügte über eine Liste aller User, die mit ihm Kontakt aufgenommen hatten. Als letzten Eintrag entdeckte er einen *MWinter*. Unter diesem Namen musste sich die Unbekannte eingewählt haben. War das ihr Name oder der ihres Mannes?

Andreas war niemand, der gern schnüffelte, aber irgendwie interessierte es ihn, wer die Unbekannte war. Wohl oder übel würde er erst mal abwarten müssen, vielleicht tauchte sie ja auch gar nicht mehr auf. Er versuchte sich einzureden, dass ihm das eine wie das andere recht wäre, doch in Wirklichkeit verspürte er sogar große Lust, sie persönlich kennenzulernen …

»Herr Waldmann, Frau Berger ist da!«, riss ihn die Stimme seiner Sekretärin aus seinen Gedanken. Er war so versunken gewesen, dass er nicht mal gehört hatte, wie Fräulein Anders die Bürotür geöffnet hatte.

Ein wenig bedauernd blickte er auf sein angebissenes Sandwich, das zwar dafür gesorgt hatte, dass sein Magen still war, satt konnte er sich jedoch nicht nennen.

Susanne Berger war eine der wichtigsten Kundinnen seines Büros. Als Marketingchefin einer großen Berliner Lebensmittelfirma hatte sie ständig Bedarf an neuen Werbeideen – und sie bezahlte hervorragend. So eine Frau ließ man nicht warten.

»Ich komme«, antwortete Andreas, griff nach seinen Unterlagen, die schon seit dem Vormittag bereitlagen, und erhob sich von seinem Stuhl.

Am Abend lag Bettina mit offenen Augen in ihrem Bett und starrte an die Decke. Wie spät es war, wusste sie nicht, doch die Dunkelheit wurde tiefer, und irgendwann fiel Mondlicht auf die alten Stuckverzierungen. Das war das Einzige, was sie an diesem Haus hasste, aber Martin war der Meinung, dass sie den Räumen ein unverwechselbares Flair verliehen.

Natürlich nicht, wenn moderne Möbel darunter standen!

Doch jetzt fühlte sich Bettinas Kopf zu leer an, um sich über die Verzierungen zu ärgern. Sie kam sich vor, als hätte sie an diesem Tag die Hauptrolle in einem Schundroman gespielt.

Ein Grund für ihre Erschöpfung konnte allerdings auch sein, dass ihr Verstand auf Hochtouren gelaufen war – etwas, was er seit ihrer Ehe mit Martin gar nicht mehr gewohnt war.

Während ihres Stadtbummels hatte sie zwar keinen tollen Mann getroffen, doch bei einem Cappuccino und einem Stück Erdbeertorte war sie zu dem Schluss gekommen, dass der Fremde aus dem Chat recht hatte. Warum fing sie eigentlich nicht wieder an zu arbeiten? Sicher, sie war schon etliche Jahre aus dem Beruf, aber verlernt hatte sie nichts. Und durch die lange Pause war die Leidenschaft fürs Backen und Kochen größer denn je.

Dann kam es ihr in den Sinn, dass es nichts Eigenes war. Sie würde sich nur wieder in Abhängigkeit begeben, und wenn Martin herausfand, dass sie einen Job hatte, würde er verrückt spielen und sie fragen, warum er sich für sie den Hintern abschuftete. *Für mich!,* dachte Bettina und schnaubte spöttisch. Wohl eher dafür, dass er unbemerkt seine Affären unterhalten konnte.

Dann hatte sie einen Geistesblitz gehabt. Wie wäre es mit einer eigenen Konditorei? Allerdings musste es schon etwas Besonderes sein, etwas, das die Stadt zuvor noch nicht gesehen hatte. Sie hatte noch keine genaue Vorstellung, war sich allerdings sicher, dass ihr etwas Ausgefallenes einfallen würde.

Irgendwann hörte sie das vertraute Brummen eines Motors. Martin kehrte zurück. Da er nicht merken sollte, dass sie immer noch wach war, schloss sie die Augen und stellte sich schlafend.

Nach einer Weile kamen Schritte die Treppe hinauf. Sie klangen ein wenig schleppend. Hatte Suse Martin etwa so sehr fertiggemacht? Das Treffen mit ihr hatte jedenfalls ziemlich lange gedauert. Wahrscheinlich war Martin jetzt der glücklichste Mann der Welt, der sich nicht darum scherte, ob seine Ehefrau die unglücklichste Frau der Welt war.

Dir werde ich es zeigen! Und zwar gleich morgen!

Der Gedanke zauberte ein Lächeln auf ihr Gesicht, das nicht mal dann verging, als Martin auf Zehenspitzen und in der Annahme, sie schliefe schon, in den Raum kam und dabei von dem Duft eines fremden Parfüms umweht wurde.

4. Kapitel

Der nächste Morgen im Hause Winter verlief wie jeder andere – zumindest äußerlich. Martin machte seine Runde in der Folterkammer, nachdem er als Erster das Bett verlassen und damit Bettina ebenfalls aus dem Schlaf gerissen hatte. Sie stand wieder in der Dusche, doch während sie das Duschgel auf ihrem Körper verteilten, dachte sie über ihren Laden nach. Leute, die behaupteten, dass Inspirationen im Schlaf kämen, mussten sich irren, denn ihr war heute Nacht gar nichts gekommen. Martin hatte sich neben sie gelegt und war sofort eingeschlafen.

Sie selbst hatte noch eine ganze Weile wach gelegen und nachgedacht, aber weitergekommen war sie nicht.

Jetzt beobachtete sie, wie das Duschgel zwischen ihren Brüsten entlangfloss und sich in ihrem Schamhaar sammelte. Vielleicht war es ja an der Zeit, alte Zöpfe abzuschneiden – oder zu rasieren.

Ein Lächeln glitt über ihr Gesicht, als sie sich vorstellte, wie erstaunt Martin dreinschauen würde, wenn sie sich rasierte. Nicht, dass er sie in den vergangenen Wochen nackt gesehen hätte, und wahrscheinlich würde er auch in den kommenden Wochen nicht mit ihr schlafen. Sie konnte sich also diese kleine Frechheit erlauben.

Sie stieg aus der Duschkabine und entdeckte im Badezimmerschrank noch einen Ladyshaver und Rasiercreme. Damit stellte sie sich wieder unter die Dusche. Während das Wasser auf sie hinabrieselte, schäumte sie den Busch zwischen ihren Beinen ein und begann mit der Rasur.

Es war nicht so, dass sie unter den Armen Wildwuchs zuließ, die Achselhaare entfernte sie sich regelmäßig. Aber einen Venushügel zu rasieren, war doch etwas anderes.

Erstens musste sie sehr vorsichtig vorgehen, zum anderen hatte sie bei den Achselhöhlen nie damit zu kämpfen, dass die Rasur sie geil machte. Wie es wohl wäre, wenn ein Mann das für sie erledigen würde? Sicher, es erforderte eine Menge Vertrauen ihrerseits und Feingefühl seinerseits. Feingefühl, das Martin ganz sicher nicht hatte.

Bettina spürte, wie ihre Lippen feucht wurden. Vielleicht sollte sie heute noch einen Abstecher in den Sexshop machen, um sich einen Dildo zu besorgen. Ihre Möse hatte Hunger, und sie sah keinen Grund, warum sie ihn nicht stillen sollte.

Schließlich war sie dazu gezwungen, den Rasierer für einen Moment zur Seite zu legen. So, wie ihre Hände vor Erregung zitterten, wurde es ohnehin nichts. Da versank ihr Mittelfinger auch schon in dem glühenden Schlund, und ihr Daumen legte sich auf den Kitzler.

Während der Finger rhythmisch zustieß, rubbelte der Daumen immer fester über die stramme Perle, und als es ihr schließlich kam, konnte sie einen leisen Aufschrei nicht unterdrücken. Ob Martin etwas mitbekam?

Wahrscheinlich nicht, denn er war noch immer in seiner Folterkammer. Oder oben im Büro, wo er Suses Piercing begutachtete. Und wenn schon – es war ihr egal. Da er es ihr nicht besorgte, musste sie eben Abhilfe schaffen. Immerhin war sie noch keine alte Frau und hatte zehn gesunde Finger!

Als der Orgasmus abgeklungen war, griff sie wieder nach dem Rasierer. Jetzt waren ihre Hände ruhig, und es dauerte nur wenige Minuten, bis sie auch das letzte Härchen entfernt hatte.

Mit einem zufriedenen Lächeln strich Bettina über den blanken und von ihrem eigenen Honig glänzenden und noch immer leicht klebrigen Venushügel und musste feststellen, dass er sich phantastisch anfühlte. Alles war so weich und glatt, dass es beinahe zu schade war, es unter einem Höschen zu verstecken.

»Bettina, bist du so weit?«, tönte Martins Stimme von draußen herein. Anscheinend konnte er es nicht mehr abwarten, Suse neue Schwanzfotos zu schicken.

»Einen Moment noch!«, gab sie zurück und beförderte den Ladyshaver in den Abfalleimer. Nachdem sie auch die Haare den Abfluss hinuntergespült hatte, wickelte sie sich in ihr Duschtuch und öffnete die Tür. Offenbar überraschte sie ihren Mann mit ihrem Auftauchen, denn er hatte gerade sein Handy in der Hand.

Er blickte sie einen Moment lang an, als hätte sie ihn bei etwas Unrechtem ertappt, doch Bettina spielte die Ahnungslose und ging ohne ein Wort an ihm vorbei. Aus den Augenwinkeln heraus konnte sie allerdings sehen, dass rote Flecken auf seinem Gesicht aufleuchteten. Ein Anflug von schlechtem Gewissen?

Nein, wahrscheinlich freute er sich nur auf das Wichsen. Vielleicht hatte Suse ihn ja wieder mit einer kleinen Mailboxansage heiß gemacht.

Bettina kehrte ins Schlafzimmer zurück und ging zum Kleiderschrank. Sie ließ den Blick prüfenden über die Blusen und Röcke gleiten. Es war wirklich dringend Zeit für eine Veränderung. Vielleicht sollte sie wieder einmal shoppen gehen.

Vorher hatte sie allerdings noch ein paar andere Sachen zu erledigen.

Der Gedanke, den Slip wegzulassen, gefiel ihr mittlerweile so gut, dass sie dieses Vorhaben gleich in die Tat umsetzte. Natürlich konnte sie vor Martin nicht in einem knappen Rock erscheinen, er würde wahrscheinlich annehmen, dass sie ihm das Essen verderben wollte. Nein, was ihre Oberbekleidung anging, ließ sie alles beim Alten. Doch der Slip blieb weg.

In langem Rock und T-Shirt ging sie in die Küche und bereitete das Frühstück vor. Diesmal kam Martin schneller aus dem Bad. Wahrscheinlich wollte er sich nicht so einen Fauxpas leisten wie gestern. Oder hatte er etwa einen Verdacht?

Bettina ließ sich nichts anmerken, obwohl es ihr schwerfiel, ihn nicht zornig anzustarren. Sie machte ihm das Omelette wie immer, und sie machten auch Smalltalk wie immer.

»Schatz, heute Abend wird es leider länger dauern. Ich habe nach Feierabend einen Termin mit einem Pharmavertreter, der mir schon seit Tagen in den Ohren liegt, dass er mir seine neuesten Produkte zeigen will. Während der Sprechstunde habe ich keine Zeit für so was, also werde ich wohl in den sauren Apfel beißen müssen.«

Während Bettina ihn reden hören, schüttelte sie innerlich den Kopf. *Glaubst du wirklich, ich bin so blöd? Vielleicht war ich das mal, aber seit gestern sind meine Augen wieder offen.*

»Tu das«, antwortete sie, und konnte sich nicht zurückhalten, hinzuzufügen: »Mit dem Essen brauche ich also nicht zu warten, oder?«

»Nein, ich denke nicht«, gab Martin zurück, und das Lächeln auf seinem Gesicht wirkte unsicher. Hatte sie etwa schon zu viel verraten? »Ich werde mir von unterwegs etwas mitbringen.«

Bettina nickte und umklammerte ihre Kaffeetasse fester. *Was würde Suse wohl dazu sagen, wenn ich dir den Kaffee in den Schritt schütte?*, dachte sie. *Heiß genug, um deinen Schwanz zu verbrennen, wäre er. Natürlich würde das ein bedauerlicher Zufall sein …*

Doch da erhob sich Martin auch schon, und diesmal vergaß er sein Handy nicht. Er hatte es von vornherein gar nicht erst auf den Tisch gelegt, vermutlich weil er fürchtete, dass eine Nachricht einginge und sie fragte, woher diese stamme.

»Mach's gut, Schatz, ich rufe vielleicht heute Mittag mal an«, sagte er, drückte ihr diesmal sogar einen flüchtigen Kuss auf die Wange und stürmte los.

Das Versprechen und auch der Kuss verwunderten Bettina, anscheinend hatte ihn doch das schlechte Gewissen gepackt.

Nachdem sein Wagen davongebraust war, ging sie in die Diele und holte sich die Gelben Seiten. Viel Ahnung von Immobilienmaklern hatte sie nicht, aber sie wusste genau, dass sie das Büro, das ihnen damals die Villa vermittelt hatte, nicht in Anspruch nehmen würde. Auch würde sie sich an keinen Makler wenden, den Martin aus seinem Unternehmerclub kannte. Sie brauchte ein unbekanntes Büro, das dennoch hervorragend arbeitete.

Sie setzte sich an den Küchentisch, blätterte eine Weile herum und traf schließlich eine Auswahl. Sie notierte die Nummer auf ein Stück Küchentuch und holte sich das Telefon. Für einen kurzen Moment ging es ihr durch den Sinn, dass der Makler vielleicht noch nicht da war, immerhin war es erst acht Uhr.

»Regensberg, was kann ich für Sie tun?«

Die Stimme des Mannes, die sich nach dem dritten Klingeln meldete, war einfach unglaublich. Nur selten hatte sie eine Männerstimme gehört, die so sanft und erotisch klang. Offenbar hatte sie den richtigen Griff getan, als sie sich für dieses Maklerbüro entschieden hatte.

»Mein Name ist Winter, Bettina Winter«, entgegnete sie. »Ich suche eine Immobilie für ein Ladengeschäft und würde gern Ihre Dienste in Anspruch nehmen.«

Ob das erotisch klang, wusste sie nicht, aber sie genoss es, als der Mann antwortete: »Kein Problem, ich bin gerne für Sie da. Wir sollten am besten einen Termin ausmachen, dann können wir alles in Ruhe besprechen.«

»Prima, haben Sie heute Zeit? Meinetwegen gleich nachher?« Natürlich wusste Bettina, dass der Mann Termine hatte, doch sie wollte nicht länger warten. Noch war sie mutig – oder vielleicht auch leichtsinnig – genug, um ihren Entschluss von vergangener Nacht in die Tat umzusetzen.

Eine Pause folgte. Im Hintergrund hörte Bettina, wie Seiten umgeblättert wurden. War das nur Show, um ihr zu zeigen, wie viel er zu tun hatte? Oder legte er wirklich Wert drauf, sie als Kundin zu gewinnen.

»Hören Sie?«, fragte er wenig später.

»Ja.«

»Wenn es sich für Sie einrichten lässt, könnten wir uns in meiner Mittagspause treffen. Einen anderen Termin habe ich heute leider nicht mehr frei.«

Offenbar hatte er wirklich viel zu tun, wenn er für sie sogar seine Mittagspause opfern wollte. Aber das kam ihr nur gelegen.

»Das passt mir hervorragend!«, entgegnete Bettina und spürte erneut, wie die Stimme ihres Gesprächspartners ihr eine Gänsehaut verursachte.

»Gut, dann treffen wir uns um zwölf in meinem Büro. Die Adresse haben Sie?«

»Ja, aus dem Telefonbuch«, antwortete sie. »Daran wird sich gewiss nichts geändert haben, oder?«

»Nein, daran hat sich nichts geändert. Also, dann bis nachher!«

Damit legte er auf. Bettina behielt den Hörer noch eine Weile in der Hand und schloss lächelnd die Augen. Sie hatte es getan! Sie hatte den ersten Schritt gewagt, um es Martin heimzuzahlen. Sie konnte es beinahe selbst nicht fassen, noch vor zwei Tagen war es für sie undenkbar gewesen, etwas zu tun, von dem ihr Mann nichts wusste. Aber vor zwei Tage hatte sie seine Lustlosigkeit ja auch noch auf das Training geschoben und nicht auf eine Schlampe, mit der er es hemmungslos hinter ihrem Rücken trieb.

Knapp vier Stunden waren es noch bis zum Mittag. Für den Weg nach Charlottenburg, wo sich das Maklerbüro befand, würde sie etwa eine halbe Stunde benötigen. Also hatte sie noch mehr als drei Stunden Zeit, in denen sie sich vorbereiten konnte. Nicht nur, was ihr Anliegen anging, sie wollte sich auch von ihrer besten Seite präsentieren.

Ein Mann mit einer solchen Stimme musste einfach gut aussehen, und vor ihm wollte sie nicht gerade wie eine biedere Ehefrau wirken. Sie dachte an ihre Kostüme, die sie schon seit Jahren nicht mehr getragen hatte, weil Martin gemeint hatte, sie sähe darin dick aus.

Mal sehen, ob mich auch andere in dem Kostüm zu dick finden, dachte sie und strebte dem Kleiderschrank im Schlafzimmer zu.

Sie war froh, dass sie nicht auf ihren Mann gehört und alle Kostüme der Kleidersammlung übergeben hatte. Drei knapp geschnittene Ensembles hatte sie behalten, mit dem Hinweis, dass sie ja abnehmen könne. Nicht, dass ihr diese Kostüme nicht passten, Martin hatte lediglich an ihren Oberschenkeln etwas zu mäkeln gehabt. Dabei hatte sie weder Reiterhosenspeck noch Cellulitis. Ihre Schenkel waren ganz einfach nur stramm.

Sie holte die drei Kostüme aus dem Schrank und begutachtete sie ausgiebig. Das eine war ein schlichtes schwarzes mit einem Rock, der drei Handbreit über dem Knie endete. Das zweite war ein türkisfarbenes, ziemlich kurzes Etuikleid, mit einer gehrockähnlichen Jacke. Das dritte Kostüm, und über lange Zeit der Hit in ihrem Kleiderschrank, war eines von Chanel. Ein Traum in zartem Rosa, das hervorragend zu ihrem Teint und den dunklen Haaren passte. Martin hatte es ihr geschenkt, als seine Praxis zum ersten Mal schwarze Zahlen geschrieben und sogar einen kleinen Überschuss erwirtschaftet hatte. Als sie durch Paris geschlendert waren, sie das Kostüm in einer der typischen Einkaufstaschen, waren ihre strammen Schenkel kein Problem gewesen. Auch in der darauffolgenden Nacht, die sie im Hotelzimmer durchgevögelt hatten, war es kein Problem gewesen. Erst seit Martin aussehen wollte wie Arnold Schwarzenegger persönlich und auf Silikontitten stand, war es ein Problem geworden.

Eine andere Frau hätte ein so sehr mit Erinnerungen behaftetes Kostüm sicher in die hinterste Ecke ihres Schrankes verbannt, nachdem sie herausgefunden hatte, dass ihr Mann sie betrügt. Für Bettina dagegen war es ideal, um ein neues Leben zu beginnen. Irgendwo hatte sie sicher auch noch ein paar Strapse und Strümpfe, die sie dazu tragen konnte. Sicher, es waren nicht die neuesten Modelle, aber für einen Test würde es allemal reichen. Vielleicht konnte sie dem Makler ja ein wenig die Hitze in die Hose jagen. So kurz, wie der Kostümrock war, brauchte sie sich nur ein wenig ungeschickt zu bücken, und schon wüsste der Mann, was mit ihr los war.

Doch was, wenn er alt und alles andere als scharf war?

Dann brauchte sie sich nicht zu bücken!

Rasch entledigte sie sich der weiten Klamotten und schlüpfte zunächst in ihren BH und den Strapsgürtel. Der Slip blieb ihrer frisch rasierten Weiblichkeit auch weiterhin fern. Der Gedanke, gleich so auf die Straße zu gehen, erregte sie und ließ sie feucht werden. Dennoch wollte sie es sich diesmal nicht selbst machen. Sie wollte ihre sexuelle Energie aufsparen, um ein wenig mit dem Makler zu flirten. Bevor man zu einem Festessen ging, aß man doch auch nichts!

In den Tiefen ihrer Strumpfschublade fand sie tatsächlich noch ein paar Strümpfe, die sie zu Strapsen und Minirock tragen konnte. Sie waren hell und so dünn, dass sie fast transparent waren. Das Preisschild zeigte noch eine Summe in D-Mark. So lange hatte sie also schon darauf verzichtet, sexy zu sein. Hatte sich Martin vielleicht deshalb in die Arme einer anderen geflüchtet?

Nein, sagte sie sich kopfschüttelnd. *Er war derjenige, der mich davon abgebracht hat, sexy zu sein. Er war derjenige, in dessen Augen ich plötzlich fett und unattraktiv geworden bin und der mir erfolgreich eingeredet hat, dass seine Sichtweise allgemein gültig ist.*

Nachdem sie die Strümpfe an den Strapsen befestigt hatte, zog sie das Kostüm an. Es saß noch immer wie angegossen. Die Jacke spannte zwar ein wenig über dem Busen, dafür war ihre Taille seit dem Kauf kurioserweise ein wenig schmaler geworden. Der Rock umschloss ihren Hintern angenehm eng, vielleicht gerade weil sie kein Höschen trug.

Noch einmal warf sie einen prüfenden Blick in den Spiegel und fand, dass sie so aus dem Haus gehen konnte. Von weitem sah man ihr kleines Geheimnis nicht, aber Bettina war sich sicher, dass sie sich heute ganz anders durch die Stadt bewegen würde. Sie drehte sich einmal um die eigene Achse, warf einen Blick auf ihren Hintern und fand, dass er gar nicht mal so dick aussah. Der enge Rock formte ihn vorteilhaft, und sie war sich sicher, dass sie damit zumindest ein paar Bauarbeiter dazu bringen konnte, ihr nachzupfeifen.

Ein Blick auf die Uhr sagte ihr, dass eine Stunde vergangen war. Ihr blieb noch genug Zeit, um sich ein Konzept für ihr Geschäft zurechtzulegen. Noch immer hatte sie keine Idee, wie sich ihre Konditorei von anderen abheben sollte. Aber vorher waren noch andere, wichtigere Dinge zu klären. Zum Beispiel der Standort. Er durfte nicht allzu nahe an Martins Praxis sein, denn er sollte erst ziemlich spät herausfinden, was sie trieb – genauso, wie es umgekehrt der Fall gewesen war. Natürlich sollte der Laden Gewinn bringen, genug, damit sie sich ihr Leben selbst finanzieren konnte.

Dazu musste sie allerdings erst einmal investieren. Martin hatte ihr glücklicherweise ein Konto eingerichtet, auf das er jeden Monat eine Art Unterhalt einzahlte. Einen großzügig bemessenen Unterhalt, das musste sie zugeben. Als er damals auf die Idee gekommen war, meinte er, dass sie versorgt sein sollte, falls ihm mal was passierte. Das Geld, das er behielt, sollte dazu da sein, um die Praxis im schlimmsten Fall schuldenfrei zu machen. Er hatte ja keine Ahnung, dass er ihr damit ein Stück Freiheit in die Hand gegeben hatte.

Da die Zeit der teuren Kostüme seit einiger Zeit vorbei war – Martin hatte ihr ja aufgrund ihrer Körperfülle abgeraten, so etwas zu tragen, obwohl es durchaus Designer gab, die etwas für Frauen in ihrer Größe entwarfen –, hatte sich ein hübsches Sümmchen angesammelt. Das konnte sie nun hemmungslos ausgeben, ohne dass ihr Mann etwas davon mitbekam.

Außerdem hatte Martin nichts dagegen, ihr seine Kreditkarte für den einen oder anderen Einkaufsbummel zu geben, denn es war ihm alles andere als angenehm, wenn sie ständig in der Praxis aufkreuzte und ihn um Geld bat.

Bettina holte sich einen Schreibblock und notierte auf dem veilchenfarbenen Papier ein paar Gedanken zu ihrem Geschäft. Als sie damit fertig war, war es auch schon Zeit aufzubrechen. Da sie in ihrem Outfit nicht mit der U-Bahn fahren wollte (sie konnte ja nicht wissen, was auf den Sitzen so klebte), rief sie sich ein Taxi und ließ sich zum Maklerbüro Regensberg chauffieren.

Martin Winter lenkte seinen Sportwagen souverän in die Parklücke und brachte ihn zum Stehen. In den Fenstern seiner Praxis brannte bereits Licht, und sicher brannte im Wartezimmer auch schon die Luft. Er hatte kein Problem mit viel Arbeit, dennoch gab es im Moment tatsächlich einen Ort, an dem er lieber gewesen wäre: in der Karibik mit seiner Geliebten. Die Reise hatte er schon lange geplant, bisher aber noch nicht den Mut gehabt, seine Frau zu umgehen. Bettina war mittlerweile wie ein Klotz an seinem Bein. Wie sie aussah und dreinschaute, wie sie redete und schwieg, das alles war ihm zuwider.

Martin versuchte sich einzureden, dass es nicht seine Schuld war. Bettina hatte sich in den letzten Jahren zu sehr gehen lassen und all seine Andeutungen über ihre Figur ignoriert. Mittlerweile war es so weit, dass er mit ihr nicht mal mehr das Bett teilen wollte. Glücklicherweise bat seine Frau ihn auch nicht darum. Sie war glücklich mit ihren Süßigkeiten und ihrem Leben zu Hause. Früher war es auch bei ihm der Fall gewesen, doch inzwischen hatte er das Gefühl, etwas verpasst zu haben. Er brauchte keine Frau wie Bettina an seiner Seite. Er brauchte eine Frau, die toll aussah und mit der er scharfen Sex haben konnte. Er war doch noch kein Greis!

Er konnte sich nicht mehr daran erinnern, wie es mit Suse angefangen hatte. Er hatte sie auf einer Tagung kennengelernt, bei der Bettina nicht dabei gewesen war. Sofort waren die Funken gesprüht. Suse war Anfang zwanzig und hatte einen Körper, dessen Anblick ihm sofort einen Mordsständer verschafft hatte, was durchaus peinlich hätte werden können, wenn er nicht schon am Tisch gesessen hätte.

Sie war in Begleitung seines Kollegen Behringer gekommen, der sich vor einigen Monaten hatte scheiden lassen. Das hatte sie allerdings nicht davon abgehalten, nur wenige Stunden später mit ihm eine scharfe Nummer in der Wäschekammer des Hotels zu schieben. Was berühmte Tennisstars könnten, das könnten sie auch, hatte sie betont und ihm dann einen Blowjob verpasst, bei dem ihm Hören und Sehen vergangen war.

Später hatten sie auf der Party immer wieder verstohlene Blicke gewechselt, und irgendwann hatte sie ihm ihre Handynummer zugesteckt. Diskret natürlich, denn Behringer sollte nichts merken.

Offiziell war sie mit ihm immer noch zusammen, was Martin anfangs gar nicht verstehen konnte. Behringer war zehn Jahre älter als er, und an einigen Stellen wurde sein Haar schon ziemlich dünn. Er hatte einen Bierbauch und schien absolut nichts für seine Fitness zu tun. Wenn er so weitermachte, war es gut möglich, dass er in ein paar Jahren an einem Herzinfarkt starb. Deshalb, und wahrscheinlich auch aus ästhetischen Gesichtspunkten, hatte Suse sich für

Martin entschieden. Sie hatte ihm allerdings klargemacht, dass sie das sichere Nest bei Behringer nur dann aufgeben würde, wenn er sich scheiden ließe.

Dazu hatte sich Martin bisher nicht durchringen können.

Es hatte immerhin einen Grund gegeben, warum er Bettina mal geheiratet hatte. Welcher das war, war ihm in den letzten Jahren zwar entfallen, aber sein Gewissen war noch nicht so abgestumpft, dass er sie sofort in die Wüste schicken konnte – auch wenn er sie inzwischen wirklich unerträglich fand. Was sollte sie denn ohne ihn tun? Sie hatte kein eigenes Einkommen, und die Chancen, dass sie wieder einen Mann wie ihn fand, standen ziemlich schlecht. Nicht mal Behringer würde sie nehmen, da war er sich sicher. Außerdem käme es zu einem Skandal sondergleichen in seinem Wohltätigkeitsverein. Bettina war aufgrund ihrer Kochkünste dort ziemlich beliebt, und er konnte sich schon lebhaft vorstellen, wie die Geier über ihn herfielen und ihn auseinandernahmen, wenn er dort mit Suse aufkreuzte, die nachweislich nicht kochen konnte und sich auch sonst nichts aus solchen Veranstaltungen machte.

Natürlich konnte es auch nicht ewig so weitergehen. Irgendwann würde er eine Entscheidung treffen müssen.

Aber nicht heute. Momentan warteten erst einmal ein Rudel Patienten auf ihn und abends ein paar heiße Stunden mit Suse.

Nachdem er einen letzten prüfenden Blick in den Rückspiegel geworfen und festgestellt hatte, dass er verdammt gut aussah, griff er nach seinem Handy und schob es in die Brusttasche seines Hemdes.

Gestern, als er es zu Hause vergessen hatte, hatte er kurz

vor einem Herzinfarkt gestanden – zumal er eine Nachricht von Suse erwartete, der er zuvor eine ziemlich scharfe Momentaufnahme geschickt hatte.

Bettina war keine Frau, die schnüffelte, aber sie hätte sich ganz sicher gewundert, dass er eine Nachricht von jemand Wildfremdem bekam. Und wer weiß, vielleicht hätte sie nachgesehen. Oder hatte sie es sogar getan?

Martin war ein wenig misstrauisch geworden, als sich Suses Antwort verspätete, doch später hatte sie ihm geschrieben, dass sie an dem Morgen Probleme mit dem Netz gehabt hätte, und da war er wieder beruhigt.

Auf jeden Fall würde er sein Telefon nicht mehr offen herumliegen lassen …

Als er die Praxis betrat, konnte er bereits das Stimmengewirr in im Wartezimmer hören. Katrin, die Helferin an der Anmeldung, telefonierte gerade und begrüßte ihn mit einem kurzen Nicken. Die anderen beiden Mädchen klapperten in den Sprechzimmern und im Desinfektionsraum mit den Instrumenten.

Martin huschte, einige Guten-Morgen-Rufe austeilend, durch den Gang und betrat sein Büro.

Kaum war er zur Tür herein, stockte er. Hinter seinem Schreibtisch, die langen, in Seidenstrümpfen steckenden Beine auf der Tischplatte, saß Suse. Sie trug einen megakurzen Rock und eine Bluse, durch die man ihren Büstenhalter sehen konnte.

»Was machst du denn hier?«, entfuhr es ihm, während er die Tür schnell hinter sich schloss.

Ein Lächeln huschte über ihr perfekt geschminktes Gesicht. »Ich hatte Sehnsucht nach dir«, hauchte sie und nahm die Beine herunter. So langsam und effektvoll, dass er einen Blick auf ihren schwarzen Slip erhaschen konnte.

Martin spürte, wie er hart wurde. So konnte er unmöglich seinen Patienten gegenübertreten!

»Wir haben uns doch gerade erst gesehen.«

»Immerhin waren es sieben Stunden, das ist eine verdammt lange Zeit.« Suse strich sich den Rock glatt und öffnete die obersten Knöpfe ihrer Bluse, so dass ihre Brüste zum Vorschein kamen. Bei der guten Arbeit, die der Schönheitschirurg bei ihr geleistet hatte, hätte sie es eigentlich nicht nötig gehabt, einen BH zu tragen. Das tat sie nur, um ihn scharf zu machen.

Auf einmal hatte Martin das Gefühl, wochenlang nichts zu trinken bekommen zu haben. Seine Zunge klebte am Gaumen fest, und das Einzige, was er denken konnte, war: verdammtes Teufelsweib!

Suse bemerkte die Beule in seiner Hose, leckte sich über die Lippen und kam auf ihn zu.

»Außerdem habe ich Lust auf eine kleine Behandlung mit deinem großen Bohrer«, sagte sie und ließ ihre roten Nägel über seine Brust gleiten.

»Wie hast du meinen Helferinnen erklärt, dass du hier bist?«

»Gar nicht, ich habe mich einfach durchgeschlichen. Deine Mädchen sind ja so was von diskret, keine hat auch nur Anstalten gemacht, in dein Büro zu schauen. Du hast es ihnen verboten, stimmt's?«

Suses Nägel gruben sich in seine Brust. Martins Erektion wurde stärker, und seine Brustwarzen wurden steif.

»Sie wissen, dass ich hier drin ungestört sein will.«

»Na, bestens!«, entgegnete Suse, beugte sich vor und leckte ihm schnell und feucht über den Mund. »Dann werden sie wohl auch nicht reinkommen, während du mich fickst, oder?«

Dazu sagte Martin nichts, sondern riss sie mit einem lustvollen Keuchen an sich. Ihre Münder prallten hart aufeinander, und während ihre Zungen miteinander zu tanzen begannen, griff er unter dem Rock nach ihrem Hintern. Wie fest und klein die Backen waren. Hervorragend durchtrainiert. Und der seidige Slip passte sich ihnen hervorragend an.

»Komm, mach es mir«, raunte sie ihm lockend ins Ohr und griff nach seinem Schwanz, der hart gegen seine Hose drängte.

Hastig knöpfte sie ihm die Hose auf, während er ihr die Bluse aufriss, dann wollte sie ihn mit sich zu Boden ziehen.

Martin schaffte es gerade noch so, sie zum Eingang zu dirigieren und die Tür abzuschließen, dann ließ er sich über sie gleiten.

»Aber wehe, du schreist«, sagte er, während er ihren Slip beiseite schob und seinen Schwanz in Stellung brachte. Suse spreizte die Schenkel weit und mit einer Eleganz, wie sie nur Sportler an den Tag legen können. Das machte Martin noch mehr an, und mit einem verhaltenen Grunzen drang er in sie ein.

Um ihn zu ärgern, juchzte Suse kurz auf, doch bevor sie es wiederholen konnte, legte er ihr die Hand auf den Mund.

»Ich hab dir doch gesagt, dass du nicht schreien sollst«, raunte er und fing an, sich in ihr zu bewegen. Suse biss ihm spielerisch in die Handfläche, denn sie wusste, dass er ein wenig Schmerz beim Sex liebte. Tatsächlich stachelte ihn das Gefühl ihrer Zähne in seiner Haut an, und er begann, sie heftiger und schneller zu stoßen.

Er selbst hielt sich die ganze Zeit über an das Gebot des Schweigens, nur ab und an entrang sich seiner Kehle ein unterdrückter Laut, der sicher durch die Geräusche im Wartezimmer verschluckt wurde.

Suse war anzumerken, dass sie sich gern vor Lust die Stimme aus dem Leib geschrien hätte, doch das ließ Martin nicht zu. Als sie merkte, dass ihr das noch mehr Lust verschaffte, unterließ sie es schließlich und schlang die Beine fest um seine Hüften. So hatte er nur noch wenig Platz, aber auch die kurzen und heftigen Stöße brachten sie bald schon zum Höhepunkt.

Ihre Pussy krampfte sich heftig um seinen Schwanz, und als er es spürte, kam es ihm ebenfalls. Er presste sich fest an sie, so fest, als wollte er sie durchbohren, dann ließ er sich keuchend auf sie sinken. Als er die Hand von Suses Mund nahm, lachte sie schelmisch.

Martin hob verwundert den Kopf. Er hatte fürs Erste keine Kraft mehr, sie davon abzuhalten. Doch immerhin lachte sie nicht so laut und hysterisch, dass die Helferinnen nach dem Rechten schauen würden.

»Warum lachst du?«, fragte er schließlich, als er seine Stimme wiederhatte.

Es dauerte eine Weile, bis Suse sich einigermaßen beruhigt hatte. »Ich frage mich gerade, ob deine Mädchen etwas mitbekommen haben. Und ob sie mich für deine Frau halten. Sie haben Bettina bestimmt noch nicht zu Gesicht bekommen, oder?«

»Einige von ihnen schon«, entgegnete Martin und erhob sich. Seine Beine waren noch immer zittrig, und als er seine Handfläche betrachtete, bemerkte er die tiefen Eindrücke ihrer Zähne. An den Stellen, wo die Eckzähne gewesen waren, hatte er zwei kleine blutige Wunden. Das Tragen der Gummihandschuhe würde heute sicher alles andere als angenehm werden, aber der Abgang eben war es ihm wert.

»Du Vampirin!«, raunte er Suse zu, zeigte ihr die ramponierte Hand und küsste sie dann.

»Wenn du willst, sauge ich dich nach Feierabend noch ein wenig aus«, entgegnete sie und strich ihm durchs Haar. »Wann schickst du die Mädchen weg?«

»Ich denke mal, dass sie gegen sieben fertig sind. Dann können wir hier gern weitermachen.«

»Einverstanden. Und was sagst du deiner Frau?«

»Das Übliche. Ein später Patient und so weiter.«

»Die Ausrede solltest du nicht allzu oft anbringen, sonst kommt sie am Ende noch her und will mitmachen.«

Martin lachte spöttisch auf und schüttelte den Kopf. »Bettina hat keine Lust mehr auf Sex, sie isst lieber.«

Suse zog die Augenbrauen hoch und zuckte mit den Schultern. »Nun gut, mehr für mich. Vielleicht wirst du sie ja los, wenn sie an Herzverfettung stirbt.«

Martin wusste, worauf die Bemerkung abzielte. Er sollte sich endlich trennen. Aber so scharf ihr Fick eben auch gewesen ist, er wollte diese Entscheidung noch nicht treffen.

»Keine Sorge, die hält durch. Sie ist das Fett gewöhnt. Ich werde schon eine Lösung finden, versprochen.«

Ein enttäuschtes Zucken umspielte für einen kurzen Moment das perfekte Lippenrot, dann erhob sich Suse wieder und brachte ihre Sachen in Ordnung.

»Okay, dann machen wir also heute Abend weiter.«

»Wenn dich Behringer nicht in Anspruch nimmt.«

Suse winkte ab. »Keine Sorge, dem geht es so wie deiner Frau. Lust am Essen, aber keine Lust am Sex. Er wollte schon seit fast zwei Wochen nicht mehr ran.«

»Vielleicht merkt er was.«

»Nein, das glaube ich nicht. Er hängt in seiner Praxis fest und ärgert sich mit seinen Assistenten herum. Und dann gibt es ja noch diese Protestaktion gegen die Kammerbeschlüsse. Wegen denen wollte er dich übrigens noch mal aufsuchen. Pass auf, dass du dich dann nicht verrätst.«

Martin verzog das Gesicht. Die Aktion hatte er voll und ganz vergessen. Er hatte eigentlich keine Lust, da mitzumachen, doch Kollegialität ging vor. Allerdings wusste Martin nicht, ob er sein Grinsen im Zaum halten konnte, wenn er Behringer gegenüberstand und daran denken musste, wie oft er schon seine Freundin durchgefickt hatte. »Keine Sorge, ich werde mich schon nicht verraten.«

»Ich nehme mal an, dass er in den nächsten Tagen wieder will, aber da kann ich ja Kopfschmerzen bekommen«, fuhr Suse fort und knöpfte ihre Bluse zu.

»Das mit den Kopfschmerzen solltest du auch nicht zu oft anbringen, sonst schickt er dich noch zum Neurologen.«

»Keine Sorge, er schickt mich nirgendwohin. Wenn ich ihm mal wieder die Gnade gewährt habe, seinen Schwanz in mich reinzuschieben, ist er zahm wie ein Lämmchen.«

Mit diesen Worten und einem unterkühlten Lächeln küsste sie ihn, schloss die Tür auf und verließ das Büro. Dass die Helferinnen sie sehen konnten, war ihr offenbar egal.

Martin blickte ihr kurz nach, schloss die Tür wieder und machte sich daran, die Spuren ihres Lippenstifts abzuwischen und sich in den netten Doktor Winter zu verwandeln.

Das Büro des Maklers war zusammen mit einer Anwaltskanzlei in einer alten Charlottenburger Villa untergebracht. Ein gusseiserner Zaun, der trotz seines guten Zustandes etliche Jahrzehnte, wenn nicht Jahrhunderte auf dem Buckel hatte, umgab das Anwesen. Dahinter standen Rhododendren in voller Blüte, und neben dem kleinen Parkplatz war ein Kirschbaum, dessen Früchte gerade begannen, rot zu werden.

Während Bettina den Bugatti auf dem Parkplatz betrachtete, dachte sie darüber nach, sich einen eigenen Wagen zuzulegen. Für ihr Geschäft würde sie ihn brauchen, und auch sonst hätte es sicher seine Vorteile, beweglich zu sein. Vielleicht entpuppte sich der eine oder andere Kunde ja als Zuckerstange, an der sie gern naschen würde.

Einen Protzwagen wie den Bugatti wollte sie allerdings nicht. Solche Autos waren nur dazu gut, um auf der breiten Motorhaube eine schnelle Nummer zu schieben.

Feuchtigkeit machte sich zwischen ihren Beinen breit. Im Taxi hatte sie sich noch beherrschen können, was nicht sonderlich schwer gewesen war, denn der Fahrer stank nach einem furchtbaren Aftershave und war alles andere als ein Adonis gewesen. So nötig hatte sie es dann doch nicht, jeden x-beliebigen Kerl unter ihren Rock schauen zu lassen. Sie hatte sich so brav wie irgend möglich hingesetzt und während der ganzen Zeit versucht zu ignorieren, dass der Kerl sie lüstern anglotzte.

Als sie endlich angekommen waren, hatte er ihr angeboten, auf sie zu warten, doch Bettina hatte dankend abgelehnt. Vielleicht bestand ja beim nächsten Mal die Chance, dass sie einen knackigeren Chauffeur erwischte.

Am Haus angekommen, strich sie Blazer und Rock noch einmal glatt, bevor sie klingelte. Ein Summen ertönte, dann schnappte die Tür auf. Ein Gang, von dem zwei weitere Türen abgingen, die offenbar zur Anwaltskanzlei gehörten, führte schließlich zum Empfang. Eine Frau in einem dunkelroten Kostüm saß hinter dem Tresen und hackte erbarmungslos auf die Computertastatur ein. Dabei blickte sie ein wenig misslaunig drein, offenbar beschäftigte ihr Chef sie über die Mittagspause hinaus.

Die Eintretende grüßte, was die Dame nicht dazu brachte, etwas zu erwidern. Fast schien es, als hätte sie Diktierkopfhörer auf, doch dann unterbrach sie das konzentrierte Geklapper und sah die neue Kundin an.

Bettina erwartete, dass die missmutige Lady gleich in unfreundlichem Ton bemerken würde, dass Mittagspause war, aber zu ihrer großen Überraschung fragte sie nur: »Was kann ich für Sie tun?«

»Ich hatte eine Verabredung mit Herrn Regensberg, mein Name ist Winter.«

Die Assistentin wusste offenbar Bescheid, denn sogleich erhob sie sich und ging zu der Tür, die offenbar zum Allerheiligsten ihres Chefs führte. »Frau Winter ist da«, sagte sie, nachdem sie ohne anzuklopfen den Kopf in sein Büro gesteckt hatte, und setzte sogleich hinzu: »Ich werde dann jetzt Mittagspause machen.«

Regensberg schien nichts dagegen zu haben, denn die Assistentin stiefelte ohne ein weiteres Wort los und verschwand hinter einer der anderen Türen, die von der Rezeption abgingen.

Wenig später erschien der Hausherr persönlich. Bettina hatte gar nicht mehr die Zeit, die Angebote in dem großen Schaukasten zu studieren. Nur so viel bekam sie mit, dass im Moment sehr viele Eigenheime außerhalb der Stadt zum Verkauf standen. Die Häuser auf all den Fotos wirkten jedenfalls, als würden sie sich in ländlicher Gegend befinden.

Bettina lächelte, als sie feststellte, dass ihre Menschenkenntnis immer noch bestens funktionierte. Tobias Regensberg war tatsächlich ein höchst attraktiver Mann. Er hatte brünettes Haar, war etwa eins achtzig groß und schätzungsweise vierzig Jahre alt. Er trug einen teuer aussehenden blauen Nadelstreifenanzug mit einem Seidentüchlein in der Brusttasche.

Mit einem strahlenden Lächeln, das seine grünen Augen regelrecht zum Strahlen brachte, kam er auf sie zu. Bettina zog sich eilig hinterrücks den Ehering vom Finger. Einem solchen Prachtkerl band man nicht gleich auf die Nase, dass man verheiratet war. Besonders dann nicht, wenn man von seinem Mann betrogen wurde.

Als er ihr die Hand reichte, bemerkte sie, dass ebenfalls kein Gold daran funkelte. Entweder steckte er in der Midlife-Crisis, oder er war tatsächlich noch Junggeselle.

»Guten Tag, Frau Winter, ich bin erfreut, Ihre Bekanntschaft zu machen«, sagte er, als sie sich die Hände schüttelten. Regensbergs Händedruck war fest und zugleich auch rücksichtsvoll zu zarten Frauenhänden. Ein Schauer überlief Bettina, als sie sich vorstellte, wie seine Hand andere Stellen ihres Körpers berührten.

Jetzt musste sie sich allerdings erst einmal ums Geschäft kümmern.

»Geht mir ebenso, Herr Regensberg«, antwortete sie und ließ sich von ihm in sein Büro geleiten.

Die Einrichtung war genauso edel wie sein Anzug. Offenbar hatte sie einen Glücksgriff gemacht. Jemand, der sich so ein Büro (und vielleicht auch den Bugatti) leisten konnte, musste gut in seinem Job sein.

»Also, was haben Sie sich vorgestellt?«, fragte der Makler, nachdem er hinter seinem Schreibtisch Platz genommen hatte. Bettina ließ sich auf den angebotenen Stuhl vor dem Schreibtisch nieder und schlug ein Bein über das andere, damit nicht gleich sichtbar wurde, welches Geheimnis sie darunter verbarg.

»Ich würde gern einen Laden in der Stadt eröffnen, genau genommen eine Konditorei«, erklärte Bettina. »Dazu brauche ich natürlich einen Verkaufsraum, eine Backstube oder Küche, ein Lager und einen kleinen Aufenthaltsraum. Natürlich sollte das Objekt auch nicht gerade in einer Gegend liegen, die niemand findet. Mein Laden soll gesehen werden.«

Während Regensberg ihr zuhörte, verschränkte er die Hände, und sie sah eine Rolex oberhalb des linken Ärmels aufblitzen.

War das nun ein gutes oder schlechtes Zeichen?

»Ich fürchte, dass solche Objekte in der Stadt ziemlich rar gesät sind«, sagte der Makler, nachdem er eine Weile überlegt hatte. »Dazu kommt, dass es eine ziemlich hohe Summe kosten dürfte, ein Geschäft in wirklich guter Lage zu kaufen.«

»Wie sieht es mit mieten aus?« Bettina hätte jetzt sagen können, dass Geld keine Rolle spielte, aber aus ihren Tagen in der Konditorei wusste sie, dass sie einiges an Gerätschaften brauchte, und die konnte sie nicht so ohne weiteres mit Martins Goldcard bezahlen.

»Das dürfte Sie kaum billiger kommen. Die Summen für Ladenmieten sind astronomisch, da können Sie besser einen Kredit aufnehmen und die Ladenfläche kaufen.«

»Sie meinen nicht, dass sich dennoch etwas Günstiges für mich finden ließe?« Bettina schaute ihm tief in die Augen. *Denk dran, wie er dir vorhin auf den Arsch gestarrt hat,* hallte es durch ihren Verstand. *Vielleicht ist er ja bereit, ein wenig mehr Mühe zu investieren, wenn du ihm das Gefühl gibst, dass du gleich eine heiße Nummer mit ihm schiebst.*

Offenbar hatte sie die richtigen Signale gesendet. Regensberg wurde sichtlich unruhig und leckte sich über die Lippen, als wäre er gerade durch eine Wüste marschiert.

»Nun, es kommt darauf an«, sagte er gedehnt und schob einen Finger in den Hemdkragen, als sei ihm seine Krawatte auf einmal zu eng.

Schnapp ihn dir!, rief die kleine Stimme in ihrem Hinterkopf. *Er sieht gut aus, und wenn schon sein Hals schwillt, sieht es in seiner Hose bestimmt ähnlich aus. Außerdem weißt du nicht, wann der Nächste bereit ist, es dir zu besorgen.*

Bettina hatte so etwas noch nie zuvor gemacht, und wahrscheinlich würde sie sich hinterher fragen, wie sie überhaupt auf so etwas gekommen war. Doch der Reiz des Verbotenen überwog.

Sie erhob sich und knöpfte langsam die Kostümjacke auf, so dass er einen Blick auf ihren schicken Seiden-BH werfen konnte.

Als genug Haut zu sehen war, blieb Regenbergs Blick daran kleben wie eine Mücke an einem Fliegenfänger. Wieder leckte er sich über die Lippen, und da Bettina den Blick ungeniert schweifen ließ, entging ihr nicht, dass sich eine verräterische Beule unter seiner Hose abzeichnete.

Anscheinend war er wirklich sehr leicht zu reizen. Was er wohl sagen würde, wenn sie jetzt den Rock hob und ihm zeigte, dass sie nichts weiter als ein paar Strapse darunter trug?

Nein, sie sollte ihm die Überraschung nicht von vornherein verderben. Es war wie bei einem guten Gebäck. Man musste den Kunden mit dem, was drin war, erstaunen.

Sollte der Herr Makler ruhig selbst herausfinden, was er an dieser Kundin hatte.

»Worauf kommt es denn an?«, fragte Bettina keck und hockte sich vor ihn auf die Kante des Schreibtisches. Kurz blitzte der Gedanke auf, dass sie nicht bei Trost sein musste, sich diesem Fremden wie eine Hure anzubieten. Aber selbst wenn er ihr keinen Laden besorgen konnte, hatte sie nun die Gewissheit, dass sie noch immer einen Mann reizen und ihn dazu bringen konnte, einen Mordsständer zu bekommen. Das war doch schon mal was! Ihrem Ego tat es jedenfalls sehr gut.

Regensberg hatte sich noch keinen Zentimeter auf seinem Stuhl bewegt. Wie angeklebt saß er da. Seine Hände krallten sich in die Armlehnen seines Chefsessels, als könnte er sich nur schwerlich zurückhalten, nach ihr zu greifen und sie über den Schreibtisch zu zerren.

Die Beule in seiner Hose wurde größer. Bettina wusste nicht, was für eine Unterhose er trug, aber sie konnte deutlich erkennen, wie sich der dicke Kopf seines Schwanzes unter dem teuren Stoff abzeichnete.

Der Makler schluckte, dann wanderte sein Blick kurz zur Tür. Von seiner Assistentin war nichts zu hören, sie hatte wohl ihre Ankündigung, in die Mittagspause zu gehen, wahr gemacht. Niemand würde mitbekommen, was sie hier drinnen trieben …

Noch einen Moment zögerte er, dann schoss er von seinem Stuhl hoch. Seine Hände legten sich um ihr Gesicht, und seine Lippen pressten sich auf ihren Mund. Bettina hatte angekommen, dass er als Erstes nach ihren Brüsten greifen würde, aber darauf musste sie sicher nicht lange warten. Gierig bohrte sich seine Zunge in ihren Mund, und als Bettina die erste Überraschung überwunden hatte, machte sie mit. Ungestüm drängte Regensberg sie auf die Tischplatte und ignorierte, dass sie bei dem Versuch, sich festzuhalten, sein Flipchart, ein paar Akten und den teuren Federhalter herunterwischte.

Endlich glitten seine Hände zu ihren Brüsten und kneteten sie durch den zarten Seidenstoff hindurch. Ihre Nippel reckten sich ihm hart entgegen, und als er es spürte, zog er den Stoff zur Seite und senkte den Kopf. Er leckte und saugte, und Bettina hatte auf einmal das Bedürfnis, ihn noch näher bei sich zu spürten. Sie spreizte die Schenkel, und als er ihr seine Hüften entgegenschob, konnte sie seinen Schwanz durch den Stoff der Hose fühlen.

Es war ein erregendes Gefühl, und sie war sich sicher, dass sie einen feuchten Fleck auf seiner Hose hinterließ, denn ihre Lippen waren prall und saftig und sehnten sich danach, seinen harten Schwanz in sich zu spüren. Sie ließ die Hände nach unten wandern, strich ihm über den Hintern, der fest und knackig war.

Dann glitten ihre Hände langsam nach vorn. Sie massierte seinen Schaft durch die Hose und tastete nach dem prallen Beutel darunter. Er schien es wirklich mächtig zu brauchen. Und sie brauchte es auch. All die Monate der Abstinenz hatten aus ihr offenbar ein Luder gemacht.

Mit einem leisen Stöhnen griff er nach ihren Hüften und bemerkte im selben Moment, dass sie nichts drunter hatte. Der Laut, den er daraufhin ausstieß, erinnerte sie an das Brummen eines Bärs, und es machte sie mächtig an. Das Animalische hatte Martin noch nie draufgehabt.

Regensberg löste sich kurz von ihr und zog eine Schublade an seinem Schreibtisch auf. Bettina war erstaunt und gleichzeitig froh darüber, dass er Kondome dahatte. Gleichzeitig nahm sie sich vor, auf dem Rückweg im Drogeriemarkt vorbeizuschauen, um sich einen Vorrat für Quickies zwischendurch zuzulegen.

Er streifte sich das Kondom fachmännisch über, griff nach ihren Beinen und legte sie sich über die Schultern. Für einen Moment verharrte der dicke Kopf an ihrer Pforte, dann stieß Tobias Regensberg zu.

Bettina meinte, jede einzelne Ader seines Schaftes zu spüren, während er sich immer tiefer vorarbeitete. Er schloss die Augen und schien sichtlich die Enge zu genießen, gegen die er ankämpfen musste. Im nächsten Moment ließ er sich auf sie sinken. Sein Gesicht war jetzt dicht über ihr, und Bettina musste zugeben, dass es sie anmachte, seine attraktiven Züge vor Lust verzerrt zu sehen. Sie streckte die Zunge heraus und leckte ihm spielerisch über die Lippen, was ihn dazu brachte, die Augen wieder zu öffnen. Während er sie wie gebannt ansah, fing er an zu stoßen.

Die Art und Weise, wie er sich immer schneller bewegte und dabei keuchte, riss Bettina dermaßen mit, dass sie nur wenige Augenblicke später kam. So schnell hatte Martin es nie geschafft, sie zum Höhepunkt zu bringen – wenn er es denn überhaupt geschafft hatte.

Tobias machte weiter, er stieß und stieß, bis der Schreibtisch wackelte und sein Ablagekorb der Tischkante gefährlich nahe rückte. Dann kam auch für ihn die Erlösung. Bettina konnte förmlich spüren, wie sein Schwanz pumpte, und kurz bevor er ihn wieder herauszog, kam sie erneut.

Tobias blickte sie keuchend an. »Ich habe mir schon gedacht, dass du ein scharfes Früchtchen bist, aber dass du so geil bist …«

Sie lächelte und spürte erst jetzt, dass sich eine Büroklammer in eine ihrer Pobacken gebohrt hatte. »Ja, man kann immer wieder Überraschungen erleben.« *Besonders, wenn man keine Ahnung hat, dass die Frau, die man gerade gefickt hat, verheiratet ist,* fügte sie im Stillen hinzu.

Jetzt, da ihr Hunger gestillt war, meldete sich ihr Geschäftssinn zurück. Sie hatte dem Makler einen großen Gefallen getan, damit war er dran. Dessen schien er sich auch ziemlich deutlich bewusst zu sein.

»Also, was ist? Kannst du in meinem Fall nun etwas machen?«

Regensberg, der inzwischen das Kondom abgezogen und in einem Papiertaschentuch verstaut hatte, lächelte breit. »Mir bleibt wohl nichts anderes übrig, oder?«

»Das würde ich nicht sagen. Auch wenn du nichts finden kannst, werde ich die Sache nicht an die große Glocke hängen.«

»Wie beruhigend für mich.« Das Taschentuch landete im hohen Bogen im Papierkorb.

»Allerdings bin ich mir sicher, dass du etwas für mich tun kannst. Umsonst steht der Wagen nicht vor der Tür.«

»Woher weißt du denn, dass es meiner ist?«

»Pure Menschenkenntnis.«

Tobias nahm wieder auf seinem Stuhl Platz. Es sah aus, als wollte er sie spontan zu einem wilden Ritt einladen, doch Bettina hatte fürs Erste genug. Sie zog sich den Rock herunter und knöpfte den Blazer wieder zu. Dann begab sie sich auf die andere Seite des Schreibtischs. Sollte die Assistentin jetzt hereinplatzen, konnte sie durchaus denken, dass nichts geschehen war.

Aber vermutlich würde sie es riechen, zumindest wenn ihr Geruchssinn ebenso gut ausgeprägt war wie der von Bettina. Wenn sie kochte, brauchte sie die meisten Gerichte nicht abzuschmecken, sie roch ganz einfach, wie viel von welchem Gewürz noch dazumusste und wann es gut war. Sie roch, wann ein Kuchen im Ofen fertig war, und genauso gut witterte sie den Geruch von Sperma und ihren eigenen Säften. Hier kam noch eine kleine Note Gummi hinzu, offenbar war es kein Kondom mit Geschmack gewesen. Das Tütchen, das noch auf dem Tisch lag, bestätigte ihre Vermutung. Tobias bemerkte ihren Blick und nahm es schnell an sich. Dabei grinste er wie ein kleiner Junge, der bei einer Schandtat ertappt worden war.

»Also gut, ich melde mich so schnell ich kann bei dir«, sagte er dann und beugte sich nach vorn. »Dafür müsstest du mir allerdings deine Telefonnummer und deine Adresse geben.«

»Warum denn die Adresse?«, fragte Bettina und leckte sich kurz über die Lippen. »Willst du etwa zu mir nach Hause kommen und es mir besorgen?«

Sie konnte für einen kurzen Moment nicht glauben, dass sie das gesagt hatte. Aber es fühlte sich irgendwie richtig an, und sie wollte nichts, was richtig war, mehr in ihrem Leben unterdrücken.

»Wenn du es willst, gern. Aber glaub nicht, dass ich allen Kundinnen diese Vorzugsbehandlung gönne. Nur diejenigen, die ohne Slip hier hereinschneien, bekommen meinen Hammer zu spüren.«

»Und wie viele Damen kommen durchschnittlich ohne Slip zu dir?« Angesichts der Kondome in seiner Schublade machte sich Bettina keine Illusionen, dass dieser Mann wie ein Mönch lebte und nur auf sie gewartet hatte.

»In dieser Woche war es bisher nur eine. In deinem eigenen Interesse solltest du übrigens niemandem erzählen, welche Wirkung das hatte, sonst kann ich für nichts garantieren.«

Endlich mal ein Mann, der nicht vorheuchelte, treu zu sein. Bettina fand das erfrischend.

»Ich werde es für mich behalten«, sagte sie lächelnd, und als er sich zurücklehnte, sah sie, dass er schon wieder eine Erektion hatte. Offenbar schien er wirklich seit einiger Zeit keine sliplosen Damen mehr empfangen zu haben.

»Wie lange wird deine Assistentin noch in der Pause

sein?«, fragte sie spontan, denn in ihr regte sich ebenfalls die Lust, sich einen kleinen Nachschlag zu holen.

»Ich denke, ein paar Minuten werden es noch sein.«

»Hast du denn doch welche von den Gummis da?«

»Genug, um dich noch ein paar Mal ordentlich durchzuficken.«

»Ein weiteres Mal würde mir schon genügen.«

Damit erhob sie sich und stellte sich so vor ihn hin, dass sie ihm den Rücken zukehrte. Sie hörte ihn kurz nach Luft schnappen, als sie mit einer lässigen Bewegung den Rock hochschob und ihren Hintern entblößte. Keine Sekunde später zog er Schublade und Hosenstall auf, raschelte kurz mit der Kondompackung und umfasste sie. Er schob sie in die richtige Position, löste die Knöpfe ihres Blazers, und während er beide Hände fest um ihre Brüste schloss, stieß er mit einem lauten Aufstöhnen zu.

Als sie den Rock glattstrich und wenige Minuten später das Büro des Maklers verließ, wusste sie auf einmal, was sie als Nächstes tun würde. Das Gespräch mit Zuckerstange über zuckende Stangen kam ihr wieder in den Sinn. Plötzlich stand der Gedanke wie mit Leuchtbuchstaben geschrieben da: *Eröffne doch eine erotische Bäckerei! Mit Zuckerstangen, die man am besten nicht zu Omas Geburtstag mitbringt, und Sahnerollen, an denen jeder mit Freude lutscht. Irgendwas wird dir schon einfallen! Immerhin hast du es gerade mit einem wildfremden Kerl in seinem Büro getrieben!*

Von diesem Gedanken beflügelt, verzichtete sie darauf, ein Taxi zu nehmen, und ging ein Stück zu Fuß.

Sie versuchte, ihre Idee weiterzuspinnen und sich vorzustellen, worauf die Kundschaft am meisten abfahren würde. Gleichzeitig erstellte sie im Geiste eine Einkaufsliste. Sie brauchte unbedingt Marzipan, außerdem Sahne, Zucker, Mehl, Eier und Kakao. Sie brauchte Früchte und Gelee, und natürlich ein Waffeleisen, einen Backofen, einen Küchenherd und so weiter. Als sie mit der Liste fertig war, hatte sie sich schon ein ganzes Stück vom Maklerbüro entfernt.

Zufälligerweise kam ein Taxi vorbei, und geistesgegenwärtig winkte Bettina es herbei. Natürlich hätte der Fahrer auch weiterfahren können, doch er hielt sofort an. Lag das an ihrem beinahe schon überirdischen Lächeln, oder hatte ihr der Fick mit Tobias ein gewisses Leuchten verliehen?

Was das Aussehen des Taxifahrers anging, hatte sie diesmal mehr Glück, und so hatte sie auch nichts dagegen, den Rock zwischendurch ein wenig höher rutschen zu lassen. Der Mann warf immer wieder verstohlene Blicke auf ihre Schenkel, und Bettina meinte, unter seiner Hose eine Erektion aufkeimen zu sehen. Doch bevor sie Gewissheit erhalten konnte, waren sie am Ziel.

Sie gab dem Jungen für seine heißen Blicke ein saftiges Trinkgeld, und auch ohne sich umzudrehen, wusste sie, dass er ihr auf den Hintern starrte, während sie zufrieden den Weg zu ihrem Haus entlangging.

5. Kapitel

Bettina konnte das Gefühl, das sie erfasst hatte, nicht beschreiben. Der Sex mit Martin war niemals so gut gewesen wie das, was sich gerade in ihrem Inneren abspielte. Es war beinahe so, als wäre sie neu geboren worden. Mit einem leisen Summen auf den Lippen betrat sie das Haus und warf schwungvoll die Schlüssel von sich.

Der erste Schritt war getan. Noch dazu hatte sie Martin seinen ersten Fick mit Suse heimgezahlt. Konnte der Tag noch besser werden?

Zuckerstange fiel ihr plötzlich wieder ein. Sie hatte ihrem Chatpartner doch versprochen, zu berichten, was sie unternommen hatte! Ein Blick auf die Uhr sagte ihr, dass seine Mittagspause längst vorbei war. Trotzdem wollte sie kurz im Chat vorbeischauen. Vielleicht konnte sie auch irgendwie seine Mailadresse ausfindig machen – und sich endlich selbst eine einrichten, mit der sie ihm schreiben konnte.

Sie kickte die Schuhe in die Ecke und stürmte zur Treppe. Dabei fiel ihr ein, dass Martin hatte anrufen wollen. Für einen kurzen Moment rang sie mit sich, ob sie zurückgehen und den Anrufbeantworter abhören sollte. Doch ganz sicher war die Nachricht auch später noch da, wenn sie wieder herunterkam. Also setzte sie ihren Weg nach oben fort.

In Martins Posteingangsfach waren erneut Nachrichten von Fantasygirl, aber nachdem sie mit dem Makler gevögelt hatte, der ihr womöglich ein neues Leben verschaffen konnte, fiel es ihr leicht, die Mitteilungen ungeöffnet zu lassen.

Sie loggte sich in den Chat ein und sah sofort, dass Zuckerstange nicht da war. Dabei hätte sie ihm nur zu gern von ihren Plänen erzählt und dass sie gerade eine Nummer mit dem Makler geschoben hatte ... Nein, Letzteres sollte sie wohl besser für sich behalten. Immerhin sollte er nicht denken, dass sie ein Flittchen war. Obwohl – warum machte sie sich eigentlich Gedanken darüber? Wie groß war die Chance, dass sie ihn jemals im richtigen Leben traf?

Einen Moment lang blieb sie ein wenig ratlos vor dem Bildschirm sitzen. Sie blickte auf einige blinkende Werbe-Banner und dachte darüber nach, ob sie all ihre Slips einfach in die Kleidersammlung geben und nur drei behalten sollte. Nur für den Fall, dass sie mal wieder eine Wohltätigkeitsveranstaltung besuchten oder wenn sie in Martins Gegenwart über einen Spiegelboden ginge. Das luftige Gefühl war jedenfalls toll.

Nach einer Weile rief sie sich in Erinnerung, wie Martin damals seine Mailadresse angelegt hatte. Das müsste doch auch für sie nicht allzu schwer sein ...

Bald fand sie die richtige Seite dafür und legte ihr Profil an. Sie gab sich den Namen Sahneschnitte, und nachdem sie die Hilfefunktion aufgerufen hatte, wusste sie auch, wie sie die Adresse vor ihrem Mann verstecken konnte.

Als sie fertig war, loggte sie sich ein und begann, eine Mail zu tippen. Dabei fiel ihr ein, dass sie Zuckerstanges Adresse gar nicht hatte. Er nannte sich doch sicher nicht nur Zuckerstange.

Bevor sie das Fenster schließen konnte, öffnete sich ein anderes Feld, mit einer Einladung zum Chat. Zunächst wunderte sich Bettina darüber, dann sah sie, dass diese Einladung von Zuckerstange kam. Er war inzwischen also doch online!

Kurz darauf fand sie sich inmitten einiger Leute, die gerade darüber diskutierten, ob Käsefüße eine Belastung für die Beziehung sein konnten. Zuckerstange hatte sich an der Diskussion nicht beteiligt, jedenfalls soweit sie es sehen konnte. Anscheinend hatte er nur auf ihr Auftauchen gewartet.

Zuckerstange:	Hallo, schöne Unbekannte. Du warst heute Mittag nicht da.
Sahneschnitte:	Woher wusstest du, dass ich jetzt da bin?
Zuckerstange:	Ich habe dich in meinem Buddy-Fenster gesehen. Seit wir zum ersten Mal miteinander gesprochen haben, stehst du dort drin. Ich habe es gleich gemerkt, als du online gegangen bist.
Sahneschnitte:	Dann hast du also auf mich gewartet?
Zuckerstange:	Ertappt! Heute Mittag habe ich mich gefragt, wo du steckst – und was du so treibst.

Bettina musste lächeln, als sie den letzten Satz las. Sie hatte tatsächlich einiges getrieben. Allerdings hielt sie an ihrem Vorsatz fest, die pikanten Details auszulassen. Sie wollte sich die Chancen bei dem großen Unbekannten nicht verderben. Zwar war es durchaus möglich, dass er klein und hässlich war, aber er konnte auch mindestens so gut aussehend sein wie Regensberg.

Sahneschnitte:	Ich habe heute den ersten Schritt in Richtung eigenes Geschäft gemacht.
Zuckerstange:	Was für ein Geschäft?
Sahneschnitte:	Eine Konditorei.
Zuckerstange:	Davon gibt es etliche in Berlin.
Sahneschnitte:	Aber keine, wie ich sie im Sinn habe.

Zuckerstange: Magst du mir erzählen, was du im Sinn hast?
Sahneschnitte: Erzählt man von einer heimlichen Liebe?
Zuckerstange: Demjenigen, der die heimliche Liebe ist, schon.
Sahneschnitte: Ich denke mal, dass es das Geschäft mitbekommt, was ich mit ihm anstelle. Wenn es fertig ist, lade ich dich zur Eröffnung ein.
Zuckerstange: Ich werde dich beim Wort nehmen. Bis du morgen wieder online? Ich muss jetzt an die Arbeit, aber ich würde gern wieder mit dir sprechen.
Sahneschnitte: Und ich wollte dich nach deiner Mailadresse fragen. Ich bin mir nicht sicher, wann ich das nächste Mal online sein kann. In den kommenden Tagen werde ich sehr viel zu tun haben, trotzdem möchte ich dir gerne schreiben, wie es vorangeht.
Zuckerstange: Das hört sich toll an. Nimm dir einen Stift und schreib sie auf.

Bettina griff nach Kugelschreiber und Haftnotizblock. Zuckerstanges Mailadresse klang im Gegensatz zu seinem Chatnamen regelrecht brav, gab jedoch keinen Hinweis auf seinen richtigen Namen. Aber den würde er ihr vielleicht irgendwann erzählen. Als sie fertig war, zog sie Zettel vom Block ab und nahm sich vor, ihn zu ihren Notizen zu kleben, die sie sich für den Laden gemacht hatte.

Zuckerstange: So, jetzt muss ich leider wieder, ein Kunde wartet. Hast du dir schon Gedanken für das Marketing deines Ladens gemacht?
Sahneschnitte: Warum fragst du?
Zuckerstange: Solltest du jemals eine Werbeagentur brauchen, die dir ein Corporate Design entwirft oder ein

	Firmenschild herstellt, kannst du dich gern melden.
Sahneschnitte:	Dann bist du hier im Chat also auf Kundenfang?
Zuckerstange:	Nicht wirklich. Aber ich würde dir gern helfen. Du würdest auch einen Sonderpreis bekommen.
Sahneschnitte:	Das klingt gut, ich werde auf alle Fälle darauf zurückkommen.
Zuckerstange:	Okay, dann wünsche ich dir viel Erfolg. Und ich warte auf Nachricht!

Damit verließ er den Chat. Die anderen, die sich noch immer über Käsefüße unterhielten, schienen ihr kleines Gespräch gar nicht zur Kenntnis genommen zu haben. Bevor allerdings jemand auf die Idee kam, Bettina in die Diskussion einzubeziehen, ging auch sie schnell offline und schaltete den Computer aus. Dann verließ sie das Arbeitszimmer.

Wieder unten in der Diele angekommen, bemerkte sie, dass das rote Lämpchen am Anrufbeantworter blinkte. Also hörte sie ihn ab.

Ihre Vermutung war richtig gewesen, Martin hatte entgegen seiner Ankündigung doch darauf verzichtet, sich zu melden. Auf dem Band war nur eine kurze Nachricht eines Meinungsforschungsinstitutes oder vielmehr die Vorstellung eines Mannes, der nicht sofort mitbekommen hatte, dass er mit einem Gerät sprach. Als er es endlich kapierte, machte er eine Pause, und fast hörte es sich so an, als müsste er erst ein Handbuch bemühen, um herauszufinden, was er in solch einem Fall tun solle.

Bettina versuchte, sich den Jungen vorzustellen. Vor allem versuchte sie sich vorzustellen, wie es in seiner Hose aussah. War er so gebaut wie Tobias?

Sie hatte von dem Schwanz des Maklers nicht viel gesehen, aber sie hatte ihn gespürt, und demnach musste er beträchtlich sein. Vielleicht würde sie ja irgendwann einmal die Gelegenheit bekommen, ihn zu betrachten – und wieder zu spüren. Mit Sicherheit würde sie wegen ihrer Suche nach einem passenden Laden noch öfter mit Tobias zu tun bekommen.

Just in dem Moment klingelte das Telefon. Rief Martin etwa doch an? Die Mittagspause war zwar lange vorbei, aber vielleicht hatte ihn ja das schlechte Gewissen geplagt.

Sie nahm ab und meldete sich.

»Hallo Bettina?« Es war Martin.

Sie spürte, wie sich etwas in ihr zusammenkrampfte. Vielleicht war die Nummer mit Tobias doch ein Fehler gewesen. Vielleicht hätte sie Martin fragen sollen, was das mit dieser Suse sollte. Vielleicht war alles nur ein Missverständnis …

»Ja, ich bin dran.«

»Ich wollte dir nur Bescheid sagen, dass sich für heute Abend noch ein wichtiger Patient angemeldet hat. Du brauchst mit dem Essen also nicht auf mich zu warten. Es kann wirklich sehr spät werden.«

Eigentlich hätte Bettina das nicht überraschen müssen, doch für einen winzigen Moment hatte sie wirklich geglaubt, dass der alte Martin angerufen hatte. Dabei war es der neue, dynamische Martin, der Schwanzfotos verschickte und seine Ehefrau für fett hielt.

»Alles klar, dann mach's gut«, antwortete Bettina, vielleicht eine Spur zu vergnügt, doch das würde er ohnehin nicht merken. Dann legte sie auf.

Was sollte sie nun machen? Eine Einkaufstour kam ihr in den Sinn. Natürlich konnte sie noch nichts für ihren Laden kaufen, denn es war ja noch nicht sicher, ob Tobias ein passendes Objekt finden würde. Dennoch gab es so einige Sachen, die sie sich schon immer zulegen wollte, und jetzt war es an der Zeit, das zu tun. Sie ging also ins Schlafzimmer, verwandelte sich wieder in die brave Hausfrau und machte sich kurz darauf auf den Weg in die Stadt.

An diesem Abend nahm Andreas einen kleinen Umweg nach Hause, denn er musste über einiges nachdenken. Die Fremde im Chat interessierte ihn – und sie machte ihn auf eine seltsame Weise nervös. Bisher hatte er nicht daran gedacht, Nicole zu betrügen, aber durch das eigentlich harmlose Gespräch war er auf die Fremde aufmerksam geworden, und er wollte nur zu gern mehr über sie wissen. Die einzigen Anhaltspunkte waren, dass ihr Mann sie betrog und dass sie vorhatte, eine Konditorei aufzumachen. Ob daraus etwas werden würde, stand in den Sternen, Berlin hatte genug Bäckereien und Konditoreien. Von denen, die hinzukamen, verschwanden einige meist genauso schnell, wie sie aus dem Boden geschossen waren. Aber offensichtlich hatte Sahneschnitte etwas ganz Besonderes vor. Vielleicht sollte er in den nächsten Wochen verstärkt ein Auge auf die Anzeigen haben, die von Firmeneröffnungen berichten …

Nachdem er eine Weile durch die Gegend gefahren war, stellte er seinen Wagen ab und beschloss, ein Stück zu gehen. Vielleicht würde die frische Luft seinen Verstand ein wenig durchpusten und seine Gefühle wieder ordnen.

Sein Weg führte ihn direkt in den Friedrichshain. Es wurde bereits dunkel, und die Zahl der Menschen, die sich hier aufhielten, wurde geringer.

Von weitem hörte er ein paar Hunde bellen, die von ihren Besitzern Gassi geführt wurden. Andreas hatte nicht vor, in irgendwelche Tretminen zu laufen, also schlug er einen ruhigeren Seitenweg ein. Das Knirschen der Steine unter seinen Schuhen beruhigte seine Sinne tatsächlich. Es war beinahe wie eine Meditationsübung, die allerdings kurz darauf von einem Geräusch unterbrochen wurde. Geräusche gab es hier viele, aber dieses war ungewöhnlich.

Es war ein Rascheln, gemischt mit verhaltenem Kichern. Als er sich umschaute, konnte er zwei Gestalten im Buschwerk ausmachen. Genau erkennen konnte er sie nicht, doch es war überdeutlich, was die beiden da gerade machten. Andreas erkannte die Hände einer Frau, sie sich an den Zweigen eines Ginsterbusches festhielten. Hinter ihr stand ein Mann in einem grünen Trenchcoat. Er hatte vielleicht geglaubt, gut getarnt zu sein, doch bei den momentanen Lichtverhältnissen fiel er auf. Auch die Kleidung der Frau konnte man ganz gut sehen. Sie trug ein dunkles Kostüm, dessen Rock über die Hüften geschoben war. Nun erspähte Andreas auch ihren straffen Hintern, zumindest von der Seite. Sie hielt die Beine leicht gespreizt, und der Mann hinter ihr war gerade dabei, seinen steifen Schwanz aus der Hose zu holen. Als Andreas beobachtete, wie der Mann im Mantel die Kostümlady umfasste und sie ein wenig zu sich zog, spürte er, wie sein eigener Schwanz steif wurde.

Er wusste, dass er besser weitergehen sollte, doch er konnte sich nicht von dem Anblick lösen. Er verbarg sich hinter einem Busch, in der Hoffnung, dass die beiden ihn nicht sehen konnten. Tatsächlich schaute sich der Mann für einen kurzen Moment um, und als er nichts Verdächtiges entdecken konnte, schritt er zur Tat.

Die Frau wimmerte unterdrückt, aber es hatte nicht den Anschein, als hätte sie keinen Spaß an der Sache. Wenig später legte der Mann dann so richtig los, wobei ihm die Hose bis zu den Knöcheln herunterrutschte und der Mantel ihn umwehte, als wollte er die beiden vor lästigen Blicken schützen.

Andreas klebte die Zunge am Gaumen fest, und seine Hose fühlte sich auf einmal furchtbar eng an. Er hatte sich nie für einen Voyeur gehalten, aber was die beiden da taten, erregte ihn so sehr, dass er alle Hemmungen in den Wind schrieb und hektisch den Reißverschluss seiner Hose aufzog.

Wie es schon der Mantelträger zuvor gemacht hatte, schaute er sich noch kurz um, aber es war niemand zu sehen. Er atmete tief aus, holte seinen Ständer heraus und umschloss ihn fest mit der Faust. Ein wenig Handcreme wäre jetzt nicht schlecht gewesen, doch die hatte er nicht dabei, also musste es so gehen. Den Blick unablässig auf das Pärchen gerichtet, begann er zu wichsen. Er passte die Bewegungen seiner Hand den Stößen an, mit denen der Mann im Mantel seine Partnerin bearbeitete. Auf einmal schoss ihm seltsamerweise ein Bild durch den Kopf, das noch stärker war als der Anblick der beiden. Es war das Bild, das er sich von seiner Chatpartnerin machte: eine Frau mit drallen Schenkeln, einem großen, festen Hintern und Brüsten, die bei jedem Stoß ein Stück weiter aus ihrem BH hüpften. Und er war derjenige, der sie fickte …

Plötzlich explodierte Andreas, und zwar so heftig, dass sein Sperma den Baum traf, hinter dem er sich versteckt hatte. Die weißliche Flüssigkeit klebte einen Moment lang an der Rinde, bevor sie langsam nach unten lief. Andreas hielt die Augen geschlossen und seinen Schwanz weiterhin in der Hand. Er kämpfte kurz mit dem Gleichgewicht, fing sich aber sofort wieder und öffnete die Augen.

Das Paar war inzwischen ebenfalls fertig, und offenbar hatten die beiden ihre Kleider in Windeseile wieder in Ordnung gebracht. Andreas sah sie den Parkweg entlanglaufen, nicht etwa Hand in Hand wie zwei Verliebte, sondern eher wie Geschäftspartner, die ein wichtiges Gespräch hinter sich gebracht hatten.

Ein wenig erinnerte ihn die Frau an Nicole. Der Gang, die Figur und die Haare hätten durchaus zu ihr gehören können. Doch als sie am Morgen das Haus verlassen hatte, hatte sie eine helle Bluse und einen hellgrauen Rock mit roten Pumps getragen. Sekretärinnenlook, wie Andreas ihn nannte. Außerdem würde Nicole sicher nicht mit irgendwem aus dem Büro hierher fahren, um es im Gebüsch mit ihm zu treiben. Dass sie mit ihm eine Nummer unter der Dusche geschoben hatte, war schon das höchste der Gefühle, in freier Natur hatten sie es noch nie gemacht, nicht mal im Auto.

Nachdem er den beiden noch einen kurzen Moment nachgesehen hatte, zog er ein Papiertaschentuch hervor und wischte seinen schlaffen Schwanz ab. Danach verstaute er ihn wieder in der Jeans und brachte sich in Ordnung.

Das Taschentuch warf er in Abfallkorb in der Nähe seines Standortes und schlenderte zu seinem Wagen zurück. Was seine Gedanken über die Fremde anging, war er nicht weitergekommen, dafür hatte er jetzt das Gefühl, wieder klarer denken zu können. Sobald er nach Hause kam, würde er nachschauen, ob eine Mail von Sahneschnitte da war.

Ein erregtes Zittern erfasste Bettina, als sie die diskrete Tüte öffnete und ihren überaus heißen Einkauf auf das Bett leerte. Das Angebot des Erotikkaufhauses hatte sie regelrecht umgehauen. Martin und sie waren eigentlich Puristen, die dem Gebrauch von Spielzeug nicht viel abgewinnen konnten, doch so, wie sich Martins Vorlieben geändert hatten, hatte sich auch Bettinas Haltung zu Sextoys geändert. Jetzt lagen Liebeskugeln, Kondome mit Noppen und Geschmack, Dessous und ein batteriebetriebener Dildo vor ihr, dessen Größe Martin gewiss neidisch machen würde.

Ein Blick auf die Uhr verriet ihr, dass er sich noch lange nicht blicken lassen würde. Sie konnte sich also eine kleine Testrunde mit den Sachen gönnen.

Rasch schlüpfte sie aus ihren Kleidern und griff nach dem ersten Dessous-Set. Es war aus einem lackähnlichen blutroten Stoff, und die Verkäuferin hatte ihr versichert, dass es momentan der Renner des Ladens war. Bettina konnte sich denken, warum. Das Oberteil war kaum der Rede wert: Zwei winzige Dreiecke wurden durch zarte Bändchen miteinander verbunden. Das Höschen war ein Tanga, den man auch gut ohne den BH tragen konnte , und das Schönste daran war, dass er ouvert war. Durch den Schlitz in der Mitte konnte sich jederzeit ein Schwanz bohren – wenn sie es wollte.

Ein angenehmes Ziehen fuhr durch Bettinas Venushügel, und noch bevor sie den Stoff auf der Haut spürte, wurde sie feucht. Sie schlüpfte in String und Oberteil und merkte, wie sich der zunächst kühle Stoff auf ihrer Gänsehaut langsam erwärmte. Ihre Nippel waren steif und standen unter dem Stoff ab wie zwei große Perlen, die auf der falschen Seite des BHs angenäht waren. Sie strich über ihre Brüste und genoss das elektrisierende Zucken, das durch ihren Körper zog.

Jetzt war die Stunde der Wahrheit gekommen.

Gespannt stellte sie sich vor den Spiegel. Ein kleiner Teil von ihr erwartete, dass sie grässlich in den Sachen aussah, dass sich Speckrollen über die Bänder ergossen und dass der Tanga zwischen ihren prallen Hinterbacken verschwand. Aber es passte alles wie angegossen.

Nachdem sie sich einen Moment lang bewundert hatte, fragte sie sich, wie es wohl aussehen würde, wenn der Dildo, der noch unausgepackt auf dem Bett lag, in ihrer Möse steckte.

Der Gedanke verstärkte ihre Gänsehaut nur noch, und ihre Nippel waren inzwischen so hart, dass sie fast schon schmerzten. Bettina riss die Verpackung förmlich von dem Dildo herunter, befühlte kurz die wirklich lebensecht nachgebildete Oberfläche und rollte eines von den Noppenkondomen darüber. Dann zog sie sich einen Stuhl heran, setzte sich und spreizte die Schenkel. Der Ouvert-Tanga öffnete sich ebenso wie ihre Schamlippen, und selbst aus der Entfernung konnte Bettina erkennen, dass er vollkommen durchnässt war.

Sie griff nach dem Dildo und bemerkte erst jetzt, dass die Batterien nicht eingelegt waren. Aber das machte ihr nichts, denn auch so würde er ihr sicher gute Dienste leisten. Sie legte den dicken Kopf an ihre Pforte und genoss für einen Moment die Berührung der Noppen, ehe sie ihn in sich hineinschob.

Ihr Blick war dabei unverwandt auf den Spiegel gerichtet, und es gefiel ihr ungeheuer gut, den Dildo in sich verschwinden zu sehen. Ihr heißer Schlund schluckte das große Gerät ohne Widerstand, und genauso leicht glitt es auch wieder aus ihr hinaus. Eine vergleichbare Größe hatte selbst Tobias nicht aufzuweisen, aber sie dachte an den Rhythmus, den er angeschlagen hatte, als sie begann, den Dildo in sich zu bewegen. Mit der freien Hand massierte sie die linke Brust und spürte, wie sich ihre Geilheit immer mehr steigerte. Vielleicht sollte sie Tobias diese Show mal zeigen und ihm anschließend einen blasen …

Der Gedanke, seinen zuckenden Schwanz im Mund zu haben, machte sie dermaßen an, dass es ihr schon nach wenigen Sekunden kam. Ihre Liebesmuskeln zuckten um den Dildo, und wäre er ein echter Schwanz gewesen, hätte sie seinen Besitzer wohl um den Verstand gebracht.

Zufrieden lehnte sie sich zurück, legte den Dildo beiseite und schloss für einen Moment die Augen. Was hatte sie sich in den vergangenen Jahren nur alles entgehen lassen! Martin hatte ihr geradezu das Gefühl gegeben, in einem Altenheim zu leben. Nein, schlimmer noch, denn sicher wurde in Altenheimen wenigstens von Sex gesprochen. In ihren vier Wänden war ja nicht mal mehr das der Fall gewesen.

Endlich war sie wieder dabei, zu erblühen. Nachdem sie eine ganze Weile auf dem Stuhl verharrt hatte, erhob sie sich und machte sich daran, die Batterien in den Dildo einzulegen. Dabei kam ihr Zuckerstange wieder in den Sinn. Sie hatte ihm versprochen, zu schreiben – doch sollte sie ihm wirklich berichten, dass sie sich Sexspielzeug gekauft hatte?

Nein, sie sollte besser noch warten. Sie hatte das Gefühl, dass sie und Zuckerstange Freunde werden könnten, und das wollte sie sich nicht verderben.

Als der Dildo einsatzbereit war, ließ sie sich aufs Bett gleiten, genau auf die Stelle, an der Martin immer lag. Und dann begann der Spaß von neuem.

6. Kapitel

Seufzend betrachtete Bettina den Flyer einer Frauen-Diätgruppe namens Diet Sisters, der ihr entgegenpurzelte, als sie am nächsten Morgen die Zeitung aufschlug.

Sicher lagen diese Zettelchen allen abonnierten Exemplaren dieses Morgens bei, aber irgendwie beschlich Bettina das Gefühl, dass selbst der Zeitungsjunge, den sie nur selten zu Gesicht bekam, sie zu dick fand.

Der Gedanke versetzte ihr einen kleinen Stich, allerdings nur kurz, denn ihr kam wieder in den Sinn, was gestern im Maklerbüro passiert war. Ein angenehmes Kribbeln kroch ihre Wirbelsäule entlang. Wenn sie wirklich so unansehnlich gewesen wäre, hätte sie einen Mann wie Tobias sicher nicht dazu bekommen, sie mitten auf seinem Schreibtisch zu ficken.

Sie ließ den Flyer kurzerhand im Altpapier verschwinden und begrüßte ihren Mann gutgelaunt zum Frühstück. Dieses fiel wie immer kurz aus, und auch ihre Konversation konnte man nicht anders nennen, aber es machte ihr nichts aus. Bettina dachte an ihren langen, dicken Freund im Nachtschränkchen und den Spaß, den sie mit ihm nachher wieder haben würde.

Kaum war Martin verschwunden, klingelte das Telefon. Er konnte es unmöglich sein, denn sein Wagen war gerade aus der Einfahrt gerauscht. Bettina ging ran, und zu ihrem großen Erstaunen meldete sich kein Meinungsforschungsinstitut.

»Hallo, Frau Winter!«

Die Stimme gehörte unverkennbar Tobias Regensberg. Doch warum siezte er sie jetzt wieder? War seine Assistentin in Hörweite? Oder hatte er einen Vermieter an der Hand? Einen Verkäufer vielleicht?

Sie schüttelte den Kopf. Nein, so schnell konnte das nicht gehen.

»Ich wollte nur sagen, dass ich unser Gespräch gestern sehr erfrischend gefunden habe. Und dass ich vielleicht ein passendes Objekt an der Hand habe.«

Offensichtlich war Tobias doch einer von der schnellen Sorte.

»Das ging ja fix«, entgegnete Bettina, ohne ihn direkt anzusprechen.

»Ja, ich bin selbst überrascht, wie gut es gelaufen ist. Ich würde vorschlagen, dass Sie kurz bei mir vorbeikommen, damit wir alles besprechen können.«

»In dein Büro?«, fragte Bettina, denn sie hatte nicht vor, ebenfalls wieder Sie zu ihm zu sagen. Das wäre ihr lächerlich vorgekommen.

»Ja, in meinem Büro. Zumindest können wir uns dort treffen. Dann zeige ich Ihnen das Objekt, das ich ausfindig gemacht habe. Ich könnte Sie allerdings auch bei Ihnen zu Hause abholen.«

Bettina hätte beinahe ja gesagt, aber dann schoss es ihr durch den Sinn, dass die Nachbarin sie zufällig beobachten könnte. Martin sollte auf keinen Fall auf diese Art und Weise erfahren, dass Bettina dabei war, sich ein neues Leben aufzubauen. Gut, dass ein Mann sie abholte, deutete nicht gleich auf ein neues Leben hin, sondern eher darauf, dass sie sich einen Stecher gesucht hatte. Doch auch davon sollte Martin vorerst nichts wissen. Nicht, weil sie die treue Ehefrau spielen wollte, er sollte einfach nur nicht erfahren, dass sie sich verselbständigte. Sie bezweifelte, dass sie dadurch wieder für ihn interessant werden würde. Abgesehen davon wollte sie ihn ebenso eiskalt erwischen, wie die SMS sie eiskalt erwischt hatte.

»Ich nehme mir ein Taxi und komme zu dir. Wann wäre es dir recht?«

»Sagen wir zehn Uhr? Dann habe ich die wichtigsten Termine hinter mir und genügend Zeit für Sie.«

»Okay, ich bin um zehn bei dir. Und sieze mich nicht, wenn wir durch die Stadt gehen, das ist albern. Oder wird deine Assistentin mitkommen?«

»Nein, ich denke nicht, aber hier werde ich ständig umsorgt. Also, bis dann!«

»Bis dann!« Bettina legte auf und drückte den Hörer einen Moment lang gegen die Brust. Sie hatte keine Ahnung, um was für ein Objekt es sich handelte. Es konnte durchaus die letzte Bruchbude sein, aber es war genauso gut möglich, dass es ein Superladen war. Wenn ja, würde sie ihm gleich an Ort und Stelle danken.

Hastig lief sie hinauf ins Schlafzimmer und holte zunächst das dunkle Kostüm heraus, doch das war selbst für einen offiziellen Anlass zu streng. Schließlich wollte sie auf Tobias nicht wie eine Domina wirken. Da passte das rosafarbene Sommerkleid, das sie wegen Martin schon so lange nicht mehr getragen hatte, eindeutig besser. Es hatte ein feines Muster, dünne Träger, und der Rock war leicht gewellt. Die Taille war schmal geschnitten, zauberte aber keine boshaften Speckröllchen, und ihr Hintern sah darin ziemlich gut aus. Und schnell hochzuziehen war es auch – für den Fall, dass sie mit Tobias gleich an Ort und Stelle feiern wollte.

Für einen Moment fragte sie sich, ob sie den Ouvert-String tragen sollte, doch dann entschied sie sich dagegen.

Als sie fertig war, orderte sie ein Taxi und wartete draußen. Die Sonne schien warm auf sie hinab, und als sie sich umsah, entdeckte sie zwar nicht die Nachbarin, dafür aber deren Zugehfrau. Martin hatte zunächst auch gewollt, dass sie ein Dienstmädchen anstellte, doch das hatte sie ihm glücklicherweise ausreden können. Wenn sie nicht mal putzen durfte, was sollte sie dann den ganzen Tag über tun? Einen Yogalehrer kommen lassen? Vielleicht glaubte Martin ja, dass sie regelmäßig einen Kerl im Haus hatte, der es ihr anständig besorgte.

Das Taxi kam schneller, als sie gedacht hatte, und hinter dem Steuer saß der junge Mann vom Vortag.

»Hey, hätte nicht gedacht, dass wir uns noch mal wiedersehen«, sagte er, als sie einstieg und sich anschnallte.

»Ja, wie der Zufall manchmal so spielt«, entgegnete Bettina lächelnd.

»Wohin kann ich Sie diesmal bringen, schöne Frau?«

»Zum Maklerbüro Regensberg. Ich habe dort geschäftlich zu tun«, antwortete Bettina, als er ihr einen fragenden Blick zuwarf, und auf einmal kam sie sich ziemlich verklemmt vor. Gestern hatte sie noch wilde Spielchen mit ihrem Dildo gemacht und jetzt bekam sie rote Ohren? Wie passte das denn zusammen? Der Junge flirtete ganz offensichtlich mit ihr, und ihr war es peinlich. Dabei war überhaupt nichts Schlimmes daran, sich nett mit ihm zu unterhalten – und sich ein bisschen bewundern zu lassen.

Wahrscheinlich glaubte sie, dass er zu jung für sie war. Doch heutzutage war das ganz gewiss kein Hinderungsgrund. Oder fühlte sie sich Tobias verpflichtet? *Das lass besser bleiben,* sagte sie zu sich. *Du hast gesehen, wohin dich das bei Martin geführt hat.*

Der Fahrer schien ihr Unwohlsein zu bemerken, denn er ließ das Gespräch ruhen und brachte sie ohne große Umwege zum Maklerbüro.

»Also, bis demnächst!«, rief er Bettina zu, nachdem sie ihn bezahlt hatte. »Ich hoffe, wir sehen uns bald mal wieder.«

Sie lächelte. »Vielleicht.« Dann schlug sie die Tür zu und stolzierte den schmalen Weg entlang bis zur Haustür. Sie hätte wetten können, dass ihr der Taxifahrer auf den Hintern starrte.

Tobias hatte sie bereits erwartet und kam ihr schon an der Tür entgegen. So ersparte er es ihnen, vor seiner Assistentin Theater spielen zu müssen.

Warum eigentlich?, fragte sich Bettina, doch als sie den attraktiven Makler vor sich hatte, waren alle Gedanken wie weggeblasen. Tobias sah heute noch besser aus als gestern. Er trug einen zweireihigen dunkelblauen Nadelstreifenanzug, der ein wenig altmodisch wirkte. Bettina fühlte sich an die alten Hollywood-Mafiosi-Filme erinnert. Fehlten nur noch der weiße Hut und die Gamaschen über den Schuhen, und schon war ein neuer Al Capone geboren. Allerdings hoffte sie, dass Tobias für ihren Laden niemanden aus dem Weg räumen musste.

»Hallo«, strahlte sie ihn an, worauf er sie in die Arme zog und zärtlich küsste.

»Du siehst toll aus«, raunte er ihr ins Ohr und strich wie zufällig über ihren Hintern. Wollte er prüfen, ob sie ein Höschen anhatte? Wenn ja, dann wurde er auch diesmal nicht enttäuscht. »Wollen wir?«

Und ob Bettina wollte. Am liebsten sofort im Gang und wild im Stehen. Aber Tobias meinte natürlich etwas anderes. Nicht auszudenken, wenn jetzt jemand hereinkäme. Sie würde sich also gedulden und erst einmal den geschäftlichen Teil abhaken müssen.

»Ja, ich bin schon sehr gespannt«, antwortete sie daher nur, und nachdem sie sich noch einmal geküsst hatten, verließen sie das Haus.

Das Leder des Beifahrersitzes schmiegte sich kühl an ihren Hintern. Als der Motor röhrend zum Leben erwachte, konnte Bettina die Vibrationen an ihren Schamlippen spüren. Unwillkürlich erinnerte es sie an den Vibrator, den sie am vergangenen Tag noch ein paar Mal – mit den Batterien natürlich – ausprobiert hatte. Ein Lächeln umspielte ihre Lippen, das Tobias sofort bemerkte.

»Ist das die Vorfreude auf deinen Laden oder auf mich?«, fragte er, während er sich in den Verkehr einordnete.

»Auf beides«, antwortete Bettina und strich mit der linken Hand seinen Oberschenkel hinauf, bis sie seinen Schwanz unter ihren Fingern spürte.

Tobias stieß einen kurzen Seufzer aus und hielt die Luft an, bevor er hervorpresste: »Das solltest du jetzt besser lassen, ich muss mich auf die Straße konzentrieren. Bei dem dichten Verkehr kann es schnell einen Bums geben.«

Bettina grinste breit und zog die Hand zurück. Im gleichen Moment schien sich Tobias über die Zweideutigkeit seiner Worte klar zu werden, und er grinste vielsagend.

»Also gut, dann warten wir eben, bis das Fahrzeug steht«, sagte sie und blickte auf die Straße.

Tobias hatte recht, der Verkehr war heute tatsächlich besonders dicht. Bettina bewunderte die Ruhe, die er trotz allem behielt. Martin wäre längst ausgerastet und hätte auf die in seinen Augen allesamt unfähigen Fahrer geschimpft, doch der Makler lenkte den Wagen souverän durch den Stau und gab schließlich Gas, als sich die Gelegenheit dazu bot.

Etwa zwanzig Minuten später waren sie am Ziel.

Das Geschäft war nicht weit von den Hackeschen Höfen entfernt, alles in allem eine gute Lage, um genügend Laufkundschaft anzuziehen. Es handelte sich sogar um eine alte Konditorei, wie man am verblichenen Schriftzug über der Tür erkennen konnte, die offenbar seit Jahren nicht mehr als solche genutzt wurde.

»Bis vor kurzem war hier noch eine Agentur für Internetauktionen untergebracht, doch die Betreiber haben Pleite gemacht«, erklärte Tobias, während er die Tür aufschloss.

Ein leicht muffiger Geruch schlug ihnen entgegen, aber Bettina konnte sich bereits vorstellen, wie hier alles nach Zucker und Früchten duftete.

Der Raum war nahezu perfekt. Groß, geräumig, lichtdurchflutet. Eine offen stehende Tür führte in ein Hinterzimmer, aus dem man gut eine Küche machen konnte, und da Tobias wusste, dass sie einen Lagerraum brauchte, gab es auch diesen.

»Das wäre es also. Wenn du mich fragst, ist das hier eine Toplage, und der Preis ist auch äußerst vernünftig. Für fünfzigtausend würdest du nicht mal eine Eigentumswohnung bekommen. Ich wäre sogar bereit, auf meine Provision zu verzichten.«

Bettina lächelte ihn an und leckte sich effektvoll über die Lippen. »Du spekulierst also auf eine Bezahlung in Naturalien.«

Tobias grinste breit und schob die Hände in die Hosentaschen. »Ich spekuliere auf gar nichts, aber ich nehme gern alles, was du mir geben magst.«

»Okay, das ist mal ein Wort. Aber erst einmal sollten wir schauen, was weiter hinten ist.« Sie wandte sich um und ging mit dem aufreizendsten Hüftschwung, den sie zu bieten hatte, auf die kleine Tür zu.

Es gab zwei Hinterzimmer. Genau so hatte sie es sich vorgestellt. Den kleineren Raum konnte sie als Lager nutzen, den größeren als Küche. Natürlich musste noch sehr viel renoviert und verändert werden, aber das Objekt sah insgesamt vielversprechend aus.

»Immerhin haben die Jungs von der Auktionsfirma keine Schäden hinterlassen«, bemerkte Tobias, nachdem er fachmännisch die Wände begutachtet hatte. »Mit ein bisschen Farbe kannst du hier schon einiges rausholen.«

»Heißt das, du möchtest dich zum Renovieren melden?« Sie konnte sich ein süffisantes Grinsen nicht verkneifen.

»Was das angeht, habe ich zwei linke Hände, allerdings könnte ich mich für etwas anderes anbieten.«

Bettina lächelte ihn an. Sie konnte sich, denken, wie sein Angebot aussehen würde. »Da würde ich vorher aber eine kleine Kostprobe haben wollen.« Sie zog ihn mit sich in den Ladenraum und küsste ihn.

»Willst du etwa mit mir eine Nummer schieben? Hier vorne?«

»Vielleicht. Jetzt lass uns erst mal schauen, wie es oben aussieht. Die Wohnung gehört doch mit zu dem Laden, oder?«

Tobias nickte. Auf seinen Wangen glühten rote Flecken, offenbar beflügelte ihn der Gedanke, was sie alles im Laden treiben könnten. Aber Bettina wollte erst einmal alles besichtigen.

Der Makler führte sie eine schmale Treppe hinauf. Die Stufen ächzten unter ihren Füßen, machten allerdings nicht den Eindruck, als würden sie dem Gewicht nicht standhalten.

Die Wohnung, die er ihr im Anschluss präsentierte, war zwar ziemlich klein, aber dank der hohen Fenster waren die Räume lichtdurchflutet und freundlich. Bettina sah sich um, und auf einmal fragte sie sich, ob sie wirklich die geräumige Villa gegen diese kleinen Zimmer eintauschen wollte. Die Antwort schoss ihr sofort in den Sinn: JA!

Ja, sie war bereit, es zu tun. Was nützte ihr ein großes Haus, wenn sie darin allein war. Martins war mittlerweile ja nur noch stundenweise und rein körperlich anwesend, und sie bezweifelte, dass sich daran irgendwas ändern könnte. Sie wusste zwar noch nicht, wann sie ihn vor vollendete Tatsachen stellen wollte, aber es würde kommen, irgendwann.

»Was meinst du?«, fragte Tobias, der an der Tür stehen geblieben war.

Ohne darauf zu achten, war Bettina in die Mitte des ersten Raumes getreten, und sie bemerkte es erst, als sie seine Stimme hörte. »Es ist wirklich wunderschön.«

Tobias lächelte breit, und Bettina merkte auf einmal, dass ihre Worte geklungen hatten, als würde sie von einem Geliebten schwärmen.

»Dann sollten wir unten alles Weitere besprechen.«

Bettina nickte, und es entging ihr nicht, dass sich auf seiner Hose eine äußerst interessante Wölbung abzeichnete. Offenbar lauerte er schon auf seine Belohnung, und ihr fiel kein guter Grund ein, sie ihm zu verwehren. Was er ihr beschafft hatte, war genau das, was sie immer schon wollte.

Unten angekommen, traten sie in den Laden. Gerade als Tobias nach seiner Mappe greifen wollte, brachte Bettina ihn davon ab, indem sie vor ihm in die Hocke ging.

»Du willst doch nicht wirklich …«, begann er mit einem kurzen Blick auf die Passanten, die vereinzelt an dem Gebäude vorbeigingen.

Bettina wollte. Wirklich.

Sie ging auf die Knie, knöpfte ihm die Hose auf, und während ihr sein Moschusgeruch entgegenströmte, griff sie nach dem wohlproportionierten Schwanz, der in leiser Vorahnung bereits hart wurde. Für alle Fälle hatte sie einige der Geschmacksgummis mitgenommen, von denen sie nun einen hervorzog und die Packung aufriss.

Der mittlerweile steil aufgerichtete Schwanz des Maklers glühte vor Erwartung. Vorsichtig rollte Bettina das Kondom darüber und nahm ihn in den Mund.

Tobias stöhnte auf. Auf einmal war es ihm völlig egal, dass durch die hohen Fenster jedermann sehen konnte, wie sie ihm hier einen amtlichen Blowjob verpasste.

Selbst durch das Kondom konnte Bettina die Adern an seinem Schwanz spüren. Die Verkäuferin hatte recht gehabt, diese Dinger waren tatsächlich extrem gefühlsecht. Wenn sie ihn so deutlich spürte, musste es ihm mit ihr genauso ergehen. Spielerisch umkreiste sie mit der Zunge die Eichel, strich über die Wulst der Vorhaut und saugte ihn dann tief und immer tiefer in den Mund. Damit hätte sie geübten Pornostars zwar bei weitem nicht das Wasser reichen können, aber sie war ganz zufrieden mit sich.

Tobias war es offensichtlich auch. Keuchend strich er ihr über die Schultern und krallte die Hände dann sanft in ihr Haar.

Bettina begann, den Kopf zu bewegen. Mit einer Hand umklammerte sie den Schaft und rieb ihn, während sie die andere Hand zwischen ihre Schenkel gleiten ließ. Ihr Kitzler war geschwollen und feucht, und Bettina brauchte nur wenige Augenblicke, um sich um Orgasmus zu bringen. Als sie fertig war, begann sie mit der frei gewordenen Hand seine Hoden zu massieren, was Tobias dazu brachte, in ihrem Mund ein wahres Feuerwerk zu entzünden. Sie spürte deutlich, wie sich die Spitze des Kondoms füllte, gab ihn allerdings erst frei, als sie merkte, dass er sich entspannte.

Als sie zu ihm aufblickte, sah sie in Tobias' vor Lust verzerrte Züge. Seine Wangen glühten, und er versuchte, wieder zu Atem zu kommen.

»Das war einer der besten Blowjobs, die ich je hatte.«

»Sag das nicht so früh, du hast keine Ahnung, was noch alles auf dich zukommt.«

Der Makler lachte kurz auf und streifte das Kondom mit einer geschickten Bewegung ab. Er verstaute es in einem Papiertaschentuch, das er aus seiner Anzughose zog, und schob beides in die Tasche zurück, als wollte er die Trophäe aufheben.

Anschließend sagte er lachend. »Ich nehme also an, dass du das Objekt haben willst.«

»Ja, ich will es! Mach mir die Papiere fertig, dann komme ich zum Unterschreiben vorbei.«

»Das wird den Besitzer sicher freuen. Und wie soll es jetzt weitergehen?«

»Ich werde das Beste aus dieser Perle machen.« Bettina dachte wieder an ihr kurzes Gespräch mit Zuckerstange und ihre Bemerkung, dass man über eine heimliche Liebschaft nicht spreche. »Wenn es so weit ist, werden wir die Einweihung gebührend feiern.«

Tobias nickte, allerdings wollte er nicht erst später feiern. »Was hältst du heute Abend von einer kleinen Feier bei mir? Wenn es seitens des Verkäufers keine Probleme gibt, kannst du womöglich noch heute den Vertrag unterzeichnen.«

»Klingt gut«, antwortete Bettina und fragte sich, ob Martin in der Zwischenzeit wieder angerufen hatte, um ihr erneute Überstunden anzukündigen. Sicher würde Suse nicht ohne ihn auskommen wollen.

»An welche Uhrzeit hattest du gedacht?«

»Vielleicht gegen sieben. Ich könnte dich von zu Hause abholen, dann brauchst du kein Taxi.«

Bettina wollte schon ja sagen, doch dann fiel ihr ein, dass er dann ihr Haus sehen würde. Das wäre an und für sich nicht weiter schlimm, doch am Klingelknopf stand der Name ihres Mannes. Bislang hatten sie nicht darüber gesprochen, und allein wegen des fehlenden Eheringes ging Tobias wohl davon aus, dass sie solo war. Diese Illusion wollte sie nicht zerstören, denn es war gut möglich, dass er einen Rückzieher machte, wenn er erfuhr, dass sie verheiratet war.

Also antwortete sie nach einigen Augenblicken ausweichend: »Mir wäre es lieber, wenn wir uns in der nächsten Querstraße träfen, dann bräuchtest du keinen Umweg fahren.«

Tobias lächelte erst nur, und Bettina fragte sich schon, ob er etwa Verdacht schöpfte. Aber offenbar war sein Verstand noch immer benebelt von dem Blowjob, denn er antwortete: »Okay, dann hole ich dich dort ab. Sagen wir um halb sieben?«

»Meinst du, dass du so lange durch die Stadt brauchen wirst?«

»Wer sagt denn, dass ich direkt in der Stadt wohne?«

Bettina zuckte mit den Schultern. »Du siehst nicht wie jemand aus, der auf dem Land wohnt.«

Tobias lachte auf. »Das musst du mir näher erklären. Am besten heute Abend.« Damit zog er sie an sich, küsste sie, und wenig später verließen sie den Laden.

Hallo Zuckerstange,
sorry, dass ich dir gestern nicht mehr geschrieben habe, zu viel ist passiert, und ich komme beinahe gar nicht mehr von meiner Wolke herunter. Und daran hast du einen großen Anteil! Stell dir vor, ich habe mein Geschäft! Na ja, zumindest eine Ladenfläche, aber das ist immerhin ein Anfang. Sie liegt in der Nähe der Hackeschen Höfe, eine gute Lage, meint mein Makler. Und ich meine das auch. Jetzt brauche ich nur noch eine Einrichtung und einen Namen. Wie wäre es mit Zuckerstange? Würdest du ein Anrecht auf den Namen erheben?
Küsschen, Sahneschnitte

Andreas las die Mail drei Mal und lächelte bei jedem Mal ein bisschen breiter. Nach so einer Nachricht sollte er nicht neugierig auf diese Frau sein?

Ihm fielen wieder seine zehn Minuten als Voyeur ein und dass er das Bild von Sahneschnitte beim Wichsen vor Augen gehabt hatte. Wahrscheinlich sah sie ganz anders aus, aber ein Mensch, der dermaßen vor neugewonnener Lebensenergie sprühte, musste einfach schön sein. Auf jeden Fall schöner als jemand, der sich kasteit, um schön zu sein.

An diesem Morgen hatte Nicole besonders lange für ihre Joggingrunde gebraucht. Kein verstauchter Knöchel, kein überdehntes Band konnte sie davon abhalten, weiterzumachen.

Andreas hatte das noch nie so genervt wie jetzt. Seit ihrer Nummer im Bad waren sie nicht mehr dazu gekommen, miteinander zu schlafen. Völlig erschlagen von der Arbeit und ihrem Training war Nicole schon früh ins Bett gefallen, und er hatte die beiden Abende allein vor dem Fernseher und dem Computer verbracht. Dabei hätte er es nach den Ereignissen im Park wahrlich dringend nötig gehabt.

Seltsamerweise hatten ihn die nächtlichen Erotik-Dauerwerbesendungen nicht so angemacht wie sonst. Auf einem Kanal war sogar ein Softporno gelaufen, aber der war ihm zu seicht gewesen – und die Hauptdarstellerin zu mager. Da er auch Sahneschnitte nicht begegnet war und sie ihm keine Mail geschickt hatte, war er irgendwann frustriert ins Bett gegangen.

Einschlafen konnte er jedoch nicht. Er hatte an die Decke gestarrt und sich gefragt, ob es nicht auch für ihn an der Zeit war, etwas zu verändern. Das hieß nicht gleich, dass er Nicole aus seinem Leben verbannen wollte, aber irgendwie musste er mehr Feuer in ihre Beziehung bringen. Wenn es mit ihrer momentanen Unlust so weiterging, würden sie im nächsten Jahr nur noch nebeneinander dahinvegetieren, und das wollte er auf keinen Fall.

Der Gedanke an einen Seitensprung hatte durch den Spaziergang im Park Nahrung bekommen. Wenn andere so etwas konnten, warum nicht auch er? Bekanntlich sollte ein kleiner Seitensprung das Eheleben auffrischen – zumindest solange einem niemand auf die Schliche kam.

Sahneschnitte schien die ideale Kandidatin zu sein. Zumindest, was das Austauschen von Phantasien anging. Er wusste nicht, ob er es wirklich übers Herz bringen würde, mit einer anderen zu schlafen. Immerhin war Nicole seine Frau, und auch wenn sie sich verändert hatte, liebte er sie noch immer.

Doch so ein Chat war eine saubere Sache, und vielleicht konnte er dort ja eine zündende Anregung bekommen …

Sein Blick wanderte zur Anwesenheitsliste an der Seite des Browserfensters. Nein, sie war nicht da. Wenn, dann hätte er sich vielleicht mit ihr zu ein paar scharfen Stunden am Abend verabredet, aber so musste er wohl oder übel mit der Arbeit weitermachen.

Bettina fühlte sich wie vor ihrem allerersten Rendezvous, als sie nur mit den scharfen Dessous bekleidet vor dem Spiegel stand. Natürlich hatte sie damals Baumwollunterwäsche getragen, aber ihre Ratlosigkeit, was ihr Outfit anging, war vergleichbar mit jener, die sie in der letzten halben Stunde überfallen hatte.

Ihr Erfolgsmodell wollte sie nicht noch einmal tragen, und das Schwarze erschien ihr im ersten Moment zu bieder. Das Etuikleid spannte um die Hüften etwas mehr, als es attraktiv gewesen wäre. In dem Sommerkleid hatte Tobias sie heute Vormittag schon gesehen. Und die anderen Teile waren für sie inzwischen untragbar geworden. Nie wieder wollte sie solche Sackteile anziehen! Doch was sollte sie tun? Um in die Stadt zu fahren und einzukaufen, war es zu spät. Blieb wohl doch nur das Schwarze.

Während sie sich das Kleid noch einmal überzog und versuchte, mehr aus ihrem Look herauszuholen, indem sie ein paar Knöpfe erst öffnete und dann wieder schloss, lauschte sie mit einem Ohr nach dem Telefon. Doch auf dem Anrufbeantworter war diesmal keine Nachricht. Vielleicht hatte Martin es sich auch abgewöhnt, sein Zuspätkommen anzukündigen? Irgendwann musste sein schlechtes Gewissen ja Ruhe geben.

Nachdem Bettina sich eine Weile im Spiegel betrachtet hatte, fand sie, dass das schwarze Kostüm gar nicht mal so schlecht aussah. Wenn sie den obersten Knopf offen ließ, wirkte es aufreizend genug für ein Abendessen. Zumal sie sich sicher war, dass sie die Kleider nicht lange auf dem Leib behalten würde, wenn sie erst einmal in Tobias' Nähe war. Was er wohl zu den Dessous sagen würde?

Sie behielt das Kostüm also an, holte ihre schwarzen Lackstilettos hervor, die sie ebenso wie einige andere Sachen seit Jahren nicht getragen hatte, und verließ das Schlafzimmer. Kurz kam es ihr in den Sinn, noch einmal ihre Mails abzurufen, immerhin hatte sie Zuckerstange vor etwa zwei Stunden geschrieben, und es war gut möglich, dass er inzwischen geantwortet hatte. Doch diesen Gedanken verwarf sie wieder, als sie auf die Uhr blickte und sah, dass ihr nur knapp eine Dreiviertelstunde blieb, bevor sie losmusste.

Die Tatsache, dass Martin sich bislang nicht gemeldet hatte, beunruhigte sie ein wenig. Vielleicht war es besser, wenn sie statt des kurzen Rockes einen langen mitnahm. Das wäre noch dazu günstig für den Fall, dass Tobias mit ihr in die Stadt wollte.

Obwohl – am Ende glaubte er noch, sie hätte etwas zu verbergen.

Nachdem sie eine Weile unruhig mit ihren rot lackierten Fingernägeln auf den Türrahmen getrommelt hatte, entschied sie sich, eine größere Tasche mitzunehmen – und darin den längeren Rock zu verstauen. Sie brauchte ihn Tobias ja nicht zu zeigen und damit zuzugeben, dass tief in ihr immer noch ein kleines, prüdes Heimchen schlummerte. Sie setzte ihren Vorsatz in die Tat um und verließ das Haus.

Das Dröhnen eines Sportwagens tönte ihr entgegen und versetzte ihr für einen kurzen Moment einen Schreck. Kam Martin heute sogar früher aus der Praxis?

Ein roter Flitzer tauchte wenig später vor ihrem Haus auf – und brauste weiter. Bettina atmete auf und zog die Tür hinter sich ins Schloss.

Auch abends war es in diesem Teil der Stadt eher ruhig.

Dem fernen Rauschen des Verkehrs konnte sich natürlich niemand entziehen, aber wo in anderen Straßen Kinder kreischten, brausten hier höchstens die Rasensprenger. Zum ersten Mal fiel Bettina auf, dass diese Gegend eher etwas für Ruheständler war als für lebenslustige Enddreißiger.

Ihre Absätze klapperten beinahe überlaut auf den Gehwegplatten, und für einen Moment kam sie sich wie eine Prostituierte vor, die auf dem Weg zu einem Kunden war. Wenn einer der Nachbarn sie so sehen könnte, würde er das vielleicht sogar denken. Aber niemand war auszumachen. Entweder waren sie alle noch arbeiten, oder sie hatten sich hinter die hohen Sichtschutzhecken begeben, um ihren Feierabend ungestört zu genießen.

Tobias schien jedenfalls darauf zu brennen, ihre Reize erneut in Augenschein zu nehmen, denn kaum war sie um die Ecke herum, erblickte sie auch schon seinen Bugatti.

Als er sie bemerkte, stieg er aus und lächelte breit.

»Ich bin nicht zu spät!«, sagte sie und deutete auf ihre Uhr. Tatsächlich standen die Zeiger auf fünf vor halb sieben.

»Dann bin ich wohl zu früh«, entgegnete Tobias und ging um den Wagen herum, um die Beifahrertür zu öffnen.

»Das bist du«, entgegnete Bettina, und bevor sie einstieg, gab sie ihm einen Kuss. Dabei bemerkte sie, dass er nicht nur den Anzug, sondern auch das Aftershave gewechselt hatte.

»Gut, umso mehr Zeit haben wir.«

»Wofür denn?«, fragte Bettina neugierig.

»Das wirst du gleich sehen. Schnall dich an und genieße die Fahrt.«

Bei dem dichten Stadtverkehr in Berlin konnte keine Rede davon sein, dass die Fahrt ein Genuss war, aber Bettina erfreute sich daran, an der Seite dieses Mannes zu sein. Er sah gut aus, roch angenehm, fuhr ein tolles Auto, war intelligent und charmant. Mehr konnte man sich von einem Lover nicht wünschen.

Tobias' Haus lag am Stadtrand und war sehr modern. Es bot Platz für eine ganze Familie, doch die Fenster waren allesamt dunkel. Das große Anwesen stimmte Bettina zuversichtlich – vielleicht würde er ja Kinder wollen.

Halt, Stopp!, pfiff sie sich selbst zurück. *Denk dran, das hier ist nur eine Affäre. Selbst wenn du dich von Martin scheiden lässt, darfst du nicht so dumm sein, dir gleich wieder Fesseln anlegen zu lassen.* Obwohl, wenn es welche aus rotem Plüsch waren und sie einer forschenden Zunge hilflos ausgeliefert sein würde …

»Da sind wir!«, sagte Tobias und wehte damit ihre Cunnilingus-Phantasie beiseite.

Sie verließen das Auto und traten auf die Steinplatten des Weges, der zur Haustür führte. Tobias schien ein Gartenfreund zu sein, denn überall grünte und blühte es. Neben verschiedenen Rosenbüschen war ein kleines Gartenstück angelegt, das mit seinen Margariten, Mohn- und Kornblumen wie eine Sommerwiese aussah. Außerdem entdeckte Bettina Rhododendren und einen Kirschbaum, von dem schwer die roten Früchte hingen.

Irgendwer in der Nachbarschaft musste gerade grillen, denn die süßliche Abendluft war durchsetzt von einem leicht rauchigen Aroma, das Bettina aber gefiel, denn es erinnerte sie an zarte Steaks und Bratwürstchen, die sie für ihr Leben gern aß. Wie auch manches andere waren diese Leckereien in den letzten Jahren dem Ersatz aus Tofu gewichen.

Das Innere des Hauses war angenehm kühl. Im Foyer betrachtete Bettina eine moderne Grafik, die einen Frauentorso darstellte. Ihr gefiel das Bild, denn die Frau hatte Kurven wie sie selbst. Außerdem hatte Tobias ein altes Spinnrad dort stehen.

Als er bemerkte, dass sie es verwundert betrachtete, erklärte er: »Das gehörte meiner Ururgroßmutter. Es hat zwei Kriege überlebt, und meine Großmutter meinte immer, es sei das Wahrzeichen des Fleißes, denn Fleiß gehört schon dazu, um Wolle zu spinnen.«

»Mich erinnert es eher an Rumpelstilzchen«, entgegnete Bettina lächelnd. »Und ich frage mich gerade, ob du Stroh zu Gold spinnen kannst.«

»Tja, da muss ich dich leider enttäuschen. Ich versuche, mein Gold auf anderem Wege zu beschaffen.«

»Erfolgreich, wie man sieht.«

»Ich gebe mir Mühe«, wiegelte Tobias ab und zog sie in seine Arme. »Bist du bereit für deine Überraschung?«

»Ja, das bin ich!«

Ehe Bettina es sich versah, hatte Tobias eine Augenbinde in der Hand.

»Gehört die zu der Überraschung?«, fragte sie, und der erneute Gedanke an Fesselspiele bescherte ihr ein scharfes Ziehen zwischen den Schenkeln.

»Ja, das tut sie. Du sollst nicht zu früh sehen, was ich für dich vorbereitet habe. Und jetzt dreh dich um.«

Die Bestimmtheit in seinen Worten ließ das Ziehen stärker werden. Bettina kam seiner Anweisung nach, und wenig später verdunkelte das Tuch ihr die Sicht. Tobias griff sanft nach ihrem Arm und führte sie.

Nachdem ihre Absätze noch einen Moment lang über blanke Kacheln geklappert waren, wurde das Geräusch zunächst von Parkett und dann von weichem Teppichboden abgefangen. Ein süßlicher Geruch stieg ihr in die Nase, und die Luft schien merklich feuchter zu werden. Nach wenigen Schritten trafen ihre Absätze wieder auf Steine oder Kacheln. Bettina war gespannt wie eine Feder. Sie blieben stehen, und Tobias griff nach der Augenbinde. Wenig später konnte sie wieder sehen, und der Anblick vor ihr brachte sie dazu, überrascht nach Luft zu schnappen.

»Wann hast du denn das alles vorbereitet?«, fragte sie und schüttelte ungläubig den Kopf.

Sie stand vor der Tür seines sehr geräumigen Badezimmers, das wie eine Liebesoase hergerichtet war. Hunderte Kerzen brannten, Rosenblätter waren über den Boden verstreut, und in der Wanne dampfte scheinbar frisch eingelassenes Badewasser, das ebenfalls mit Rosenblättern übersät war. Es war unmöglich, dass Tobias den Raum vor seiner Abfahrt noch dekoriert hatte.

»Kannst du zaubern, oder was?«, fragte Bettina, wandte sich um und strahlte ihn an.

»Ein bisschen«, antwortete er und küsste ihre Schulter. »Aber vorrangig ist es das Verdienst eines Partyservice, der sich darauf spezialisiert hat, Orte nach den Wünschen des Kunden herzurichten. Man überlässt ihnen den Haustürschlüssel, und wenn man wiederkommt, sind sie längst verschwunden, und alles ist, wie man es wollte.«

»Ist das nicht ein bisschen riskant? Sie hätten dir das Haus ausräumen können.«

Tobias grinste breit. »Bei mir gibt es nicht viel zu holen. Außerdem würde sich die Firma selbst den Boden unter den Füßen wegziehen, wenn ihre Mitarbeiter anfingen, die Kunden zu bestehlen.«

»Das schon, aber wenn sie ein teures Gemälde oder andere Wertgegenstände mitgehen ließen, bräuchten sie sich um das Geld keine Sorgen mehr zu machen.«

Tobias schmunzelte. »Ein bisschen Vertrauen in die Welt muss man schon haben. Mir ist jedenfalls nicht aufgefallen, dass irgendetwas fehlt, also gehe ich davon aus, dass sie auch diesmal nur ihre Arbeit gemacht haben.« Er küsste Bettina auf den Hals, dann fragte er: »Wie findest du es?«

»Wunderschön«, antwortete sie und schloss halb die Lider, denn seine Lippen hatten einen Punkt getroffen, der ihre Nerven zum Flattern brachte. Es war wie ein zweiter Kitzler an ihrem Hals, und der Mann, dessen Mund ihn berührte, konnte nahezu alles mit ihr anstellen.

»Wollen wir?«, fragte Tobias, und seine Lippen ließen von ihrer Haut ab.

Zurückgekehrt in die Wirklichkeit öffnete Bettina die Augen. »Ein Bad nehmen? Jetzt?«

»So war es eigentlich gedacht.«

Sie wandte sich um und verlor sich einen Moment lang in seinem Blick, dann küssten sie sich. Die Tatsache, dass sie eigentlich ein Abendessen geplant hatten, wurde nebensächlich, als Tobias die Hände über ihren Rücken nach unten und schließlich unter ihren Rock gleiten ließ.

»Du hast Unterwäsche an?«, fragte er und spielte den Schockierten.

»Was denkst du denn!«, entgegnete Bettina. »Ich kann doch nicht ständig ohne rumlaufen, abends ist die Luft kühl!«

»Hier drin nicht«, entgegnete er und glitt an ihr herunter, wie sie es vor einigen Stunden im Laden bei ihm getan hatte. Er knöpfte ihren Blazer auf und küsste sie auf den Bauch. Langsam wanderten seine Hände zum Verschluss ihres Rockes. Nachdem er ihn geöffnet hatte, streifte er ihr das Kleidungsstück von den Hüften – und hatte wenig später ihr süßes Geheimnis vor sich.

»Ah, du hast deine Frisur geändert«, raunte er und schob seine Finger unter den Slip. Ihr frisch rasierter Venushügel schmiegte sich an die Innenfläche seiner Hand, und als Tobias merkte, dass sie nicht mehr länger warten wollte, dirigierte er sie sanft zum Rand der Badewanne.

»Sollten wir uns nicht erst mal ausziehen?«, fragte sie, während sie die Jacke von den Schultern streifte. Noch war Tobias zwischen ihren Schenkeln beschäftigt, so dass er das neckische Oberteil noch gar nicht zu Gesicht bekommen hatte.

»Gleich«, murmelte er, zauberte neben der Badewanne ein Kissen hervor und reichte es ihr, damit sie es sich in den Rücken klemmen konnte. In wohliger Vorahnung lehnte sich Bettina zurück und wollte schon die Schuhe abstreifen, als Tobias sie daran hinderte.

»Lass sie bitte an, deine Beine wirken dadurch länger«, raunte er, während er nach ihren Fesseln griff. Genüsslich strich er über ihre Waden und drückte ihr sanft die Beine auseinander.

Bettinas Herz raste, aber so abwesend, dass sie seine Worte nicht mitbekommen hatte, war sie noch nicht. Fand er wirklich, dass ihre Beine zu kurz waren?

Im nächsten Augenblick wehte dieser Gedanke wie von einer Sturmböe erfasst davon, denn Tobias' Zunge hinterließ eine feuchte Spur auf ihrem Oberschenkel und näherte sich in kleinen Kreisen dem Zentrum ihrer Lust. Der Ouvert-Slip war mittlerweile vollständig von ihren Säften getränkt, selbst sie konnte das süßliche Aroma wahrnehmen. Als seine Zunge in den feuchten Schlitz eintauchte, stöhnte sie laut auf.

Er traf ihren Kitzler auf Anhieb, und ihr kam es vor, als zögen Stromstöße durch ihren Leib. Sie wollte die Beine weiter spreizen, damit er besser an das Zentrum ihrer Lust herankam, aber Tobias ließ es nicht zu. Sein Kopf vergrub sich regelrecht in dem Slip, und endlich erreichte seine forschende Zunge ihre feuchten Lippen.

Bettina stöhnte erneut auf und suchte mit der Hand nach einem Halt, damit sie nicht ins Wasser fiel. Schließlich legte sie ihre Hand auf den Wasserhahn, um sich daran festzuklammern, und griff mit der freien Hand nach Tobias' Haarschopf. Nicht, um ihn von sich wegzuzerren, sondern um ihn an sich zu drücken.

Tobias leckte abwechselnd ihren Kitzler und stieß zwischen ihre Lippen, und als der Orgasmus über sie hereinbrach, war es wie eine riesige tosende Welle, die sie unter sich begrub. Erst nach einigen Momenten ließ er von ihr ab und half ihr auf. Bettina merkte, dass ihre Beine und Arme zitterten, doch Tobias war stark genug, um sie zu halten. Er zog sie zu sich hoch, und während sie sich küssten, schob er zwei Finger in die Seiten des Slips.

»Na, was ist, willst du ihn jetzt loswerden?«

»Ja, aber vergiss nicht, dass ich oben herum auch noch was anhabe.«

»Ist mir nicht entgangen«, entgegnete Tobias und ließ eine Hand ihren Rücken hinaufwandern. Als würde er so was jeden Tag machen, öffnete er den Verschluss ihres Oberteils, und wenig später landete es zwischen den Rosenblättern. Bettina wollte sich schon beschweren, dass er dem verführerischen Teil keine besondere Aufmerksamkeit geschenkt hatte, doch da nahm er einen ihrer harten Nippel in den Mund, und jeglicher Protest war im Keim erstickt.

Allerdings hatte sie nicht vor, sich nur verwöhnen zu lassen – obwohl es verdammt guttat, nach all den Jahren der Vernachlässigung. Sie griff nach seiner Hose und bemerkte, dass sein Schwanz bereits steif war. Doch offenbar war Tobias ein Genießer, der die Vorfreude auf den nächsten Hauptgang noch ein wenig hinauszögern wollte.

Allerdings hatte er nichts dagegen, dass Bettina ihm die Hose öffnete. Wenig später lag sein Schwanz hart und pulsierend in ihren Händen, und sie meinte fast, seinen Puls an den zum Bersten gefüllten Adern spüren zu können. Sie massierte ihn vorsichtig, denn sie wollte nicht, dass er zu früh kam, und strich immer wieder mit den Fingerspitzen über seinen ebenfalls prallen Sack.

Tobias keuchte und bedeutete ihr nach einer Weile, dass sie aufhören solle. »Ich bin so verdammt heiß auf dich, dass ich gleich spritze, wenn du weitermachst.«

»Dann solltest du vielleicht nicht länger damit warten. Ich habe Gummis dabei.«

Das waren anscheinend die Worte, auf die er gewartet hatte. Rasch streifte er sich die Hose ab und knöpfte mit zitternden Händen sein Hemd auf.

Bis er nackt war, hatte Bettina die Kondome aus der Tasche hervorgeholt. Für einen Moment betrachtete sie Tobias, zum ersten Mal ohne ein Stück Stoff am Leib. Er war wirklich gut gebaut und in Bestform. Seine Bauchmuskeln waren nicht übertrieben ausgebildet, aber gut sichtbar, und seine Arme waren kräftig. Von seiner Scham aus zog sich ein schmaler Streifen Haar zu seinem Bauchnabel, mehr Behaarung hatte er nicht vorzuweisen. Glückssache oder die Folge von geübtem Umgang mit Kaltwachsstreifen?

Vielleicht würde sie es irgendwann mal herausfinden, jetzt interessierte sie sich allerdings mehr für seinen Schwanz, der wie ein großer Speer auf sie zeigte und sie zum Handeln herausforderte.

Der kurze Moment, den sie getrennt waren, hatte seine

Lust nicht abgeschwächt. Bettina rollte ihm das Kondom – eines mit Noppen – über und schmiegte sich an ihn.

Für einen Moment bohrte sich ihre Zungen in seine Mundhöhle, dann zog sie ihn mit sich zur Wand. Als sie ein Bein um seine Hüfte schlang, fand Tobias problemlos den Weg in ihren glühend heißen und feuchten Schlund.

Er drang in voller Länge in sie ein, umfasste ihr Gesäß und hob sie an. Offenbar trainierte er, so dass er mit ihren siebzig Kilo spielend fertig wurde. Überrascht juchzte Bettina auf, schlang das andere Bein ebenfalls um ihn und suchte mit den Armen Halt an seinen breiten Schultern.

Wenig später fing er an, sich in ihr zu bewegen, und Bettina musste zugeben, dass sie noch nie einen Mann so tief in sich gehabt hatte. Nicht mal mit dem Dildo hatte sie sich so weit vorgewagt. Die Noppen reizten ihre zarte Haut, und seine Schamhaare kitzelten an ihrer Klit.

Tobias barg sein Gesicht an ihrem Hals, stöhnte und ächzte, während er immer schneller wurde. Im nächsten Moment kam es ihm auch schon, und nach einigen weiteren Stößen wurde auch Bettina von einem explosionsartigen Zittern erfasst.

Während Tobias sie erschöpft an die Wand drückte, glitt sein Schwanz aus ihr heraus. Noch immer gingen Zuckungen durch ihren Schoß und den Rest ihres Körpers, und beide brauchten eine Weile, bis sie wieder Herr ihrer Sinne waren.

Tobias hob sie von sich herunter und streifte sich das Kondom ab.

»Ich glaube, wir haben uns eine kleine Stärkung und ein Bad verdient.«

»Mehr als das«, antwortete Bettina und küsste ihn erneut.

Als sie in die Wanne eintauchten, war das Wasser schon

ziemlich abgekühlt, aber bei den sommerlichen Temperaturen draußen war es zu verschmerzen.

Tobias zauberte zu ihrer Überraschung Champagner und ein Tablett mit Häppchen hervor, das er auf der Wasseroberfläche schwimmen ließ.

Die kleinen Köstlichkeiten waren wahre Kunstwerke aus Früchten und anderen Zutaten, die sie nur vom Ansehen nicht benennen konnte. Doch als sie sie auf der Zunge hatte, schmeckte sie Gewürze, Gebäck, Frischkäse und Geflügelstückchen. Obwohl es in diesem Augenblick sicher anderes gab, was sie sich merken sollte, blieb der Gedanke, dass solche Kanapees auch etwas für ihren Laden sein könnten, in ihrem Gedächtnis haften.

Nachdem sie gegessen und auf den gelungenen Abend angestoßen hatten, holte Tobias den Kaufvertrag hervor. Wie er es versprochen hatte, verzichtete er auf seine Provision, und er hatte es sogar geschafft, den Preis ein wenig runterzuhandeln. Er erklärte es damit, dass der Besitzer den Laden unbedingt loswerden wolle, da er vorhatte, nach Kanada auszuwandern. Damit hatte er ganz sicher nicht die Möglichkeit, sich um diese wenn auch kleine Immobilie zu kümmern.

Als der geschäftliche Teil geklärt war, zog Tobias sie noch einmal in die Arme, zu einer kleinen Abschiedsnummer, bei der sie seltsamerweise ständig an die Häppchen denken musste. Und an das Gesicht, das Martin ziehen würde, wenn er es irgendwann einmal herausbekam.

Wie sie es erbeten hatte, setzte Tobias sie wieder an ihrem Treffpunkt ab. Inzwischen zog die Abenddämmerung herauf, und obwohl ihre Nachbarn zu Hause sein mussten, wirkte die Gegend einsamer als bisher.

Sie küssten sich noch einmal leidenschaftlich, dann stieg sie aus und winkte ihm kurz hinterher, als er davonbrauste.

Eigentlich hätte Tobias es gern gesehen, wenn sie über Nacht bei ihm geblieben wäre, doch das hatte sie ihm ausreden können. Was hätte Martin wohl dazu gesagt, wenn sie einfach nicht nach Hause gekommen wäre. Hätte er die Polizei benachrichtigt oder sich darüber gefreut, dass er sie endlich losgeworden war?

Als sie um die Ecke bog, sah sie in zwei Fenstern ihres Hauses Licht brennen. Die Wahrscheinlichkeit, dass sich Diebe hierher verirrten, war gering, also kam nur eines in Frage: Martin war schon da! Auf seine Ankündigungen war also Verlass.

Verdammt, hat Suse heute keine Zeit für dich?

Bettina hatte keine Uhr dabei, doch sie wusste, dass es schon fast zehn war. Dennoch traf es sie nicht unvorbereitet. Den Rock auszuziehen und für einen Moment nur im Slip auf der Straße zu stehen, kam nicht in Frage. Also blieb sie hinter einem großen Wagen stehen und zog den zweiten Rock über, den sie vorsichtshalber mitgenommen hatte. Martin würde sicher nicht auffallen, dass sie nun noch ein wenig dicker aussah als sonst, wahrscheinlich würde er gar keine Notiz davon nehmen.

An der Haustür angekommen, hatte sie eine weitere gute Idee. Der Flyer von der Diätgruppe! Heute Morgen hatte sie ihn noch verächtlich in den Müll geworfen. Dabei war er das perfekte Alibi – für diesmal und auch später. Nur für den Fall, dass sich Martin doch fragte, was seine Frau so trieb.

Beruhigt schloss sie die Tür auf und trat ein.

Der Fernseher lief. Martin sah sich wohl irgendeine Actionserie an, jedenfalls krachte es gewaltig. Dass Bettina wieder da war, bekam er offenbar nicht mit. Rasch schlüpfte sie aus den Schuhen, huschte in die Küche und durchsuchte die alten Zeitungen. Da war der Flyer! Sie ließ ihn in der Handtasche verschwinden, nahm sich eine Mineralwasserflasche aus dem Kühlschrank und ging ins Wohnzimmer.

»Hallo Schatz, du bist ja schon hier!«

Martin zuckte tatsächlich zusammen. Doch da er sein Spiel mit ihr schon seit Wochen oder Monaten trieb, beruhigte er sich schnell wieder und wandte sich um. »Hallo, wo warst du denn?«

Bettina sah das Handy auf dem Couchtisch liegen, und im Gegensatz zu ihm entging ihr auch nicht, dass das Display plötzlich aufleuchtete. Etwa eine SMS von Suse?

Sie tat, als hätte sie nichts bemerkt, und antwortete: »Ich war bei den Diet Sisters, das ist eine Diätgruppe, von der ich heute einen Flyer bekommen habe.«

Martin war sichtlich baff. »Du willst zu einer Diätgruppe gehen?«

Bettina kam kurz in den Sinn, dass sie sicher auch ein wenig abnehmen würde, wenn sie ständig Sex hatte. Das Lächeln, das ihre Lippen bei dem Gedanken umspielte, führte Martin allerdings eher darauf zurück, dass es ihr bei den Diät-Schwestern gefallen hatte. »Ja, ich habe mich gerade angemeldet«, log sie, kramte den Zettel aus der Tasche und drückte ihn Martin in die Hand.

Dieser musterte ihn beinahe schon mit einem Anflug von Begeisterung. Konnte es sein, dass er sich nun wieder für sie zu interessieren begann? Wenn sie ehrlich war, wollte sie das gar nicht mehr, denn wieder am prallen Leben lecken zu können, gefiel ihr deutlich besser als die langweiligen Wohltätigkeitsveranstaltungen an seiner Seite.

»Wie viel willst du denn abnehmen?«, fragte er, nachdem er den Flyer kurz studiert hatte.

Der alte Martin, der sie mal geliebt hatte, hätte jetzt sicher gesagt: »Warum willst du denn abnehmen, Liebling? Ich liebe jedes einzelne Pfund an dir.« Der neue Martin dagegen fragte nach ihrem beabsichtigten Gewichtsverlust.

»Ich dachte so an zwei oder drei Kleidergrößen«, schwindelte sie weiter, denn sie hatte auf keinen Fall vor, wesentlich dünner zu werden. Nicht, nachdem sie herausgefunden hatte, dass sie auch mit ihrer momentanen Figur und dem Chanel-Kostüm Männer um den Verstand bringen konnte. »In dem Studio werden auch Gymnastikkurse angeboten, da brauche ich dir keine Konkurrenz um die Geräte machen.«

»Du machst mir keine Konkurrenz, du kannst den Fitnessraum ruhig nutzen, das habe ich dir doch von Anfang an gesagt«, antwortete er.

Bettina war ganz verwundert darüber, dass sie sogar eine kleine Konversation hinbekamen, da ihre Unterhaltungen in der letzten Zeit oftmals nicht mehr als zwei oder drei kurze Sätze umfasst hatten. Wenn es um Diäten, Aussehen und kleine Kleidergrößen ging, konnte sich ihr Mann anscheinend ernsthaft begeistern. So sehr, dass er für einen kurzen Moment sogar sein Handy vergaß.

Was wohl Suse dazu sagte? Oder würde sich Martin später damit entschuldigen, dass seine Alte nach Hause gekommen war und ihn mit ihrem Beitritt zu einer Diätgruppe genervt hatte?

Bettina war es egal. »Vielleicht komme ich sogar auf dein Angebot zurück«, entgegnete sie gutgelaunt und fragte dann: »Hast du schon was gegessen?«

»Ja, ich habe mir einen Proteinriegel geholt«, antwortete

er und griff nun doch nach dem Handy. Sein Interesse an Suse war offenbar zurückgekehrt.

Bettina tat so, als würde sie es nicht bemerken. Sie wandte sich um und verließ das Wohnzimmer in Richtung Schlafzimmer, wo sie sich umzog. Als ihr Blick den Spiegel streifte, bemerkte sie, dass sie breit lächelte, breiter als jemals zuvor.

7. Kapitel

Am nächsten Morgen begann Bettina damit, den Laden einzurichten. Sie wusste nicht, warum, doch ihr erster Gedanke nach dem Aufstehen galt *Moulin Rouge*. Das war zum einen ihr Lieblingsfilm, zum anderen erinnerte sie sich an das Video zu »Lady Marmelade«, dem Coversong, der vor einiger Zeit im Radio rauf und runter gelaufen war.

Dieser Look, die schwüle Erotik der Pariser Bordelle des ausgehenden neunzehnten Jahrhunderts – das wäre genau das Richtige für ihren Laden. Nicht, dass sie die Kunden in Korsett und Netzstrümpfen bedienen wollte, aber es sprach nichts gegen ein rotes Chippendale-Sofa für die Gäste, Außerdem dachte sie an eine altmodische Ladentheke, eine historische Registrierkassen-Attrappe und viele rote Samt- und Seidenvorhänge. Vielleicht auch an einen großen, gold gerahmten Spiegel, um die Kundschaft im Auge behalten zu können, und natürlich ein Regal hinter der Theke, um Schoko- und Fruchtsoßen sowie Spirituosen zu präsentieren. Vielleicht sogar stilecht eine Flasche Absinth?

Kein schlechter Gedanke.

Ihr erster Gang führte sie in ein Antiquitätengeschäft. Kurz nachdem sie und Martin die Villa gekauft hatten, war es ihr in den Sinn gekommen, sie mit Möbeln einzurichten, die zum Erbauungsjahr des Hauses passten. Martin hatte den Vorschlag abgeschmettert, dennoch hatte sie dem Laden damals einen Besuch abgestattet. Dass sie einige der wirklich hübschen und nicht mal teuren Stücke nicht mitnehmen konnte, hatte ihr stets leidgetan, aber jetzt konnte sie endlich ihren Wunsch verwirklichen!

Der Laden hatte zur Straße ein kleines Schaufenster, aber Bettina wusste noch von ihrem ersten Besuch hier, dass die größten Schätze im überdachten Hinterhof warteten. Sie trat in den schmalen Gang zwischen Laden und Nachbarhaus, aus dem ihr ein beißender Geruch entgegenwehte. Der Verursacher des Gestanks ließ sich wenig später ebenfalls blicken, eine grau getigerte Katze, die zu miauen begann, als wäre sie hier der Hofwächter.

Bettina ignorierte das Tier und ging weiter. Im Innenhof angekommen, hörte sie etwas klappern, der Besitzer war also da.

»Hallo?«, rief sie, und wenig später tauchte ein Mann zwischen einer großen Holztruhe und einer Anrichte auf, die Bettina schon mal im Auge behielt, denn etwas Ähnliches brauchte sie für ihren Laden.

»Hallo, junge Frau, was kann ich für Sie tun?«

Bettina musste zugeben, dass sich der Besitzer, sein Name war Kowalski, wenn sie sich recht erinnerte, seit ihrem letzten Zusammentreffen nicht wesentlich verändert hatte. Seine Haare waren auch damals schon weiß gewesen, und das sonnengegerbte Gesicht voller Falten, so dass es müßig war, nach neu hinzugekommenen zu suchen. Von der Haltung und seinem Auftreten war der Antiquitätenhändler aber immer noch jugendlicher als andere Männer in seinem Alter. Als er Bettina sah, straffte sich sein Körper merklich. Wahrscheinlich wusste er, dass er als Don Juan nicht mehr durchging, aber sie vermutete, dass er in jungen Jahren ein echter Schürzenjäger gewesen war.

»Ich bin auf der Suche nach ein paar Möbelstücken«,

antwortete sie lächelnd und fragte sich, ob der Mann sich noch an sie erinnerte.

Heute hatte sie keines ihrer knappen Kostüme angezogen, sondern sich für Jeans und eine Tunika entschieden, die hübscheste, die sie besaß. Die Bluse hatte einen tiefen Ausschnitt, und sonst hatte sie immer ein Top darunter gezogen. Diesmal hatte sie jedoch darauf verzichtet, und dem Antiquitätenverkäufer schien es zu gefallen.

Jedenfalls streifte sein Blick bewundernd ihre Brüste, bevor er antwortete: »Nun, dann sind Sie bei mir an der richtigen Adresse. Was brauchen Sie denn?«

»Einen antiken Spiegel, ein paar Stühle, Tische und vielleicht auch eine alte Theke.« Bei Letzterem war sich Bettina ziemlich sicher, dass er nichts Geeignetes hatte, aber fragen konnte sie ja mal.

»Oho, das hört sich nach großen Plänen an.« Kowalski musterte die Kundin einen Moment lang, dann schien der Groschen zu fallen. »Moment mal, sind Sie nicht die Zahnarztgattin, die vor einigen Jahren schon mal hier war?«

Bettina wusste, dass Leugnen nichts bringen würde.

»Ja, die bin ich. Erstaunlich, dass Sie sich an mich erinnern.«

»Ich vergesse nur selten einen Kunden, besonders dann nicht, wenn es eine schöne Frau ist. Sie sehen wirklich gut aus. Soweit mein alter Verstand das beurteilen kann, sind Sie nicht ein Jahr älter geworden.«

»Wenn Sie meinen.«

»Oh, das meine ich nicht nur, das ist eine Tatsache. Ich erinnere mich noch genau daran, wie Sie hergekommen sind, um sich ein paar Möbel für Ihr neues Haus auszusuchen. Hat es sich Ihr Mann inzwischen überlegt? Damals war er doch gegen altertümliche Möbel.«

Bettina hätte dem Händler die Wahrheit sagen können, doch sie war der Meinung, dass es ihn nichts anging. Zwar würde er sich wundern, wenn die Möbel an eine andere Adresse geliefert werden sollten, aber das war ihr egal.

»Ja, er ist mittlerweile ganz begeistert von der Idee!«, antwortete sie daher spontan, was Kowalski erneut zu einem Kompliment hinriss.

»Kein Wunder, einer Frau wie Ihnen könnte ich auch keinen Wunsch abschlagen. Man müsste ein Narr sein, wenn man das tut.«

Demnach war Martin ein großer Narr, aber das konnte der Händler nicht wissen.

»Ja, letztlich hat ihn mein Charme überzeugt«, antwortete Bettina, und damit der Mann nicht weiter zum Süßholzraspeln kam, fügte sie schnell hinzu: »Hätten Sie vielleicht etwas für mich da? Was ist mit der Anrichte dort drüben?«

Der Händler wandte sich um und winkte ab. »Die habe ich gerade hereinbekommen, kein besonders guter Zustand. Es kann ein gutes Jahr dauern, bis sie wieder so ist, dass man sie verkaufen kann. Ihr Mann ist bestimmt nicht unter die Bastler gegangen, oder?«

Bettina schüttelte den Kopf. »Nein, ganz bestimmt nicht.«

»Drinnen hätte ich allerdings etwas für Sie, das ihnen noch besser gefallen wird als dieses Stück da. Kommen Sie mit, heute gehört der Laden allein Ihnen.«

Mit diesen Worten wandte er sich um und ging zur der kleinen Hintertür. Bettina folgte ihm.

Der Laden strahlte den muffigen Charme eines vergessenen Warenlagers aus, aber Kowalski hatte nicht übertrieben. Hier gab es wirklich vieles, was ihr auf Anhieb gefiel und auch gut zu dem Bild passte, das sie sich von ihrem fertigen Laden machte.

Besonders ein großer Spiegel, der in einem dicken goldfarbenen und vor allem ziemlich kitschigen Rahmen steckte, zog sie magisch an. Das Glas war am Rand ein wenig angelaufen, aber ansonsten genauso gut erhalten wie der Rahmen. Bettina hatte keine Ahnung, aus welchem Jahr er stammte, aber er musste schon sehr alt sein.

»Ein schönes Stück, nicht wahr?«, sagte der Händler, als er ihr Interesse bemerkte.

»Ja«, antwortete Bettina nur und konnte den Blick nicht von dem Spiegel und ihrem eigenen Abbild abwenden.

»Sie werden es mir vielleicht nicht glauben, aber er hat eine ziemlich interessante und pikante Geschichte.«

Bettina zog die Augenbrauen hoch. »Pikant?« Sie hatte vermutet, dass er aus einem Schloss oder einem Gutshaus stammte.

»Ja, und ich hoffe, das schreckt sie nicht ab.« Der Händler wusste anscheinend genau, wie er Kunden ködern konnte.

»Mich schreckt so leicht nichts, erzählen Sie!«

Der Händler funkelte sie geheimnistuerisch an, dann antwortete er: »Dieser Spiegel hing einst in einem Bordell, dem größten Freudenhaus der Stadt, könnte man sagen.«

Damit hatte Bettina nicht gerechnet, doch es schreckte sie keineswegs ab. Mit dieser Geschichte war er wie gemacht für ihr Vorhaben!

»Seit wann hing er dort?«, fragte sie, trat näher an den Spiegel heran und streckte die Hand danach aus.

Ob sie ihn berühren durfte, wusste sie nicht, doch kurz streiften ihre Finger das alte Glas. Der Händler hatte es sicher gesehen, aber er wies sie nicht zurecht.

»Sagen wir mal, er hat in seinem bisherigen Leben sehr viel gesehen«, antwortete er. »Er hing in einem Salon, in dem es öfter zu Gruppenorgien gekommen sein soll. Schade nur, dass alte Möbelstücke nicht sprechen können, die Anekdoten, die sie zu erzählen hätten, wären sicher sehr interessant.«

Das fand Bettina auch, und jetzt gab es nur eines, was sie tun konnte. »Ich nehme ihn«, sagte sie fasziniert.

»Ihr Mann wird auch sicher nichts gegen seine Geschichte haben?«

Sie schüttelte den Kopf. »Nein, ganz sicher nicht.« *Denn er wird ihn nicht zu sehen bekommen,* fügte sie in Gedanken hinzu.

»Gut, dann schreibe ich ihn auf ihre Liste. Sie brauchen mir nur sagen, wann und wohin Sie die Möbelstücke geliefert haben möchten. Ich garantiere Ihnen, dass sie alle in bestem Zustand sind.«

Bettina nickte, und kurz kam es ihr in den Sinn, dass sie vielleicht mal nach dem Preis fragen sollte. Immerhin hatte sie vor kurzem ein Haus gekauft, und ihr Budget war nicht unerschöpflich. Aber sie stand noch immer so sehr unter dem Bann des Spiegels, dass sie es geflissentlich vergaß.

Die Auswahl der anderen Möbel dauerte nicht länger als eine halbe Stunde. Es schien, als sei mit dem Spiegel alles ins Rollen gekommen. Sie entdeckte mehrere Stühle, zwei Tische und etwas, das man als Theke benutzen konnte. Es handelte sich um einen alten Apothekenschrank, der sehr gut zu dem restlichen Mobiliar passte.

Nachdem alles besprochen und der Kauf besiegelt war, verabschiedete sie sich und verließ den Laden.

Anschließend machte sie auf den Weg in die Zahnarztpraxis ihres Mannes, denn sie wollte noch einige Küchengeräte anschaffen. Natürlich hätte sie diese auch von ihrem Konto bezahlen können, aber sie beschloss, es war an der Zeit, dass Martin in ihr Geschäft einstieg. Sie fand es witzig, dass ausgerechnet er, der zum Genussmuffel mutiert war, nun die Kücheneinrichtung ihres Ladens bezahlen würde. Natürlich würde sie sich nicht mit zweitklassigen Arbeitsmitteln abgeben. Die besten Marken mussten her, denn sie rechnete fest damit, dass ihre Koch- und Backkünste häufig in Anspruch genommen würden.

Da sie am Morgen nicht gedacht hatte, dass sie an einem Tag so weit kommen würde, hatte sie Martin die Einkaufstour nicht angekündigt. Aber sie konnte ihn ja jederzeit in der Praxis aufsuchen, jedenfalls betonte er das immer wieder. In der ersten Zeit hatte sie von dem Angebot auch regelmäßig Gebrauch gemacht, doch irgendwann hatte sie gemerkt, dass es ihm nicht mehr recht war. Also war sie immer öfter zu Hause geblieben und hatte versucht, die Zeit totzuschlagen. *Womit eigentlich?*, fragte sie sich im Nachhinein. Irgendwie konnte sie sich nicht erinnern, was sie gemacht hatte, bevor sie sich entschlossen hatte, ein neues Leben anzufangen. Es war, als wäre sie durch Suses SMS neu geboren worden.

Die Zahnarztpraxis wirkte leer, als sie durch die Tür trat. Das Licht in der Anmeldung war ausgeschaltet, die Arzthelferin, die sonst immer hier saß, war nicht an ihrem Platz. Ein beißender Geruch nach Desinfektionsmitteln und Medikamenten hing in der Luft.

Typische Bohrergeräusche waren ebenfalls nicht zu vernehmen, und es hörte sich zunächst auch nicht so an, als wäre jemand hier. Seit wann ließ Martin einfach so die Tür auf?

Man könnte meinen, in einer Zahnarztpraxis gäbe es

nichts zu stehlen, doch von der Zeit, als Martin seine Praxis eingerichtet hatte, wusste sie noch genau, dass die Geräte sehr teuer waren. Ein normaler Dieb konnte mit ihnen zwar nichts anfangen, aber er konnte sie für gutes Geld verkaufen.

Sie lauschte dem Rauschen des Kompressors im Keller, der für den Druck auf den Behandlungsstühlen sorgte, und als sich das Gerät ausschaltete, hörte sie, dass sie doch nicht allein war. Ein Grunzen tönte aus einem der hinteren Räume. Bettina war im ersten Moment versucht, nachzusehen, was da los war, doch als sich das Geräusch wiederholte und auch ein klein wenig veränderte, wusste sie Bescheid. Dieses fast schon tierähnliche Stöhnen, wenngleich nicht in einer derart tiefen Stimmlage, hatte auch Tobias von sich gegeben, als er sie auf seinem Schreibtisch gefickt hatte.

Wie lange würde sie wohl warten müssen, bis sie beiden sie bemerkten?

Sie blickte sich um und entdeckte ein paar neue Bilder im Gang, der zum Wartezimmer führte. Auch davon hatte Martin ihr nichts erzählt. Er hatte sie einfach aus seinem Leben ausgeschlossen.

Nach einer Weile beschloss sie, einen Blick in das Zimmer zu werfen, denn sie hatte keine Lust, hier noch länger wie bestellt und nicht abgeholt herumzustehen. Auf Zehenspitzen schlich sie den Gang entlang, passierte das menschenleere Wartezimmer und erreichte schließlich die Tür, die zum Büro ihres Mannes führte.

»Oh Baby, ich bin so geil auf dich!«, flüsterte Martin im nächsten Moment. »Ich habe ihn jetzt in der Hand. Komm lutsch mich aus.«

Bettina spürte, wie ihr Herz zu rasen begann. Sie zögerte kurz und fragte sich, ob es tatsächlich eine gute Idee war,

Martin und Suse beim Vögeln zuzusehen. Warum sollte sie sich das antun? Es reichte schließlich, wenn sie es wusste. Doch ihre Neugierde war größer.

Sie trat neben die Tür, die einen Spaltbreit offen stand, und drückte mit einem Finger vorsichtig dagegen. Sie hoffte, dass die Angeln nicht knarrten, und falls doch, dass Martin es für einen Luftzug hielt oder es in seiner Geilheit nicht mitbekam.

Die Tür ließ sich lautlos öffnen, und im nächsten Moment konnte sie ihn sehen. Er saß in seinem Bürostuhl und hatte sich zur Seite gedreht. Im ersten Moment dachte Bettina, Suse würde ihm gerade einen blasen, doch dann sah sie, dass er sich mit einer Hand den Telefonhörer ans Ohr hielt und mit der anderen seinen Schwanz umklammerte.

»Oh ja, Baby, das machst du richtig. Und jetzt nimm deinen Finger und stoß ihn dir rein. So schnell und kräftig, wie ich es immer mache.«

Anscheinend war jetzt gerade Suse oder wer auch immer an der Reihe, ihm was Scharfes ins Ohr zu säuseln, denn Martin stöhnte und wichste immer schneller. Sein Gesicht glühte, und seine Miene war vor Lust verzerrt.

Bettina wusste aus Erfahrung, dass es nicht mehr lange dauern würde, bis es ihm kam. Und sie konnte sich einer gewissen Faszination nicht entziehen. Ihre südlichen Lippen wurden praller und feucht, und für einen kurzen Moment war sie sogar versucht, Martin noch eine Chance zu geben. Sie konnte sich nicht helfen, es sah einfach zu geil aus, wie er es sich selbst machte. Ihre Nippel wurden steif, und beinahe hätte sie eine Hand unter den Rock geschoben, um es sich ebenfalls zu besorgen. Doch dann hörte sie ihn rufen: »Oh Suse, ich spritz dir gleich die ganze Ladung auf die Titten …«

Die Worte wirkten wie ein kalter Wasserguss auf Bettina. Suses Titten hatte sie gesehen! Auf dem verdammten Foto in der Mail.

Zorn stieg in ihr auf, und sie musste sich sehr beherrschen, nicht die Tür aufzustoßen und ihren Mann zu fragen, was er da machte. *Denk an deinen Laden*, sagte sie sich im Stillen. *Denk dran, dass du es bald heimzahlen wirst.*

Sofort beruhigte sie sich wieder und zog sich hastig von der Tür zurück. Sicher, es war ein imposanter Anblick, wenn er losspritzte, doch der Spermaregen würde Suse gelten und nicht ihr, also wollte sie ihn nicht sehen.

Als sie in die Anmeldung zurückkehrte, hörte sie Martin noch immer grunzen und beschloss, zu warten, bis er fertig war. Lange konnte es nicht mehr dauern.

Plötzlich ging hinter ihr die Tür. Als sie sich umwandte, sah sie eine Frau mit einer Einkaufstüte hereinkommen. Sie hatte ihr Haar zu einem Zopf zusammengebunden, und unter dem leichten Sommermantel trug sie eine weiße Hose und ein weißes T-Shirt.

Da so für gewöhnlich niemand herumlief, musste es sich um eine von Martins Zahnarzthelferinnen handeln. Offenbar hatte er sie neu eingestellt, denn Bettina konnte sich an ihr Gesicht nicht erinnern. Auch die Helferin war erstaunt, sie hier zu sehen.

»Was kann ich für Sie tun?«, fragte sie und huschte an ihr vorbei hinter den Tresen, als fürchtete sie einen Übergriff.

»Mein Name ist Winter, Bettina Winter. Ich bin die Frau von Dr. Winter.«

Die Helferin blickte sie einen Moment lang an, als hätte Bettina ihr eine faustdicke Lüge aufgetischt.

»Wissen Sie, wo mein Mann ist?«, versuchte sie, die

junge Frau aus ihrer Verlegenheit zu holen. »Offensichtlich hat er Mittagspause.«

Der Kopf der Helferin wirbelte herum, und sie sah zum Ende des Ganges hinüber. Dorthin, wo noch immer leises Stöhnen ertönte. Martins Training hatte ihm wohl eine ziemliche Ausdauer verschafft.

Die junge Frau schien jedenfalls zu wissen, was los war. »Moment, ich sehe mal nach«, sagte sie ein wenig unsicher. Bestimmt hatte Martin sich ausgebeten, nicht gestört zu werden. Doch die Helferin wollte sich auch keinen Ärger mit seiner Frau einhandeln, also ging sie zu seiner Bürotür.

Bettina konnte ihn nicht mehr stöhnen hören, sicher hatte er mitbekommen, dass sie beide sich unterhalten hatten. Doch die Vorstellung, dass die Zahnarzthelferin ihren Chef beim Telefonsex erwischte, hatte durchaus was. Leider passierte das aber nicht. Sie klopfte an, und einen Moment später antwortete Martin. Wahrscheinlich hatte er in Windeseile seine Hose zugeknöpft und aufgelegt.

»Dr. Winter, Ihre Frau ist hier und möchte Sie sprechen«, sagte die Helferin. Bettina war froh, dass sie nicht sagte, eine Frau, die vorgibt, Ihre Frau zu sein, möchte Sie sprechen. Zuzutrauen wäre es ihr, immerhin kannte sie Bettina nicht.

Was Martin erwiderte, bekam sie nicht mit, doch im nächsten Moment trat er aus der Tür.

Als sie ihn kommen sah, setzte Bettina ein Lächeln auf, und bei seinem Anblick wusste sie wieder, warum sie ihn früher so scharf gefunden hatte. Und warum Suse so auf ihn abfuhr.

Diese weiße Praxiskleidung machte selbst aus dem blassesten Burschen einen Adonis. Man glaubte, sich in seinen Armen geborgen zu fühlen, außerdem zeichnete sich sein Schwanz unter der engen Hose ab.

Die Wichsrunde schien Martin nicht völlig ausgepowert zu haben, denn seine Erektion war immer noch nicht ganz abgeklungen. Bettina war sicher, dass sie ihm vergehen würde, wenn er ihr gegenübertrat.

»Hallo Schatz«, sagte sie und versuchte, so normal wie möglich zu klingen.

»Was machst du denn hier?«, fragte Martin, während seine Gesichtsröte noch ein wenig zunahm. Fühlte er sich ertappt? War ihr bemüht normaler Tonfall zu dick aufgetragen?

»Ich wollte ein wenig die Stadt unsicher machen«, antwortete Bettina, und es wunderte sie, dass sie ihr Lächeln nicht verlor. »Bei der Diätgruppe haben sie uns Tipps für bewusstes Kochen gegeben, und das macht nur Spaß, wenn man die richtigen Töpfe hat.«

»Aha«, antwortete Martin und nestelte an seiner Hosentasche herum. Offenbar trug er seine Geldbörse ständig bei sich, denn im nächsten Moment zückte er sie und zog, ohne dass sie auch nur ein Wort sagen musste, seine Goldcard hervor.

»Hast du was dagegen, wenn ich mir gleich auch noch ein paar andere Sachen kaufe?«

»Nein, Schatz, mach nur. Ich bin mir sicher, dass du mir nicht das gesamte Konto abräumen wirst.«

Warum sollte ich das nicht tun?, fragte sich Bettina einen Moment lang, doch sie wusste genau, dass sie es nicht übers Herz brachte. Jedenfalls noch nicht.

»Okay, danke«, entgegnete sie und ließ die Karte in ihrer Handtasche verschwinden.

Martin blickte sie ein wenig ochsenäugig an. »Die Diätgruppe scheint dir gutzutun«, bemerkte er, nachdem er sie kurz gemustert hatte.

Wurde er etwa doch argwöhnisch? Und wenn schon!

»Ja, die Frauen dort sind wirklich nett, und ich bin mir diesmal ganz sicher, dass ich es schaffen kann.«

Martin sah aus, als würde er daran zweifeln, doch er sagte nichts dazu. »Dann wünsche ich dir viel Spaß beim Einkaufen. Ach ja, heute wird es wieder ein wenig länger dauern, aber du bist sicher bei deiner Gruppe, stimmt's?«

»Genau!«, log Bettina und war insgeheim froh darüber, dass sie sich, sollte es zu einem Treffen mit Tobias kommen, nicht wieder einen Ersatzrock mitnehmen musste.

»Gut, dann sehen wir uns spätestens morgen früh«, entgegnete Martin und ließ sich sogar zu einem Kuss hinreißen. Ob er das jetzt nur wegen der Zahnarzthelferin tat, die zwar beschäftigt wirkte, aber ihren Chef und seine Frau genau im Auge behielt?

Nachdem Bettina die Praxis verlassen hatte, blickte sie einen Moment lang lächelnd auf die Goldcard, dann verstaute sie das gute Stück in der Tasche und machte sich auf die Suche nach einem Taxi.

Als sie heimkehrte, fühlte sich Bettina wie ein Kind, das zu viel Zuckerwatte gegessen hatte. Dabei hatte sie heute nur einen kleinen Imbiss zu sich genommen. Das Gefühl der Sättigung war eher dem zuzuschreiben, was sie heute alles geschafft hatte. Mit einem breiten Lächeln schwebte sie regelrecht durchs Haus, und es wäre ihr sogar egal gewesen, wenn es Martin mit Suse in ihrem Ehebett getrieben hätte.

Vor lauter Glück wusste sie einen Moment lang nicht, wohin mit sich, dann fiel ihr ein, dass sie sich schon lange nicht mehr bei Zuckerstange gemeldet hatte. Sie brachte ihre prall gefüllten Einkaufstüten ins Wohnzimmer und erklomm die Stufen zu Martins Arbeitszimmer.

Noch immer herrschte hier das totale Chaos, es schien sogar noch ein bisschen größer geworden zu sein. Offenbar hatte Suse sich Martin voll und ganz einverleibt.

Bettina störte die Unordnung nicht mehr. Sie räumte die Sachen von der Sitzfläche des Bürostuhls, ohne sie anzuschauen, sie hatte nicht mal Lust, in Martins Mails herumzuschnüffeln. Ja, sie sah nicht einmal nach, von wem sie waren. Viel mehr interessierte es sie, ob Zuckerstange eingeloggt war.

Es war zwar nicht gerade Mittagspausenzeit, aber vielleicht war er ja zwischendurch mal online. Und wenn nicht, würde sie ihm einfach wieder eine Mail schicken.

Nachdem sich das Browserfenster aufgebaut hatte, ging sie in den Chat. Zuckerstange war nicht da, und auch sonst herrschte tote Hose. Als ihr Nickname im Fenster erschien, erschreckte das die beiden einzigen Chatteilnehmer offenbar so sehr, dass sie gleich verschwanden.

Aus den Resten ihrer Konversation war nicht ersichtlich, ob sie die beiden bei etwas Scharfem unterbrochen hatte, aber anscheinend war es ihnen unangenehm gewesen, dass jemand dazugekommen war.

Bettina überlegte gerade, sich ebenfalls wieder auszuloggen und Zuckerstange eine Mail zu schreiben, dann wartete sie doch noch ein paar Minuten, ehe sie das Mailfenster öffnete.

Sie hatte ihre Nachricht zur Hälfte fertig, als sie eher beiläufig bemerkte, dass jemand den Chat betreten hatte. Es war tatsächlich Zuckerstange. Wahrscheinlich hatte er sie wieder auf seiner Anwesenheitsliste gesehen.

Zuckerstange: Da bist du ja endlich mal wieder! Wie geht es mit deinem Geschäft voran?

Sahneschnitte:	Bestens! Ich wollte dich gerade noch mal nach dem Namen fragen.
Zuckerstange:	Stimmt, ich hätte antworten sollen, entschuldige. Habe im Moment viel um die Ohren.
Sahneschnitte:	Und, hast du was dagegen?
Zuckerstange:	Nein, warum sollte ich? Zuckerstangen sind doch was ganz Alltägliches. Allerdings solltest du dir den Namen schützen lassen, als Marke.
Sahneschnitte:	Danke für den Tipp! Ich hätte da übrigens mal eine Frage.
Zuckerstange:	Schieß los!
Sahneschnitte:	Was hältst du von Telefonsex?

Eine Weile verging, ohne dass etwas passierte. Hatte sie ihn mit dieser Frage etwa verschreckt? Bettina konnte es sich eigentlich nicht vorstellen, denn Zuckerstange klang sehr offen und gar nicht verklemmt.

Aber vielleicht war gerade sein Chef hereingekommen und hatte ihn beim Chatten erwischt. Ein Blick auf die Uhr sagte ihr, dass er noch immer im Büro sein musste.

Nach einigen Minuten kam dann die Antwort.

Zuckerstange:	Ich denke, es könnte eine reizvolle Sache sein. Warum fragst du?
Sahneschnitte:	Habe meinen Mann heute dabei erwischt, wie er es sich mit dem Hörer am Ohr gemacht hat.
Zuckerstange:	Du meinst, er hat bei so 'ner Telefonsexhotline angerufen?
Sahneschnitte:	Nein, er hat seine eigene. Das Schätzchen von der SMS. Er scheint es ziemlich heiß gefunden zu haben.
Zuckerstange:	Mir wäre es live lieber.

Sahneschnitte: Das klingt nicht interessiert. Hast du es schon mal versucht?

Zuckerstange: Nein, bis jetzt nicht. Ich glaube, einfach an den Hörer hängen und mir einen hobeln, könnte ich nicht. Aber wenn ich ein wenig Anregung hätte …

Sahneschnitte: Würde dir ein Foto reichen?

Zuckerstange: Willst du mir eines schicken?

Sahneschnitte: Warum nicht?

Zuckerstange: Hast du ein Handy?

Sahneschnitte: Nein, noch nicht. Aber ich werde mir eins kaufen. Komme mir langsam vor, als hätte ich zehn Jahre hinter dem Mond gelebt. Einen Computer für meine Firma brauche ich sicher auch, fällt mir gerade ein.

Zuckerstange: Auf jeden Fall! Wie schnell meinst du, dir ein Handy besorgen zu können?

Bettina blickte auf ihre Uhr. Es war kurz vor vier, die Läden hatten alle noch offen, und Martin würde sicher nicht vor Mitternacht hier sein. Warum also warten?

Ich werde mich gleich auf den Weg machen, tippte sie daher in die Computertastatur. *Gibst du mir deine Handynummer, damit ich dich anschreiben kann, wenn es so weit ist?*

Die Antwort kam nur wenig später. Zuckerstange schien keine Angst davor zu haben, an eine verrückte Nymphomanin zu geraten, denn er gab ihr ohne zu zögern seine Nummer durch. Bettina notierte sie schnell auf einen Zettel. Dann war es auch schon wieder Zeit, sich zu verabschieden, denn Zuckerstange musste sich wieder um seine Arbeit kümmern. Bettina verließ das Internet und schaltete den Computer ab.

Als sie unten angekommen war, klingelte das Telefon. Tobias war dran.

»Na, wie geht es denn meiner Genießerin?«, fragte er säuselnd. Offenbar war seine Assistentin gerade nicht in der Nähe.

»Der geht es bestens, nur hat sie gerade alle Hände voll zu tun. Ich habe heute Möbel und Küchengeräte gekauft, morgen geht es dann zum Baumarkt. Ich brauche noch Tapeten.«

»Ich bin mir sicher, dass du etwas Hervorragendes auf die Beine stellen wirst.«

»Das werde ich ganz sicher, verlass dich drauf!«, entgegnete Bettina. Gleichzeitig spürte sie, dass er nicht nur angerufen hatte, um sich nach ihrem Befinden und ihren Fortschritten zu erkundigen.

»Wollen wir uns heute Abend treffen?«, fragte er dann auch gleich.

»Hast du etwa wieder den Partyservice bestellt?«

»Nein, heute dachte ich eher an etwas Spontanes. Wir könnten raus ins Grüne fahren.«

»Und es in deinem Wagen treiben?«

Bettina dachte an Zuckerstange und daran, dass sie zu gern seine Stimme gehört und mit ihm Telefonsex gemacht hätte. Aber das musste sie wohl verschieben, wenn Tobias sie erneut in Beschlag nahm. Sie wusste nicht, warum, doch irgendwie fühlte sie sich durch ihn ein wenig eingeengt. Allerdings …

»Warum nicht?«, antwortete er lachend. »Meine wilden Tage sind zwar schon seit einer Weile vorbei, aber irgendwie bekommen wir das schon hin.«

»Für das, was ich vorhabe, kann es auf der Rückbank gar nicht eng genug sein«, hauchte Bettina vielsagend in den

Hörer und konnte beinahe hören, wie sich Tobias die Krawatte lockern musste.

»Also gut, dann hole ich dich heute Abend ab. Am Laden oder an unserem gestrigen Treffpunkt?«

»An unserem Treffpunkt. Ich bin gerade von ein paar Besorgungen nach Hause gekommen und mache mich jetzt frisch für dich.«

»Ich kann es kaum erwarten. Also, bis sieben Uhr.«

Sie schickten sich gegenseitig einen Kuss durchs Telefon, dann legte sie auf.

Nachdem Bettina den Handyladen mit einem, laut Verkäufer, Spitzenmodell verlassen hatte, kehrte sie nach Hause zurück. Es brannte ihr regelrecht unter den Nägeln, ein Bild von sich zu schießen und es Zuckerstange zu schicken. Zwar hatte sie mit Tobias einen hervorragenden Lover, doch wer sagte denn, dass sie sich auf einen festlegen musste? Das hatte sie jahrelang getan, und was hatte es ihr letztlich gebracht?

Der Verkäufer hatte gemeint, dass sich das Handy problemlos bedienen ließe, doch als Bettina auf die Uhr blickte, stellte sie zu ihrem Entsetzen fest, dass sie nicht mehr viel Zeit zum problemlosen Bedienen hatte. Außerdem gehörte ein geladener Akku nicht zum Lieferumfang, also musste sie das Gerät erst laden.

Sie hatte sich eigentlich fest vorgenommen, noch heute ein Bild an Zuckerstange zu schicken, doch das konnte sie vergessen. Vielleicht blieb ja nach dem Rendezvous mit Tobias noch ein wenig Zeit dazu.

Für das heutige Treffen suchte sie das Chanel-Kostüm heraus und nahm sich gleichzeitig vor, am Wochenende einkaufen zu gehen. Wenn sie immer in den gleichen Sachen bei Tobias aufkreuzte, würde der vielleicht schon bald die Lust verlieren.

Nun gut, sie konnte nicht behaupten, dass er ihre große Liebe war, doch die Ficks mit ihm waren toll, und dieses Vergnügen wollte sie so lange wie möglich genießen. Aber auch im Hinblick auf andere Kerle, die sie aufreißen wollte, brauchte sie eine neue Garderobe.

Für einen kurzen Moment überlegte sie, ob sie den Ouvert-Slip wieder tragen sollte, dann entschied sie sich allerdings dafür, die Unterwäsche erneut wegzulassen. Sie konnte sich vorstellen, dass es in Tobias Sportwagen ziemlich beengt war, daher war sie froh über jedes Kleidungsstück, das sie nicht ausziehen musste.

Als sie fertig war, verließ sie das Haus, grüßte im Vorbeigehen die Nachbarin, die ausnahmsweise mal im Garten war und neugierig den Hals reckte, und ging zum vereinbarten Treffpunkt, um auf Tobias zu warten.

Tatsächlich war es in dem Bugatti alles andere als geräumig, dennoch fand Bettina es sehr reizvoll. Tobias und sie waren aus der Stadt gefahren und hatten sich ein lauschiges Plätzchen in einem kleinen Waldstück gesucht. Um diese Uhrzeit war die Gefahr, dass Wanderer vorbeikamen und in die Fenster schauten, ziemlich gering, also stiegen sie beide aus und entledigten sich ihrer Kleider. Dann setzten sie sich wieder in den Wagen, und Bettina schwang sich auf seinen Schoß. Tobias' Schwanz ragte wie der Schaltknüppel des Wagens in die Höhe, und genau so umfasste sie ihn mit der rechten Hand.

»Was meinst du, welchen Gang soll ich einlegen, damit bei dir die Post abgeht?«

»Am besten gleich den sechsten«, antwortete Tobias, griff nach ihren Brüsten und knetete sie fordernd.

Bettina hatte nichts dagegen, gleich zur Sache zu kommen. Ihre Säfte tropften bereits auf seine Schenkel, also hob sie das Becken ein kleines Stück an und ließ sich auf seinen harten Schwanz hinabgleiten. Tobias legte den Kopf in den Nacken und stöhnte lange und genießerisch auf.

»Darauf habe ich mich schon den ganzen Tag gefreut. Komm, reite mich.«

Bettina ließ sich nicht lange bitten. Sie ließ das Becken zunächst langsam kreisen, dann holte sie zu kleinen, kräftigen Schwüngen aus. Die Federung des Wagens unter ihnen gab nach. Jetzt brauchte niemand mehr in die Scheiben schauen, um mitzubekommen, was hier lief.

Um ihn tiefer in sich aufnehmen zu können, krallte sie sich an Tobias' Schultern fest, und er zwickte ihr heftig in die Nippel. Es durchfuhr der Schmerz ihren ganzen Körper, und als er schließlich einen von ihnen zwischen die Zähne nahm und in den Mund saugte, kam es ihr.

Es war zunächst, als würde sich ihr gesamtes Inneres zusammenziehen und dann in unkontrollierbare Zuckungen ausbrechen. Beinahe kam es ihr so vor, als würden sie auf einer Straße voller Schlaglöcher fahren.

Tobias wartete, bis ihr Höhepunkt ein wenig abgeklungen war, dann umschloss er sie mit beiden Armen. Er umklammerte sie so fest, dass sie sich nicht mehr bewegen konnte.

»Halt still!«, keuchte er, als sie ihn erstaunt ansah.

Noch ehe sie ihn fragen konnte, was los war, begann er, so schnell und fest es ihm nur möglich war von unten in sie hineinzustoßen. Bettina fühlte, wie sich ein zweiter Orgasmus aufbaute, und damit sie ihn auch wirklich bekam, schob sie eine Hand zwischen ihre Schenkel und rieb ihren Kitzler im Rhythmus seiner Bewegungen.

Als es Tobias kam, war auch sie erneut so weit, und sie

schrien gemeinsam auf. Fest pressten sie sich aneinander und genossen den Moment, als die Lust wie eine Flutwelle über ihnen zusammenschlug.

»Nicht schlecht für eine Fahrt ins Grüne«, sagte sie und küsste ihn leidenschaftlich.

Tobias wirkte ein wenig abwesend, anscheinend hatte ihm der Orgasmus fast den Verstand aus dem Schädel geblasen.

»Ich habe keine Ahnung, wie wir jetzt nach Hause kommen sollen«, sagte er, während er ihre Hinterbacken streichelte. »Meine Beine zittern so sehr, dass ich die Pedale nicht mehr bedienen kann.«

»Das heißt, wir müssen hier übernachten?«, entgegnete sie und leckte ihm keck über die Lippen.

»Hättest du was dagegen? Wir könnten die ganze Zeit über Liebe machen.«

Bettina wusste nicht, warum, aber irgendwie erschien ihr diese Formulierung nicht richtig. Liebe war etwas anderes als das, was sie hier trieben. Beim Sex mit Tobias ging es einzig und allein um Befriedigung ihrer Triebe. Bettina hatte in den vergangenen Jahren sehr viel versäumt, und das wollte sie jetzt nachholen. Sie fand Tobias nett, und der Sex mit ihm war toll, doch weiter wollte sie sich nicht auf ihn einlassen. Und Liebe? Nein, Liebe war es ganz bestimmt nicht, was sie für ihn empfand. Geilheit war da das treffendere Wort.

»Ich glaube, wir sollten besser wieder zurückfahren«, sagte sie schließlich und rutschte von seinem Schoß. Der Gedanke an Liebe und Sex hatte ihre Lust von einem zum anderen Moment verschwinden lassen.

Tobias sah sie verwundert an, sagte dann aber nur: »Okay, wenn du willst.«

Bettina konnte den leicht ärgerlichen Unterton deutlich heraushören, und sie fragte sich, was er eigentlich wollte.

Hatte er sich wirklich in sie verknallt? Wie stellte er sich das Ganze denn vor? Sollte sie sich etwa von Martin scheiden lassen, nur um in eine andere Villa umzuziehen und dort wieder im goldenen Käfig zu leben?

Nein, darauf hatte sie keine Lust. Sie wollte Spaß, nichts anderes.

Die Fahrt zurück verlief nahezu schweigend. Tobias war anzusehen, dass er über irgendwas brütete. Bettina blieb bei der Ansicht, dass sie ihn nicht liebte. Außerdem kannten sie sich erst seit zwei Tagen. Was erwartete er denn?

»Gib mir Zeit«, sagte sie, als er sie an der Straßenecke absetzte. Es war früher, als sie angenommen hatte, wahrscheinlich war Martin noch nicht zurück. »Wir kennen uns erst seit kurzem. Es ist besser, wenn ich nicht gleich bei dir übernachte. Lass uns einfach nur den Spaß genießen, okay?«

Tobias nickte mit zusammengepressten Lippen. Doch dann zwang er sich zu einem Lächeln und küsste sie.

Bettina wartete auch diesmal, bis er die Straße hinuntergefahren war, dann ging sie nach Hause.

Da es noch früh am Tag war, entschloss sie sich, Zuckerstange noch das versprochene Bild von sich zu schicken. Voraussetzung dafür war, dass ihr das auch gelang, aber sie hatte in den vergangenen Tagen so viel auf die Beine gestellt, dass sie das auch hinbekommen würde.

Sie holte ihr neues Handy, und nach einigen Probeschnappschüssen hatte sie endlich herausgefunden, wie sie Helligkeit, Größe und Kontrast des Bildes am besten einstellen konnte. Sie zog sich aus, betrachtete sich im Spiegel und überlegte, welcher Teil von ihr schön genug war, dass sie Zuckerstange eine Freude damit machen konnte. Ganz würde sie sich auf keinen Fall aufnehmen können, außerdem hatte sie nicht vor, ihr Gesicht abzulichten.

Nachdem sie ein paar Probeaufnahmen gemacht hatte, entschied sie sich dafür, ihren Busen zu fotografieren. Alle Männer, die sie bisher kennengelernt hatte, waren mit ihren Blicken als Erstes an ihren Brüsten hängengeblieben. Vielleicht würde Zuckerstange dieses Motiv auch gefallen – und ihn vielleicht zu einer kleinen Telefonsex-Session hinreißen.

Nach einigen Versuchen, bei denen sie feststellen musste, dass es schwieriger war als gedacht, sich selbst zu fotografieren, kam sie auf die Idee, sich aufs Bett zu legen und dann abzudrücken. Das Ergebnis konnte sich sehen lassen. Ein paar verräterische dunkle Locken fielen ihr zwar über die Schultern, aber sonst hätte es auch der Busen irgendeiner Sexgöttin sein können – natürlich ohne Nachhilfe eines Chirurgen.

Das Bild schickte sie an die Nummer, die Zuckerstange ihr gegeben hatte, dann legte sie das Telefon beiseite.

Minuten vergingen, dann Stunden. Immer wieder linste Bettina aufs Display, doch die Antwort ließ auf sich warten. War ihre Nachricht etwa nicht angekommen?

Während sich leise Zweifel anschlichen, ging sie in die Küche und machte sich etwas zu essen. Um sich abzulenken, stöberte sie ihren Fundus an Rezepten durch und fragte sich, welche Naschereien ein Paar dazu bringen könnten, alle Hemmungen zu verlieren und scharfen Sex miteinander zu haben. Sie kam auf Schillerlocken in spezieller Form, Kuppeltörtchen-Titten und Fruchtgelee, das auf der Haut schmolz und abgeleckt werden konnte. Natürlich brauchte sie dazu noch ein paar passende Namen, aber bis zur Eröffnung der Konditorei hatte sie ja noch ein bisschen Zeit.

Trotz allen Schwelgens in Genussideen blickte sie immer wieder auf das Handy, doch Zuckerstange antwortete nicht.

Hatte sie ihn mit dem Bild verschreckt? Stand er vielleicht gar nicht auf Atombusen? Oder hatte ihn der Anblick so stark getroffen, dass er nichts anderes tun konnte, als sich einen runterzuholen? Wieder und wieder, bis kein Saft mehr aus der Banane wollte.

Bananensplit, das war es! Bettina machte sich eine Notiz im Geiste. Ihre Kreation würde natürlich nicht einfach nur aus einer Banane auf einem undefinierbaren Klecks Sahne bestehen. Sie würde die Frucht vielmehr wie einen erigierten Penis nach oben stehen lassen, garniert von zwei Kugeln Eis und etwas Sahne an der Spitze, so dass es aussah, als hätte er soeben gespritzt.

Ob dieser Eisbecher einen Skandal auszulösen imstande war, musste sich erst noch zeigen, doch Bettina fand die Idee, die Sahne von der Spitze zu lutschen, äußerst reizvoll. Vielleicht würde sie ein ganz spezielles Werbefoto machen, das einen rot geschminkten Mund zeigte, in dem die Banane zur Hälfte verschwunden war. Allerdings sollte erst auf den zweiten Blick zu erkennen sein, dass es wirklich eine Banane war und kein Schwanz.

Ja, das war es! Bettina beklatschte ihre Idee und blickte dann wieder auf das Handy. Es war zum Verrücktwerden! Nichts!

Sie überlegte, ob sie ihm das Bild noch einmal schicken sollte, doch bevor sie sich dafür entscheiden konnte, hörte sie, wie Martins Wagen die Straße hinaufkam. Rasch sprang sie vom Bett, sammelte ihre Kleider zusammen und ließ sie im Schrank verschwinden. Danach schlüpfte sie in ihr Nachthemd, denn es war nicht die Angewohnheit der alten Bettina, nackt durchs Haus zu laufen. Und die neue Bettina sollte Martin auf keinen Fall zu sehen bekommen.

8. Kapitel

Die folgenden Tage verbrachte Bettina damit, zu tapezieren und zu dekorieren. Sie wunderte sich selbst, wie gut ihr die Arbeiten von der Hand gingen – wo doch Martin in letzter Zeit immer gemeint hatte, dass sie zwei linke Daumen habe.

Hatten Außerirdische ihren richtigen Mann etwa vertauscht? Sie war doch diejenige gewesen, die in ihrer allerersten Wohnung tapeziert und die Schränke aufgebaut hatte. Martin hatte schon immer Angst um seine Hände gehabt und geglaubt, dass ihn jede Verletzung zur Berufsunfähigkeit verdammen würde.

Deshalb hatte er ja auch damals darauf bestanden, dass eine Firma die Villa renovierte – obwohl Bettina der Meinung gewesen war, dass sie das genauso gut konnte.

Jetzt konnte sie sich endlich wieder austoben. Niemand war da, der an allem herummäkelte oder die »Ich hab's ja gewusst«-Predigt vom Stapel ließ, wenn sich unter der Tapete doch mal eine Blase bildete oder sie ein wenig einriss. Mit dem Einbau der Öfen musste sie eine Firma beauftragen, aber sie hatte Glück und fand ein Unternehmen, das die Arbeiten zum halben Preis machte – ohne dass sie dem Inhaber dafür eine heiße Nummer angeboten hätte.

Tobias rief zwischendurch ein paar Mal an und wollte sie treffen, doch Bettina redete sich damit heraus, dass sie Handwerker erwartete und ihnen auf die Finger schauen musste. Nach ihrem Vorhaben am Wochenende befragt, antwortete sie, dass sie eine kleine Reise mit ihren Freundinnen unternehmen wolle.

Zu spät kam es ihr in den Sinn, dass sie auch vorgeben könnte, ihre Tage zu haben, doch das wollte sie sich für ein andermal aufheben.

Woher diese plötzliche Abneigung gegen Tobias kam, wusste sie nicht. Er war ein toller Mann, aber seit ihrem seltsamen Nachspiel im Auto hatte sie keine rechte Lust mehr auf ihn. Sie wollte den Rest der Woche dazu nutzen, um sich über ihn klarer zu werden – und den Laden so weit voranzubringen, dass sie bald eröffnen konnte.

Die Verträge waren jedenfalls unterschrieben. Egal, ob sie sich für oder gegen Tobias entschied, den Laden würde er ihr nicht mehr nehmen können.

Martin bekam von den Veränderungen um seine Frau nichts mit. Seine Rendezvous mit Suse fanden regelmäßig statt – nur nicht an den Wochenenden. Die verbrachte er meist am Computer, mit dem Vorwand, dass er liegengebliebenen Schreibkram erledigen müsse.

An diesem Wochenende kam ihm Bettina entgegen, indem sie ankündigte, dass sie in die Stadt gehen und ein paar Sachen einkaufen wolle. Dass sie dazu seinen Wagen brauchte, verwunderte ihn ein wenig, denn sie war seit Jahren nicht mehr allein gefahren. Aber für die Aussicht auf ein paar ungestörte Stunden mit Suse ließ er sich breitschlagen, und Bettina brauste nach dem Frühstück in Richtung Innenstadt davon.

Nur kurz schaute sie bei ihrem Laden vorbei und bemerkte zufrieden, dass tatsächlich ein paar Passanten stehen blieben und durch die Ritzen zwischen der Packfolie spähten, mit der sie die Fenster zugehängt hatte.

Dann machte sie sich auf Shoppingtour. In den Hackeschen Höfen gab es auch ein paar kleine Boutiquen, die sündhaft teure Kleider und Kostüme anboten. Es waren neue Designer, die sich hier niedergelassen hatten, und wie beliebt sie waren, konnte man an den Preisschildern ablesen. Bettina seufzte und gab sich dann einen Ruck. Martin hatte seine Goldcard noch immer nicht zurückgefordert, also war es an der Zeit, mal ein wenig zuzuschlagen.

In einem der Läden, die kein Problem mit Größe vierzig hatten, empfing sie ein wunderhübscher Junge in einem eleganten Anzug und führte sie sogleich zu seinen besten Stücken. Bettina wusste aus früheren Zeiten, dass man in solchen Läden seine Konfektionsgröße nicht angab, man verließ sich auf das geschulte Auge des Verkäufers.

Der junge Bursche schien ein hervorragendes Augenmaß zu haben, denn keines von den Teilen, die er ihr in die Umkleidekabine reichte, war zu klein oder kniff. Und sie sah hervorragend darin aus.

Martin hätte sicher hier und da zu bemängeln gehabt, dass etwas zu kurz oder zu freizügig war, aber sie hatte nicht vor, die Sachen bei einer der Wohltätigkeitsveranstaltungen zu tragen.

Anschließend zog sie weiter in ein Wäschegeschäft, denn sie brauchte unbedingt neue Slips und BHs. Die neckischen Ouverts waren gut und schön, und es war auch ein scharfes Gefühl, gar nichts drunter zu tragen. Doch immer nur Süßes verdarb einem schnell den Appetit, ein bisschen Abwechslung musste schon sein! Außerdem wussten es manche Männer sicher zu schätzen, wenn sie erst einmal etwas auspacken mussten.

Sie entdeckte ein sündiges rotes Set und ein schwarzes aus Spitze, das eigentlich gar nicht so sündig aussah und dennoch nicht liebestötend wirken würde, da war sie sich sicher.

Beides wanderte zusammen mit einigen Strümpfen, Strumpfbändern und einem neuen Strapsgürtel in eine rote Einkaufstasche aus Lack, bei der sie aufpassen musste, dass sie auf der Straße niemand nach dem Preis für eine Nacht fragte.

Nachdem sie mit die Boutiquen durchstöbert hatte, suchte sie einen Elektromarkt auf und besorgte sich einen Computer. Die Leitungen waren in ihrem Laden zum Glück vorhanden, sie würde also nicht mehr an Martins Computer gehen müssen, um ins Internet zu kommen.

Als das Wochenende endlich vorbei war, betrat Bettina gleich am frühen Montagmorgen wieder ihren Laden. Während sie hier gearbeitet hatte, war es ihr gar nicht aufgefallen, aber jetzt erkannte sie, dass sie schon ziemlich viel geschafft hatte. Sie wollte nicht allzu optimistisch sein, doch sie hielt es für möglich, in zwei Wochen eröffnen zu können.

An diesem Morgen hatte sie einen Termin mit einem Rohstofflieferanten. Bei ihrer letzten Tour durch das Internet war sie auf eine kleine Berliner Firma gestoßen, die im Netz einen guten Namen hatte und all die Sachen, die sie brauchte, zu günstigen Preisen anbieten konnte. Nun wollte ihr ein Vertreter verschiedene Proben vorbeibringen.

Sie vertrieb sich die Zeit damit, ihren Computer aufzustellen und zu planen, wo sie die Möbel, die Herr Kowalski tatsächlich termingerecht geliefert hatte, hinstellen wollte.

Als sie damit fertig war, strebte sie der Küche zu, um sich auf dem neuen Herd einen Kaffee zu machen. Doch bevor sie dazu kam, Wasser aufzusetzen, ging die Tür.

Ein Blick auf die Uhr sagte ihr, dass es der Vertreter sein musste. Also wandte sie sich um, strich ihren Rock und ihre Bluse glatt und ging nach vorn.

Da stand er. Ein Bild von einem Mann, der geradewegs aus einer Werbetafel für Schokolade, Cola oder Parfüm gefallen zu sein schien. Er war groß, schlank, gutaussehend und muskulös. Bettina schätzte ihn auf etwa Mitte zwanzig. Er trug eine Kiste vor dem Köper, weshalb sich seine Muskelpakete deutlich unter dem engen Shirt abzeichneten. Mit dem Lächeln, das er dabei auf den Lippen hatte, hätte er ihr alles verkaufen können. Wirklich alles, inklusive sich selbst.

Sie biss sich kurz auf die Unterlippe und trat so lässig wie möglich aus dem Hinterzimmer.

»Hallo, sind Sie Frau Winter?«, fragte der junge Mann spontan, und ihr entging nicht, dass sein Blick an ihren Brüsten verweilte. Die kleine Lücke, die zwischen den beiden oberen Knöpfen klaffte, schien ihn mächtig zu interessieren. Und auch Bettina konnte sich nicht dagegen wehren, dass ihre Augen zu seinem Schritt wanderten. Die Beule, die sich unter der Jeans abzeichnete, sah vielversprechend aus – auch wenn er gerade ganz sicher keinen Ständer hatte.

»Ja, ich bin Frau Winter. Aber sagen Sie ruhig Bettina zu mir.« Da der Vertreter ihr nicht die Hand geben konnte, streichelte sie kurz über seinen Arm und sah ihn dann wieder an.

Was für Augen! Dunkel wie zwei Moccatrüffel waren sie. Wären es wirklich Süßigkeiten, würde der Name »feurige Versuchung« wohl am besten dazu passen.

»Okay, ich bin Robert. Robert Marten. Ich komme von der Firma Behrens und bringe Ihnen unsere Sortimentsproben.«

Bettina spürte, wie sich ihr Puls beschleunigte. Zu gern hätte sie von ihm auch ein paar Proben genommen. Und zwar nicht aus der Kiste, die er noch immer im Arm hielt, sondern eher von dem, was er unter seiner Jeans und dem makellos weißen Hemd versteckt hatte.

»Oh, das ging ja wirklich schnell«, war das Einzige, was sie zunächst hervorbringen konnte.

»Ja, Schnelligkeit eine unserer Stärken«, antwortete Robert mit einem breiten Lächeln. Merkte er, dass sie auf ihn abfuhr?

Sie hätte nur zu gern gewusst, ob er noch mehr Stärken hatte. Vielleicht Standfestigkeit und Stehvermögen?

»Dann kommen Sie mal mit, ich zeige Ihnen, wo es hinkommt«, sagte Bettina und wandte sich um. Mit dem gleichen Hüftschwung, mit dem sie auch schon Tobias geködert hatte, führte sie ihn ins Lager, das gleichzeitig ihr Büro war.

»Arbeiten Sie ganz allein hier?«, fragte Robert Marten, während er hinter ihr herlief.

Zu gern hätte sie sich umgedreht und nachgeprüft, ob er ihr wirklich auf den Hintern starrte. Aber das wäre unprofessionell gewesen. Immerhin war er im Auftrag seiner Firma unterwegs, und seine Freundlichkeit konnte rein geschäftlich sein.

»Ja, ich hatte letzte Woche die Handwerker hier, damit sie mir die Öfen und den Kühlschrank installieren, sonst habe ich alles allein gemacht.«

Als gelangweilte Ehefrau eines Zahnarztes hat man genug Zeit dazu, wäre ihr beinahe noch rausgerutscht, doch sie schaffte es, die Worte runterzuschlucken.

»Sie scheinen eine sehr vielseitige Frau zu sein«, antwortete Robert. »Ich finde es toll, wenn Frauen ihr Leben einfach in die Hand nehmen und nicht darauf warten, dass ihnen jemand hilft.«

»Danke, ich gebe mir große Mühe.« Bettina musterte den jungen Mann einen Moment lang, dann zog sie einen Stuhl heran, auf den er sich setzen konnte. Sie selbst nahm auf dem Schreibtisch Platz, wohl wissend, dass Roberts Blick an ihrem Schenkel hinauf und unter ihren kurzen Rock wandern würde.

»Nun zeigen Sie mal her, was Sie alles so haben!«

Robert rückte den Stuhl näher heran und öffnete die Kiste. »Also hier haben wir Proben unseres Marzipans, das wir von einem Hersteller aus Lübeck beziehen. Außerdem verschiedene Kuvertüren aus eigener Herstellung, Nussnougat, weißen Nougat und eine Mischung für Trüffel, die Sie mit anderen Zutaten verfeinern können.«

Er reichte ihr nach und nach die Proben, und es war sicher kein Zufall, dass seine Hände die ihren dabei streiften.

Auf den ersten Blick wirkten die kleinen Blöcke und Tüten absolut unscheinbar. Bettina riss ein Päckchen mit Nougat auf und leckte daran. Die Art und Weise, wie sie es tat, entlockte dem jungen Mann ein Seufzen. Stellte er sich etwa gerade vor, dass sie so über seinen Schwanz leckte?

Den Gefallen konnte sie ihm gern tun!

»Wir liefern in jeder Verpackungsgröße, die Sie benötigen, und erfüllen Ihnen gerne auch ausgefallenere Wünsche«, erklärte er und schien immer unruhiger zu werden. Wurde ihm allmählich die Hose zu eng?

»Wirklich?«, fragte sie gedehnt. Während sie vom Tisch glitt, schaffte sie es, ihren Rock noch ein Stück höher gleiten zu lassen, so dass er einen kurzen Blick auf ihren neuen roten Seidenslip werfen konnte.

Er leckte sich über die Lippen, als hätte er Durst, und irgendwie wollte ihm nichts einfallen, was er auf ihre Worte sagen konnte.

Bettina fragte sich, wie lange er wohl brauchte, um zu erkennen, was sie wirklich von ihm wollte. Musste sie sich dazu erst die Kleider vom Leib reißen? »Vielleicht können wir gleich mal mit den ausgefallenen Wünschen anfangen?«

Robert blickte sie noch einen Moment lang an, dann hielt ihn nichts mehr auf dem Stuhl. Er sprang auf, zog sie an sich, und wenig später trafen sich ihre Lippen.

Na endlich!, dachte Bettina und bohrte ihm gierig die Zunge in den Mund. Robert stöhnte und schob eine Hand unter ihren Rock. Er zerrte den Slip so ungeduldig herunter, dass es ein leises Reißgeräusch gab, aber Bettina kümmerte sich nicht darum. Sie griff nach seiner Hose, massierte seinen Ständer einen Moment lang durch den Stoff und öffnete dann den Reißverschluss. Er trug eine Boxershorts, die seinen Schwanz nicht im Geringsten einengte, allerdings waren Bettinas Hände nicht ruhig genug, um die Knöpfe zu öffnen. Kurzerhand zog sie ihm einfach die Unterhose herunter und krallte ihre Hände in seine Hinterbacken, die sich so fest wie zwei frisch gepflückte Äpfel anfühlten.

Während sie sich immer noch küssten, als wollten sie sich gegenseitig verschlingen, drängte Robert zwischen ihre Beine. Bettina spürte seinen Schwanz erst an ihren Schenkelinnenseiten und dann kurz an ihrer Möse, die bereit war, ihn mit Haut und Haaren zu verschlingen.

Doch der junge Vertreter zögerte plötzlich. Bettina fragte sich, was los war, bis sie sah, dass er ein Kondom aus der Hosentasche fingerte.

Hatte er solche Kundenkontakte öfter?

Er rollte es sich geübt über, und wenig später lauerte die Spitze seines Schwanzes erneut an ihrer feuchten und geschwollenen Pforte. Ein wenig erinnerte sie dieses Vorgehen an Tobias, doch bei ihm hatte sie keinen Spiegel gehabt, in dem sie sich und ihn beobachten konnte.

Beim Lauern blieb es nicht lange.

Nachdem sie noch eine Weile wild miteinander gezüngelt hatten, griff Robert nach ihrem Hintern und drang mit einem kräftigen Ruck in sie ein. Bettina schlang beide Arme um ihn und blickte ihm dabei über die Schulter. Wahnsinn, wie sein Hintern dabei aussah. Und wie er sich bei den Stößen zusammenzog und Schwung holte. Noch nie hatte sie solch einen Männerhintern gesehen. Der Anblick machte sie dermaßen an, dass sie darauf verzichtete, ihn mit den Beinen zu umschlingen. Stattdessen streckte sie beide Beine weit von sich und beobachtete weiter, wie Roberts Knackarsch zwischen ihren Schenkeln arbeitete. Dabei war sein Schwanz, der sich wieder und wieder mit vollem Schwung in sie bohrte, beinahe Nebensache.

Allein der Anblick der festen Backen trieb sie dem Orgasmus entgegen, und als sie nur wenig später kam, krampfte sich ihre geheime Muskulatur so fest um seinen Schwanz zusammen, als wollte sie ihn für immer in sich halten. Als Robert es merkte, zuckte ein Lächeln über seine von Schweißperlen umrahmten Lippen. Jetzt, da sie auf ihre Kosten gekommen war, legte er noch einen Zahn zu und stieß sie so hart, dass der Computerbildschirm auf dem Tisch jeden Augenblick umzukippen drohte. Doch bevor es passieren konnte, kam es ihm ebenfalls, und er presste sich keuchend an sie.

Bettinas Kopf ruhte noch immer auf seiner Schulter, und ihr Blick war auf den Spiegel gerichtet. Selbst jetzt, da er nicht mehr in Aktion war, war sein Hintern noch zum Anbeißen. Diesen Anblick durfte sie nicht einfach verfliegen lassen. Sie musste ihn festhalten, auf irgendeine Weise konservieren. Oder seinen Besitzer dazu bringen, wiederzukommen.

Marzipan kam ihr erneut in den Sinn. Leicht zu formen …

Robert löste sich ein wenig aus ihrer Umarmung und sah sie an. Bettina bemerkte es nicht gleich, denn in Gedanken war sie dabei, sich jede Rundung und jedes Grübchen seines Hinterns einzuprägen.

»He, wo schaust du denn hin?«, fragte er, und als er den Kopf umwandte, erblickte er den Spiegel. Dabei sah er auch seinen Hintern. »Du bist wohl eine kleine Spannerin, wie?«

Bettina leckte sich herausfordernd über die Unterlippe. »Ja, ich sehe gern zu, wenn es mir ein Mann besorgt. Besonders, wenn er so einen geilen Arsch hat wie du.«

»He, auch alles andere an mir ist geil!«, protestierte er.

»Mag sein. Bisher habe ich jedenfalls nur deinen Hintern gesehen, und der ist göttlich. Besser kann alles andere gar nicht werden.«

»Dann werde ich es dir wohl beweisen müssen.«

Er ließ sie los und zog sich langsam aus. Nach und nach kam ein durchtrainierter, aber nicht übertrieben muskulöser Körper zum Vorschein, der Bettinas Hunger von Neuem weckte. Egal, wie das restliche Sortiment war, bei seiner Firma würde sie ganz sicher bestellen. Und darauf bestehen, dass er die Ware persönlich auslieferte, auch wenn das nicht seine Aufgabe war. Bettina entledigte sich nun ebenfalls ihrer Kleider, und für einen kurzen Moment standen sie sich wie Adam und Eva gegenüber.

Wenn jetzt jemand hereingekommen wäre, hätte er Augen gemacht, doch das störte sie beide nicht. Sie fielen sich in die Arme und küssten sich hungrig, bis Bettina ihn mit sich vor den Spiegel zog. Seinen Hintern konnte sie in der

Position, die sie einnahmen, zwar nicht sehen, dafür aber alles andere. Robert stellte sich hinter sie, und als sie die Beine spreizte, konnte sie beobachten, wie er seinen erneut erigierten Penis zwischen ihre Schenkel schob. Dabei legte er seine Hände auf ihre Taille und küsste ihren Nacken.

Bettina musste zugeben, dass auch dieser Anblick sehr spannend war.

Für einen Moment fühlte sie sich, als würde sie auf einer Fahrradstange sitzen, dann drang er in sie ein. Bettina verfolgte im Spiegel, wie ihr Körper unter seinen Stößen erzitterte. Ihre Brüste schwangen auf und ab, bis er seine Hände darum schloss und sie kraftvoll knetete. Sie griff unterdessen um ihn herum und versuchte, erneut seinen Hintern zu fassen zu bekommen.

Durch die schnellen Bewegungen misslang das ein paar Mal, doch schließlich spürte sie die feste Wölbung unter ihren Händen und krallte ihre Fingernägel hinein.

Robert stöhnte auf, und fast fürchtete sie schon, dass sie ihm wehgetan haben könnte. Doch als sie loslassen wollte, raunte er ihr ins Ohr: »He, lass deine Krallen dort, wo sie sind.«

Bettina zog erstaunt die Augenbrauen hoch, dann kam sie seinem Wunsch nach, und während sich ihre Fingernägel tief in das feste Fleisch bohrten, stieß er sie, wie es noch kein Mann zuvor getan hatte.

Der zweite Orgasmus traf sie so hart, dass sie meinte, ihr würde jemand die Lichter ausblasen. Ihre Lider flatterten, und sie konnte nicht anders, als sie zu schließen. Sie spürte das Pumpen von Roberts Schaft, das süße Ziehen in ihrer Klit und das Prickeln in ihren Brüsten, die immer noch in seinen Händen lagen. Erst nach einigen Augenblicken konnte sie die Augen wieder öffnen und sah ihn immer noch hinter sich stehen. Sein Gesicht war puterrot, seine Haut und seine Haare glänzten vom Schweiß, den ihn die Stöße gekostet hatten. Bettina ließ seinen Hintern wieder los und hoffte nur, dass sie ihn nicht verletzt hatte. Der leichte Schmerz hatte ihn zwar angemacht, aber er sollte nach dem Sex mit ihr nicht aussehen, als hätte ihn ein Hund erwischt.

Als er sie freigab, wandte sie sich um und musterte ihn. »Ich muss sagen, dass deine Kundenbetreuung wirklich spitze ist.«

»Wenn du willst, komme ich gern wieder«, entgegnete er, beugte sich hinunter und gab jedem ihrer immer noch steil aufragenden Nippel einen Kuss.

Dann zog er sich an, und auch Bettina begann, ihre Kleider vom Boden aufzuklauben. Dabei erhaschte sie erneut einen Blick auf seinen Hintern, auf dem sich die Spuren ihrer Fingernägel deutlich abzeichneten.

Eine halbe Stunde später war Robert wieder fort, allerdings nicht ohne einen Auftrag, denn sie musste sich seinen Service unbedingt sichern. Sie hatte keine Ahnung, wie alt er war, sie wusste nichts über ihn, und sicher würden ihre Treffen nichts weiter als purer Sex sein.

Das war aber genau, was sie wollte!

Zunächst hatte es so ausgesehen, als würde es bei Tobias genauso laufen, doch es war mittlerweile nicht zu übersehen, dass er mehr wollte als gelegentliche Sextreffen. Plötzlich fiel es ihr wie Schuppen von den Augen. Im Großen und Ganzen war Tobias nicht anders als Martin.

Mit ihrem Ehemann hatte es zwar nicht genauso angefangen, Martin und sie waren bei ihren ersten Treffen viel zu verklemmt gewesen, um gleich übereinander herzufallen.

Aber auch er hatte sie sofort für sich vereinnahmt. Nach nur wenigen Wochen waren sie zusammengezogen, und nach einem halben Jahr war klar gewesen, dass sie heiraten würden. Keiner von ihnen hatte Zeit gehabt, etwas anderes auszuprobieren.

Das war bei Tobias zwar nicht der Fall, doch wie würde es sein, wenn er sie erobert hatte?

Es war eine Sache, eine von denen Frauen zu sein, mit denen er Sex hatte, und eine völlig andere, als Ehefrau mit anderen Frauen betrogen zu werden. Was Tobias anging, glaubte sie nicht, dass sie je den Ehrgeiz entwickelte, ihn von den anderen Frauen abzubringen. Diesen Ehrgeiz hatte sie ja nicht einmal bei ihrem Mann.

Außerdem wollte sie sich ihre frisch gewonnene Freiheit nicht wieder nehmen lassen.

Als sie fertig angezogen war, brachte sie die Probenschachtel in die Küche. Noch wirkte hier alles ein wenig provisorisch, aber das würde sich in den nächsten Tagen sicher geben. Während die Nougatriegel, das Marzipan und die verschiedenen Kuvertüren den Kühlschrank füllten, stellte sich Bettina vor, wie es in ein paar Wochen in dem Laden aussehen würde. Und wie sie ihre Eröffnung vielleicht mit Robert feierte.

Bei all der Vorfreude kam ihr Zuckerstange in den Sinn. Bettina zog das Handy aus der Hosentasche, doch das Display zeigte keine neue Nachricht.

Auch im Internet, das sie am Nachmittag in Betrieb nahm, war er nicht. Offenbar hatte sie ihm gründlich den Appetit verdorben.

Eigentlich brauchte ihr das nicht leidzutun, schließlich konnte nicht jeder Mann auf sie stehen. Sie hatte Robert, und sie hatte Tobias. Was wollte sie mehr?

Einen kleinen Stich versetzte es ihr dennoch, als ihr in den Sinn kam, dass Zuckerstange verheiratet sein könnte. Möglich wäre es. Darüber gesprochen hatten sie zwar nicht, aber wenn man in einen Chat ging, fragte man nun mal nicht gleich, ob der andere gebunden war.

Vielleicht hatte seine Frau das Bild ebenso gefunden wie sie das von Suse. Vielleicht war Zuckerstange auch Manns genug, ihr die Sache zu erklären und davon Abstand zu nehmen. Bettina wog das Telefon noch einen Moment lang in ihrer Hand, dann schob sie es in die Tasche zurück.

Einen Moment lang ließ sie den Blick schweifen, auf der Suche nach einer Aufgabe, die sie noch erledigen konnte. Am Spiegel blieb er hängen, und plötzlich wirbelten ein paar Gedankenfetzen durch ihren Kopf.

Rote Spuren auf Roberts Hintern.

Bissspuren.

Ein Hintern zum Reinbeißen.

Marzipan.

Es war, als hätte der Sex mit Robert, vor allem der Anblick seines knackigen Hinterns, einen Sturm der Inspiration in ihr entfesselt. Ihre Hände begannen leicht zu zittern, und sie musste sich hinsetzen. Ihr Blick wich dennoch nicht vom Spiegel ab, es war, als könnte sie dort noch immer den Hintern des jungen Vertreters sehen, der sich unter seinen Stößen zusammenzog.

Noch war sie nicht dazu imstande, ihre Gedanken zu ordnen, aber sie musste es versuchen. Unbedingt, denn sie spürte, dass die Idee, die sich anschlich, eine ganz besondere war.

Was sie auch tat, es wollte ihr nicht gelingen, die Idee aus sich herauszupressen. Der Briefträger erschien, und nachmittags brachte sie per Schablone ein paar Muster hinter dem Tresen an, doch die Fetzen blieben bei ihr, ohne dass es ihr möglich war, die Idee, die sie mit sich trugen, zu greifen.

Erschöpfter denn je kehrte sie am Abend nach Hause zurück. Sie hörte den Anrufbeantworter ab und lauschte der Nachricht von Tobias, der sie um Rückruf bat. Doch sie hatte keine Lust dazu. Sie blickte wieder auf ihr Handy, das auch weiterhin keine Meldung anzeigte, dann setzte sie sich auf das Sofa im Wohnzimmer und starrte auf den dunklen Fernsehbildschirm, als würde dort ein Film ablaufen.

9. Kapitel

Die Gedanken an Marzipan, Bissspuren und Roberts knackigen, pumpenden Hintern hatten sie die ganze Nacht nicht mehr losgelassen. Fast schon verzweifelt hatte sie nach einem Weg gesucht, alles in die richtige Reihenfolge zu bringen, um die Idee freizulassen. Mit Erfolg! Noch bevor es hell wurde, starrte sie an die Schlafzimmerdecke, und plötzlich fügten sich ihre wirren Gedankenfetzen wie bei einem Puzzle zusammen.

Hintern zum Reinbeißen aus Marzipan. In unterschiedlicher Färbung und Größe! Wenn das die weibliche und auch die ausgewählte männliche Kundschaft nicht begeisterte, was dann? Diese Marzipanhintern würden bestimmt ein Renner werden. Diese seltsamen Weihnachtsmänner, die aussahen wie Barbies Ken und sicher auch so gut bestückt waren, würden gegen ihre Modelle alt aussehen.

Am liebsten wäre sie aus dem Bett gesprungen und hätte auf der Stelle angefangen, einen ersten Hintern zu modellieren, doch dann fiel ihr ein, dass sie das Marzipan im Laden gelassen hatte.

Im Bett hielt sie trotzdem nichts mehr. Martin würde sich bestimmt wundern, dass sie schon auf war, aber sie konnte ja behaupten, dass sie ein wenig Morgengymnastik gemacht hätte – weil es die Diätgruppe verlangte. Noch immer freute sie sich wie eine Schneekönigin darüber, dass ihr dieses Alibi eingefallen war.

Vorsichtig stieg sie aus dem Bett und ging ins Wohnzimmer. Dort trat sie ans Fenster und sah dem Morgen zu, wie er langsam über der Stadt heraufzog.

Sie fragte sich, ob sie das hier vermissen würde, wenn sie den letzten Schritt tat und sich auf eigene Füße stellte. Die Antwort war ein klares Nein. Sicher, die Villa war ihr Zuhause gewesen, anfangs zumindest, doch dann war sie zu einem goldenen Käfig geworden, und genau darauf hatte sie keine Lust mehr.

Sie würde ein paar Möbel mitnehmen, mehr nicht. Sie wollte Martin einfach vergessen. Mittlerweile wusste sie, dass es nicht nur wegen Suse war. Seine junge Geliebte war nur der Tropfen gewesen, der das Fass zum Überlaufen gebracht hatte. Martin hatte sie ausgeblichen wie ein alter Vorhang, der ständig der Sonne ausgesetzt war. Sie war nicht mehr sie selbst gewesen. Auch wenn er sich vielleicht für seinen Seitensprung entschuldigen und in ihr Bett zurückkehren würde, wollte sie ihn nicht mehr. Die Freiheit schmeckte einfach zu süß, um sie sich wieder nehmen zu lassen.

Als sie hörte, wie sich Martin erhob, löste sie sich vom Fenster und strebte dem Badezimmer zu. Dabei begegnete sie ihrem Mann, der ziemlich verwundert wirkte. Hatte er nicht mitbekommen, dass sie gar nicht mehr im Bett gelegen hatte? Oder hatte er gleich nach seinem Handy gegriffen, um nachzusehen, ob ein Morgengruß von seiner Piercingmaus angekommen war?

»Nanu, was machst du denn schon auf?«, fragte er.

»Ich konnte nicht mehr schlafen«, antwortete Bettina. »Die Diät kurbelt meine Lebensenergie an, jedenfalls behauptet das meine Kursleiterin.«

Dass die Kursleiterin männlich war und den schönsten Hintern von ganz Berlin hatte, konnte er ja nicht ahnen.

»Nun, wenn sie das sagt«, entgegnete Martin und musterte sie.

Würde er merken, dass sie nicht wesentlich abgenommen hatte? Sicher, der viele Sex, den sie hatte, war kräftezehrend, aber sie glich das, was sie abnahm, durch das Kreieren ihrer Leckereien wieder aus. Noch nie zuvor hatte sie so viele Süßigkeiten auf einem Haufen zum Probieren gehabt. Und wenn sie erst einmal dabei war, aus Marzipan Roberts Hintern nachzuformen …

»Okay, ich gehe dann mal nach oben«, sagte Martin schließlich, als er merkte, dass Bettina keine Lust hatte, sich weiter über die Diätgruppe zu unterhalten. »Wir sehen uns beim Frühstück.« Damit wandte er sich um und ging die Treppe hinauf.

»Ja, wir sehen uns«, murmelte Bettina und ging ins Bad.

Das Modellieren aus der Erinnerung war schwieriger, als sie gedacht hätte. Bettina saß vor dem Küchentisch in ihrem Laden und war sich dessen bewusst, dass sie sich aufgrund der wenigen Proben keine großen Fehler leisten konnte. Zwar hatte Robert versprochen, dass seine Firma so schnell wie möglich liefern würde, aber jetzt, da das Bild vor ihren Augen noch frisch war, hatte sie nur eine begrenzte Menge zur Verfügung.

Allerdings drohte das Bild mehr und mehr zu verblassen. Sie brauchte dringend Auffrischung! Und wie sie die bekommen konnte, wusste sie schon.

Die einzige Telefonnummer, die sie von Robert hatte, war die seiner Firma. In ihrem Sinnesrausch hatte sie nicht daran gedacht, ihn nach seiner Handynummer zu fragen. Aber vielleicht war er ja gerade im Haus.

Sie holte also ihr Handy hervor und tippte die Zahlen

von der Karte ein. Eine freundliche Frauenstimme meldete sich schon nach dem zweiten Klingeln.

»Firma Behrens, was kann ich für Sie tun?«

Bettina hatte gehofft, Robert direkt an der Strippe zu haben, und es dauerte eine Weile, bis sie geistig umdisponiert hatte. Sie konnte der Telefondame wohl kaum sagen, dass sie Robert gern hier hätte, damit er ihr Modell für die Marzipanhintern stand.

»Guten Tag, hier ist Winter, ich hätte gerne Herrn Martens gesprochen.«

»Tut mir leid, Herr Martens ist gerade außer Haus. Er macht einen Kundenbesuch.«

»Äh, und wann wird er wiederkommen?«

»Das ist schwer zu sagen. Wenn es etwas Dringendes ist, kann ich ihn auch gern anrufen.«

Bettina rang mit sich. Für sie war die Sache schon wichtig, aber was sie wirklich wollte, konnte sie Robert unmöglich durch die Sekretärin mitteilen lassen.

»Ich … ich hätte eine Nachfrage zum Sortiment, Herr Martens und ich haben gestern über einige Sonderkonditionen gesprochen, und er meinte, ich könne mich jederzeit noch mal melden.«

Das hörte sich alles recht seltsam an, aber die Sekretärin schien nichts Verdächtiges an ihrer Stammelei zu finden. Vielleicht ließ sie sich ja auch nur nicht anmerken, dass sie die Frau am anderen Ende für durchgeknallt hielt.

»Ich werde versuchen, ihn zu erreichen. Sobald ich ihn ausfindig gemacht habe, werde ich ihm mitteilen, dass er sich bei Ihnen melden soll. Ist das in Ordnung?«

Bettina atmete tief durch. »Ja, danke, das ist sehr nett von Ihnen.«

»Okay, dann auf Wiederhören!«

»Wiederhören«, murmelte Bettina und legte auf.

Mist!, dachte sie. *Da brauche ich ihn, und er ist auf Kundenbesuch. Vielleicht steht er gerade zwischen den Schenkeln einer Kundin und überzeugt sie von den Sonderleistungen seiner Firma.*

Nicht, dass sie eifersüchtig war, doch sie brauchte ihn unbedingt, sonst konnte sie die Hintern nicht modellieren.

Da sie ihn nun mal nicht einfach herzaubern konnte, beschloss sie, vorerst einige andere Arbeiten zu erledigen.

Bei denen wollte ihr der Anblick seines Hinterns jedoch auch nicht aus dem Sinn gehen. Immer wieder drängte er sich ihr auf, beim Zusammenstellen des Pastetenteiges, beim Schlagen von Eiweiß, beim Kleinhacken von Kuvertüre.

Plötzlich klingelte ihr Handy. Aus irgendeinem Grund vermutete sie, dass es Zuckerstange sein könnte, immerhin war er ihr noch eine Nachricht schuldig. Doch es war keine eingehende Nachricht, sondern ein Anruf. An der Vorwahl erkannte sie, dass es eine Berliner Nummer war. Sie ging ran und hörte die Stimme von Robert.

»Kann es sein, dass du Sehnsucht nach mit hast?«, fragte er, und bei seinem Tonfall hatte Bettina wieder sein unverschämt breites Lächeln vor Augen.

»Das ging aber schnell. Hast du deinen Kundenbesuch etwa schon hinter dir?«

»Meine Bürofee hat mich gerade angerufen und gemeint, dass unsere neue Großkundin mich unbedingt sprechen will.«

»Stimmt. Ich brauche dich dringend«, antwortete sie und freute sich schon auf das Geplänkel, das gleich folgen würde.

»Das kann ich mir vorstellen.«

»Ich brauche deinen Hintern.«

»Zwischen deinen Beinen?«

»Nein, vor meinen Augen.«

»Willst du etwa eine Neunundsechzig?«

Bettinas erotisch etwas eingerostetes Gedächtnis brauchte eine Weile, um sich daran zu erinnern, was eine Neunundsechzig war.

»Kein schlechter Vorschlag, das können wir gern hinterher machen.«

»Und vorher?«

»Ich will deinen Hintern formen. Aus Marzipan. Ich dachte, ich könnte es aus dem Gedächtnis, aber ich glaube, ich muss das Original in der Hand halten, damit ich die Kurven nachempfinden kann.«

»Okay, wann passt es dir?«

»Noch hat der Laden nicht geöffnet, also jederzeit!«

»Gut, ich erledige hier noch schnell etwas, dann komme ich zu dir.«

»Ach ja, bring bitte noch etwas Marzipan mit, denn ich fürchte, das, was ich da habe, wird nicht reichen.«

»Welchen willst du? Den aus Mandeln oder den aus Grieß?«

»Bring mir den feinsten und am besten formbaren mit. Ich habe damit noch viel vor.«

»Wie du willst, du bist die Kundin. Ich bin gleich bei dir.«

Bettina lächelte breit und antwortete dann: »Okay, ich warte auf dich!«

Nicht mal eine Dreiviertelstunde später stand er vor ihr. Er hatte ihr eine etwas größere Kiste mit Marzipanblöcken mitgebracht. Bettina war gespannt, wie sie sich formen ließen.

Als Robert in die Küche trat und die probeweise geformten Marzipanstücke sah, zog er erstaunt die Augenbrauen hoch. »Du willst also tatsächlich meinen Hintern modellieren.«

Dass er so ungläubig klang, brachte Bettina zum Lachen. »Hattest du etwa Zweifel daran? Was ich sage, meine ich meist auch so. Auch diesmal war es mir ernst.«

»Du willst also meinen Arsch verkaufen?«, fragte Robert und stellte die Kiste neben dem Tisch ab.

»Könnte man so sagen«, entgegnete Bettina, bereit, härtere Geschütze aufzufahren, sollte er sich weigern. »Eine Nachbildung aus Marzipan.«

»Was ist mit meinen Rechten daran?« Das Lächeln, das seine Worte begleitete, ließ keinen Zweifel daran, dass er es nicht ernst meinte.

»Ich könnte dich auszahlen«, entgegnete Bettina und ließ ihre Hand spielerisch über seine Brust gleiten.

»An welche Summe hattest du dabei gedacht?«

»Summe? Du vergisst, dass ich eine arme Geschäftsfrau bin. Ich wollte eigentlich mit Naturalien zahlen.«

»Die nehme ich gern!«, entgegnete Robert und knöpfte seine Hose auf. »Also gut, wo soll ich mich hinstellen?«

In Bettinas Brüsten und ihrem Schoß begann es zu prickeln, als sie die ersten Zentimeter Haut erblickte. »Am besten da drüben«, antwortete sie und deutete auf einen Platz neben dem Spiegel.

Robert lächelte sein unverschämtes Lächeln und kam ihrem Wunsch auf der Stelle nach. Er drehte sich um, so dass sie wirklich nur seine Hinterbacken sehen konnte. Dann zog er die Hose herunter, wie ein Stripper, der in der Mitte seines Programms angekommen war und sein Publikum nun zum Kreischen bringen wollte. Er ließ die Hinterbacken schwingen, und Bettina musste sich auf die Lippe beißen, um nicht vor Begeisterung aufzuschreien.

Einen Moment lang genoss sie die Show, dann trat sie näher.

»Kann ich dich zur Eröffnung als Stripper engagieren?«, fragte sie, während sie vor ihm auf die Knie ging und ihre Hände nach seinen knackigen Hinterbacken ausstreckte.

Am liebsten hätte sie ihr Gesicht an die stramm gespannte Haut gelegt, aber allein schon, ihn in den Händen zu halten, ließ sie feucht werden. Und wie feucht!

Bettina zog die Kurven mit den Händen nach, und kurz darauf bemerkte sie, dass er einen Ständer bekam. Sie griff um ihn herum, um über seinen Hodensack und den Schaft zu streicheln.

Er ließ sie allerdings nur kurz gewähren, dann griff er nach ihren Händen und hielt sie zurück. »Du willst doch meinen Hintern modellieren, oder?«, fragte er und legte ihre Hände auf die Backen zurück.

Bettina glaubte, es nicht länger aushalten zu können, doch sie war sich sicher, dass Robert es ihr erst besorgen würde, wenn sie es geschafft hatte, seinen Hintern nachzubilden.

Nachdem sie die beiden knackigen Backen noch einen Moment lang abgetastet hatte, kehrte sie an ihren Küchentisch zurück. Kaum noch gehen konnte sie vor lauter Begierde, ihre Schamlippen fühlten sich geschwollen an, und das Ziehen in ihrem Unterleib wurde beinahe unerträglich. Dennoch schaffte sie es, ihre zitternden Hände auf einen frischen Marzipanblock zu legen und mit dem Formen zu beginnen.

Sie arbeitete beinahe wie im Delirium, während ihr Blick an Roberts Formen klebte und ihre Hände sich bewegten, ohne dass sie hinsehen musste. So, wie ihre Augen die Kurven abtasteten, formten ihre Hände sie nach. Ihr Atem ging immer schneller, es war beinahe so, als würde sie einem Höhepunkt entgegenjagen.

Schließlich riss sie den Blick von Robert los und betrachtete keuchend ihr Werk.

»Wow! Ich glaube, du musst mir immer Modell stehen.«

Robert drehte sich um. Sein Schwanz stand noch immer kerzengerade. Ihre Berührungen und das leise Stöhnen, das sie beim Arbeiten ausgestoßen hatte, hatten ihn noch mehr erregt.

Jetzt würde er wohl seine Belohnung fordern. Und das mit gutem Recht, denn das Modell vor ihr war eine nahezu perfekte Nachbildung des Originals. Sie konnte es in Zukunft als Anschauungsmaterial für weitere Nachbildungen nutzen.

Lächelnd strich sie über die Marzipanbacken, dann erhob sie sich. »Deinen Schwanz könnte ich vielleicht auch nachbilden«, sagte sie, als sie wieder zu ihm trat. »Ich brauche ihn dazu nur ein wenig … abzutasten.«

Robert stieß ein lustvolles Keuchen aus. Da er sich nicht wehrte, griff sie nach der harten Stange und massierte sie. Sie spürte jede Verdickung, jede Ader und obendrein ein verlangendes Zucken, das sie in Kuchenform sicher nicht umsetzen konnte. Aber es ließ Hitze in ihrem Schoß erwachen und den Wunsch, ihn in sich zu spüren.

Auf einmal fasste er sie bei den Armen und zog sie hoch. Wollte er sie etwa jetzt nehmen?

Er schob Bettina langsam zum Küchentisch, und ihr Herz raste vor lauter Vorfreude. Dort angekommen entfernte er sich jedoch wieder von ihr.

»Mach es dir!«, forderte er sie auf, während sich seine

Hand um seinen Schwanz schloss. »Ich will sehen, wie du es dir besorgst.«

Bettina wäre es lieber gewesen, wenn er sie gelutscht oder gleich genommen hätte, aber sie kam seinem Wunsch nach, denn sie konnte es selbst nur schwerlich aushalten. Sie schlüpfte aus ihrem Slip und kickte ihn achtlos mit dem Bein beiseite, so dass er vor einer Kiste mit Marzipan zu liegen kam. Dann setzte sie sich auf den Tisch und spreizte die Schenkel. Für einen Moment war es ihr, als würde ihr Honig auf die Tischplatte fließen, und sie fragte sich, ob Robert sich nicht vielleicht doch dazu herablassen würde, sie zu kosten. Aber er blieb standhaft. In zweierlei Hinsicht. Sein Schwanz hätte die Unterstützung seiner Hand nicht gebraucht, denn so hart, wie er war, schien es eher, als müsste seine Hand ein wildes Tier im Zaum halten.

Bettina blieb nichts anderes übrig, als es sich selbst zu besorgen. Sie schob einen Finger in die feuchte Spalte und fand auf Anhieb die geschwollene Perle. Sie war dermaßen gereizt, dass die Berührung beinahe schmerzte. Doch Bettina wollte, dass die Spannung sich endlich auflöste, denn es fühlte sich an, als würde es sie gleich vor Lust zerreißen. Sie beließ ihren Daumen auf der Klit, dann drang sie mit zwei weiteren Fingern zwischen die geschwollenen Lippen.

»Ja, genau so ist es richtig«, sagte Robert und begann nun selbst, seine Hand zu bewegen. Ein leises Schmatzen ertönte, und Bettina konnte sich in dem Augenblick keinen schöneren Anblick vorstellen. Roberts Hand bewegte sich auf dem Schaft auf und ab, und Bettinas Finger bohrten sich immer tiefer in ihr Paradies. Sie spürte, wie ihre Säfte an den Fingern hinab in die Handfläche liefen, und je schneller Robert seine Hand bewegte, desto schneller wurde auch sie.

Vor Erregung zogen sich die Muskeln in ihr zusammen,

und ein scharfes Ziehen kündigte sich an. Bettina konnte nicht länger hinschauen. Sie musste die Augen schließen und lauschte jetzt nur noch ihren Geräuschen. Ihr Stöhnen und sein Keuchen mischten sich mit dem Schmatzen, das Roberts Hand an seinem Schwanz verursachte.

Als der Orgasmus über sie hereinbrach, legte sie den Kopf in den Nacken. Alle Geräusche um sie herum traten in den Hintergrund und verschwanden für einen Moment völlig. Das Gefühl explodierte in ihrem Schoß und breitete sich in ihrem gesamten Körper aus.

Erst nach einigen Augenblicken konnte sie die Augen wieder öffnen. Ihre Hand hatte sie auf ihr Geschlecht gepresst, und ihre Beine, die sie noch immer weit gespreizt hielt, zitterten.

Robert war inzwischen auch fertig. Sein Sperma wischte er mit einem Taschentuch ab, dann verstaute er sein schlaffes Glied wieder in seiner Hose.

»Ich habe noch nie eine Frau gesehen, die dermaßen abgegangen ist, wenn sie es sich selbst gemacht hat«, sagte er beinahe schon bewundernd.

Bettina lächelte und stieg vom Tisch. Der Orgasmus wirkte immer noch in ihr nach. »Wenn ich ehrlich bin, ich auch nicht. Das muss daran liegen, dass du so heiß aussiehst, wenn du deinen Schwanz reibst.« Sie besah sich ihre Hand, an der ihre Säfte mittlerweile antrockneten, und hatte ein ähnlich klebriges Gefühl zwischen ihren Schenkeln.

»Und, wirst du ihn auch modellieren?«, fragte er, während er den Reißverschluss seiner Hose schloss.

»Mal sehen. Vielleicht kommen mir ja noch andere Ideen. Zuckerstangen in Penisform vielleicht.«

»Dann lass aber die roten Streifen weg und denk dir eine andere Farbe aus. Das würde albern aussehen.«

»Okay, dazu lasse ich mich überreden.« Bettina blickte ihn einen Moment lang an, dann fragte sie: »Wann bringst du mir das Marzipan? Ich glaube, ich brauche in der nächsten Zeit eine ganze Menge davon.« Sie deutete auf den Marzipanhintern.

»Wenn du willst, komme ich gleich morgen mit der Lieferung vorbei. Oder brauchst du die Sachen noch heute?«

Bettina leckte sich über die Lippen. »Ich denke, dass morgen reichen wird. Ich will dich deinen anderen Kunden ja nicht gänzlich wegnehmen.«

Robert lachte kurz auf, zog sie in seine Arme und gab ihr einen Kuss auf die Stirn. »Es gibt Services, die biete ich nicht jedem an. Das solltest du wissen.«

Mit diesen Worten wandte er sich um und verließ die Küche in Richtung Ladenraum. »Also dann, bis morgen!«, rief er und war auch schon aus der Tür.

Bettina blickte ihm lächelnd nach, dann kehrte sie an ihren Tisch zurück. Der Hintern war wirklich ein Meisterstück! Vielleicht würde sie eine Form davon anfertigen und sich das gute Stück in Kupfer oder Kunststoff gießen lassen. Auf dem Regal hinter der Verkaufstheke würde er sich sicher hervorragend machen.

Doch jetzt galt es, das Kunststück zu wiederholen, und zwar mehrere Male. Aus einer ihrer Werkzeugkisten holte sie einen Cutter und schnitt das Päckchen auf, das noch immer neben dem Küchentisch stand. Die Rechnung legte sie beiseite und wandte sich sogleich den Marzipanblöcken zu.

Tatsächlich hatte ihr Robert das feinste Marzipan des Sortiments mitgebracht und obendrein auch ein bisschen Lebensmittelfarbe in Schweinchenrosa. Sein Unglauben über ihre Modellierversuche war also doch nur gespielt gewesen.

Ob sie die Hintern wirklich wie Marzipanschweine einfärben würde, wusste sie nicht, aber einen Versuch würde sie unternehmen.

Sie wusch sich also ihre Säfte von den Händen und setzte sich zurück an ihren Platz. Es fiel ihr schwer, nicht in das große Original hineinzubeißen, doch nach und nach wich ihre Erregung dem Eifer, möglichst genaue Kopien zu erstellen. Sie schob die Zunge zwischen die Lippen und arbeitete beinahe schon fieberhaft, bis sie schließlich die erste kleinere Figurine fertig hatte. Dass sie dem Original ebenfalls glich, spornte Bettina nur zusätzlich an, und nicht einmal ein Erdbeben hätte sie aus ihrer Tätigkeit fortreißen können.

Als die Zeiger der Uhr auf vier rückten, konnte Bettina zufrieden auf ihr Werk blicken. Zwanzig Hintern lagen vor ihr, perfekt geformt wie ihr Vorbild, nur klein und etwas blass, was sich allerdings mit Lebensmittelfarbe sicher leicht beheben ließ.

Mittlerweile hatte sie solch eine Routine im Formen bekommen, dass sie die Form im Schlaf nachahmen konnte. Hoffentlich schlafwandelte sie in dieser Nacht nicht und formte Hintern aus den Fertigbrötchen im Kühlschrank der Villa. Wobei gebackene Hintern sicher auch keine schlechte Idee waren. Für knusprige Stangen hatte sie ja bereits eine Form im Sinn. Nun brauchte sie nur noch Honigtörtchen, Lustgelee und irgendwas mit Austern. Die hoben ja bekanntlich die Potenz.

Sie musste sich wohl ein Rezeptbuch anlegen!

Da es heute im Laden nichts weiter zu tun gab als aufzuräumen, erledigte Bettina das schnell und ging dann in einen Schreibwarenladen, um sich ein Rezeptbuch zu holen.

Sie fand eine hübsche Kladde mit einem Bezug, der aussah, als hätte er früher mal als Dessous gedient. Er war rot und glänzend und passte perfekt in ihren Laden.

Mit dieser Beute ging sie zur U-Bahn und begann bereits im Zug damit, ihr erstes Rezept aufzuschreiben. Es hatte mit Herzen zu tun, gebrochenen und neu entflammten. Der Mann neben ihr blickte interessiert herüber, doch sie kümmerte sich nicht weiter darum, ob er aufs Papier schaute oder in ihren Ausschnitt.

Liebesherzen

125 g Margarine; 30 g Zucker; 1 Päckchen Vanillinzucker; Salz; 1–2 Esslöffel Amaretto (amore!); 3 Eier; 250 g Mehl; 1 gestrichener TL Backpulver; 1/8 l Milch; 1/8 l Wasser

Alle Zutaten miteinander verrühren, bis ein glatter Teig entsteht. Diesen zehn Minuten ruhen lassen und anschließend portionsweise im Waffeleisen ausbacken.

Gerade als sie fertig war, wurde ihre Station durchgesagt. Bettina verstaunte die Kladde schnell in ihrer Tasche und stieg aus.

10. Kapitel

Andreas blickte nachdenklich auf sein Handy. Sein Finger zuckte über der Taste, die das Menü öffnen würde. Doch etwas hielt ihn davon ab, es zu tun.

Ein paar Tage waren vergangen, seit er das Bild von Sahneschnitte bekommen hatte. Das Foto zeigte das schönste Paar Brüste, das er je zu Gesicht bekommen hatte. Wenn an dieser Frau alles so zart und knackig war, musste der Mann, der sie betrog, ein ziemlicher Idiot sein. Und der Mann, der das alles in die Hand bekam, war ein echter Gewinner.

Sahneschnitte hatte ihm für einen kurzen Moment das Gefühl gegeben, dass er dieser Gewinner sein könnte. Doch bevor er darauf eingehen konnte, hatte sich sein schlechtes Gewissen gemeldet.

War es nicht Ehebruch, was er da plante?

Nicole mochte ein echter Lustmuffel geworden sein, aber das gab ihm noch lange nicht das Recht, fremdzugehen – und wenn es nur Telefonsex oder das Austauschen von Sex-SMS war.

Er entschloss sich also, etwas zu tun, das ihrem Liebesleben neuen Schwung geben würde.

Den Gedanken an seine Chatfreundin konnte er trotzdem nicht verdrängen. Sobald er die Augen schloss, hatte er ihre sinnlich geformten Brüste vor sich. So sah keine Kostverächterin aus! Und eine Frau, die Freude am Genuss hatte, würde sicher vorschlagen … dass er ein erotisches Dinner mit Nicole machen sollte.

Klar, er hatte der Frau im Chat nicht gesagt, dass er verheiratet war und ebenfalls Probleme mit seiner Frau hatte, aber wenn es so gewesen wäre, hätte sie genau das vorgeschlagen, da war er sich sicher.

Nicole war nun nicht gerade die größte Genießerin, aber vielleicht konnte er sie mit ein paar kalorienarmen Leckereien begeistern. Er hatte gehört, dass Spargel schlank machen sollte, auch Krabben und Kaviar waren nicht gerade als Dickmacher verschrien. Das alles würde er besorgen und darauf bestehen, es von Nicoles Haut zu schlecken. Vielleicht brachte sie das wieder zum Schmelzen.

Er blickte einen Moment lang unentschlossen auf seinen Schreibtisch, dann traf er eine Entscheidung. Zum Teufel mit der Arbeit, was nützte es ihm, wenn er Gefahr lief, seine Frau zu verlieren? Und das alles nur aus Unachtsamkeit.

Er erhob sich also von seinem Platz und verließ das Büro. Mandy, seine Assistentin, saß vor ihrem Computer und hämmerte auf die Tasten ein.

»Welche Termine stehen für heute an?«, fragte er sie.

Mandy blickte von ihrer Arbeit auf.

»Soweit ich weiß, keiner. Der Auftrag für die Hansen-Gruppe ist erst in einer Woche fällig, und neue Kunden haben sich für heute nicht angesagt.«

»Okay, dann kann ich mich wohl gefahrlos nach Hause begeben, was meinen Sie?«

Auf der Miene der Assistentin spiegelte sich Verwunderung. Man konnte den Chef nicht als Arbeitstier bezeichnen, aber es kam nur sehr selten vor, dass er vor seinen Angestellten ging. »Alles in Ordnung mit Ihnen?«, fragte sie ein wenig besorgt.

Andreas lachte auf. »Natürlich ist alles in Ordnung mit mir. Ich dachte nur, dass ich vielleicht mal früher Feierabend machen sollte. Das gestatten Sie mir doch, oder?«

»Natürlich, Chef«, entgegnete Mandy und wurde auf der Stelle puterrot.

»Gut, dann bin ich gleich weg. Sollte sich noch jemand melden und mich sprechen wollen, vertrösten Sie ihn auf morgen.«

»Okay«, presste Mandy hervor.

Andreas verschwand in seinem Büro, um seinen Computer herunterzufahren.

Wenig später war er auf dem Weg zum nächsten Feinkostladen. Sicher würde er einige Dinge im Supermarkt billiger bekommen, aber dieser Abend sollte etwas ganz Besonderes werden. Die Verkäuferinnen schauten ihn ein wenig verwundert an, sicher kaufte niemand sonst so viele Sachen auf einmal. Aber Andreas fühlte sich wie in einem Rausch. Er war davon besessen, aus Nicole wieder die Genießerin zu machen, die sie bei ihrem Kennenlernen war. Und da schreckten ihn weder der Preis noch die Mienen der Frauen hinter der Theke, die ihn wohl für verrückt hielten.

Zu Hause angekommen, machte er sich sogleich an die Arbeit. Dabei ging er beinahe fieberhaft vor, so als hinge nicht seine Ehe, sondern sein Leben davon ab, dass dieser Abend gelang.

Nach einer Weile betrachtete er sein Werk und war zufrieden mit sich. Unter seinen Händen hatte sich das Esszimmer in eine erotische Spielwiese verwandelt, auf der es die verschiedensten Köstlichkeiten zu entdecken gab. Alles war bereit für den Parcours d'amour, abgesehen von den Blätterteigpastetchen, die sich noch im Backofen sonnten.

Er rechnete damit, dass Nicole in etwa einer Stunde zurückkehren würde, wenn es ihr egoistischer Chef denn erlaubte. Natürlich würde sie abgespannt und müde sein, doch vielleicht konnte dieses Szenario ihre Lebensgeister wiedererwecken.

Jetzt brauchte er sich nur noch zu duschen und umzuziehen, und schon war er bereit für seine Frau.

Kaum war er mit seinen persönlichen Vorbereitungen fertig, hörte er Nicoles Wagen vorfahren. Ziemlich früh an diesem Abend. Anscheinend war in der Firma nicht viel los gewesen. Was sie wohl dazu sagen würde, dass er schon hier war?

Andreas zog die Topfhandschuhe aus und die Küchenschürze vom Leib. Vor dem Garderobenspiegel fuhr er sich noch einmal durch die Haare, als würde er sein erstes Date zu Hause erwarten.

Der Motor verstummte, dann ertönten Schritte. Nicole schien noch nicht mitbekommen zu haben, dass er hier war. Seinen Wagen parkte er aus Rücksicht auf sie immer auf einem normalen Parkplatz, wahrscheinlich hatte sie das Fahrzeug auf dem Weg hierher nicht wahrgenommen, weil ihr der Kopf von ihren Statistiken schwirrte.

Nach einer Weile klirrten Schlüssel, wahrscheinlich fragte sie sich, warum er nicht abgeschlossen hatte. Dann kam sie herein.

»Hallo Schatz!«, begrüßte Andreas seine Frau mit einem breiten Lächeln, das ihm allerdings auf dem Gesicht gefror, als er sah, was sie trug.

Dieses Kostüm hatte er an ihr noch nie gesehen. Oder etwa doch?

Mit einem Mal war es ihm, als würde er den Boden unter den Füßen verlieren. Dieses Kostüm hatte die Frau im Park getragen! Die Frau, deren Statur ihn an Nicole erinnert hatte. Es war Nicole gewesen! Es sei denn, sie hatte das Kostüm aus dem gleichen Geschäft. Nur warum hatte er es dann bisher nicht zu Gesicht bekommen? Und warum wirkte sie so überrascht?

»Du … du bist schon hier?«

»Ja, ich dachte, ich komme ein wenig früher nach Hause. Ich wollte dich überraschen, nachdem es mit unserem Ausflug am Wochenende nicht geklappt hat.«

Andreas wusste nicht, wie er die Worte über die Lippen brachte, ohne dabei zu zittern. Ein Kostüm allein bewies nicht, dass sie untreu war, ihre ständige Unlust dagegen sprach Bände.

Und dazu der Anblick im Park …

Nicole blickte ihn unsicher an. Das Schlüsselbund in ihrer Hand klirrte leise. Dann zwang sie sich zu einem Lächeln.

»Was für eine Überraschung hast du denn für mich?«

Er konnte ihr ansehen, dass die Gedanken hinter ihrer Stirn durcheinanderwirbelten. Hatte sie etwa wieder ein Rendezvous im Park?

Er hätte sie zur Rede stellen können, doch das wollte er nicht. Vielleicht gab es ja noch eine Chance, sie zur Umkehr zu bewegen. Große Lust hatte er zwar nicht mehr, sein Programm abzufeuern, aber er sagte sich, wenn er jetzt nicht kämpfte, war endgültig alles verloren.

»Das wirst du gleich sehen.« Er trat hinter sie und legte ihr beide Hände auf die Augen. Ein leichtes Zucken ging durch ihren Körper, fast so, als hätte sie Angst vor ihm. Hatte sie ihn vielleicht hinter dem Baum bemerkt? Oder war das ganz einfach nur Abneigung gegen ihn. Gegen seine Berührungen, seinen Körper?

Andreas führte seine Frau vorsichtig an der Küche vorbei in das Esszimmer, wo er das Dinner aufgebaut hatte.

Die verschiedenen Köstlichkeiten hatten inzwischen ihr Aroma entfaltet und im Raum verströmt. Nachdem er

Nicoles Augen wieder freigegeben hatte, blieb sie für einen Moment lang wie angewurzelt stehen.

Da er hinter ihr stand, konnte er nicht sehen, was sich auf ihrem Gesicht abspielte, aber dass sie nicht sofort reagierte, bestätigte letztendlich, dass er mit seiner Vermutung recht hatte.

»Das sieht wunderbar aus«, sagte sie zwar, doch Andreas fühlte sich bei ihren Worten, als hätte sie ihm soeben seine Seele rausgerissen.

Früher wäre sie ihm um den Hals gefallen und hätte mit ihm auf der Stelle eine heiße Nummer auf dem Teppich geschoben. Jetzt sagte sie nur: »Das sieht wunderbar aus«, und es klang so, als würde sie auf irgendeinem Ball den Gastgeber loben.

All seine Vorstellungen, wie der Abend laufen würde, waren mit einem Mal hinweggewischt. »Ich muss nach den Pasteten sehen«, sagte er und wandte sich um. Bevor er das Esszimmer verließ und in die Küche trat, drehte er sich noch einmal um. Nicole stand noch immer da wie festgewachsen. Weder machte sie Anstalten, weiter in den Raum zu gehen und alles zu betrachten, noch wandte sie sich zu ihm um. Sie stand einfach nur da, als würde sie nach einer Ausflucht aus dieser Situation suchen.

Da brauchte er sich wohl keine Hoffnung auf eine romantische Nacht zu machen. Der Kerl im Gebüsch besorgte es ihr anscheinend besser – und er sorgte sich wohl auch wesentlich mehr um ihre Fitness als ihr rücksichtloser Mann … Was konnte er da noch tun?

Kaum hatte Bettina das Haus betreten, klingelte das Telefon. Sie wollte die Annahme des Gesprächs schon dem Anrufbeantworter überlassen, doch dann fiel ihr ein, dass es Tobias sein könnte. Ihm hatte sie ihre Handynummer noch nicht gegeben.

Also machte sie noch einmal kehrt, nahm ab und meldete sich.

»Hallo Süße, weißt du eigentlich, wie sehr ich dich vermisse?«

Es war tatsächlich Tobias! Eigentlich hätte sie damit rechnen müssen, dass er sich meldete. Immerhin hatte sie ihn seit einigen Tagen vernachlässigt.

»Ich kann es mir denken«, entgegnete sie und ging mit dem Hörer am Ohr ins Wohnzimmer.

»Und wie willst du diesem Zustand ein Ende bereiten? Wir sollten uns mal wieder treffen. Vielleicht zu einem netten kleinen Bad heute Abend? Oder einer Spritztour.«

Noch vor ein paar Tagen hätte Bettina begeistert »ja« gerufen, doch jetzt zögerte sie. Warum eigentlich?

Die Antwort gab ihr noch im selben Moment ihr Verstand. Weil Robert etwas hatte, das Tobias ihr nicht geben konnte. Der junge Vertreter war inspirierend. Wenn sie an ihn dachte, fielen ihr tausend Köstlichkeiten ein. Zu jedem seiner Körperteile schien es ein Pendant in Marzipan, Nougat und Schokolade zu geben, und nichts liebte sie mehr als Süßigkeiten!

»Das geht leider nicht«, hörte sie sich selbst antworten. »Ich hatte heute einen ziemlich anstrengenden Tag und bin froh, mal die Beine hochlegen zu können.«

»Das kannst du bei mir auch. Und ich werde dich dabei lecken und saugen.«

Bettina spürte, wie das Kribbeln wieder einsetzte. Doch sie wollte ihn heute wirklich nicht sehen. »Das klingt gut, aber ich fürchte, wir werden das auf morgen verschieben müssen.«

»Morgen, morgen«, brummte Tobias. »Du arbeitest jetzt schon seit einer Woche wie ein Tier. Ein wenig Entspannung braucht jeder. Ich verstehe ja, dass du deinen Laden möglichst bald eröffnen willst, aber das ist doch nicht alles, oder?«

Nein, alles war der Laden ganz sicher nicht, aber wenn sie keine Lust hatte, hatte sie eben keine Lust. Merkte er das denn nicht?

»Hör zu, wir treffen uns morgen Mittag in meinem Laden, okay? Dann werde ich dich mit meinen Ideen zu Zuckerstangen bekannt machen.«

»Meine Stange zuckt jetzt schon. Ich glaube nicht, dass ich sie lange im Zaum halten kann.«

»Ich werde dich morgen Mittag für alles entschädigen«, entgegnete Bettina und schaffte es nur schwerlich, nicht laut aufzuseufzen. Nach gut einer Woche erwies sich Tobias als regelrechte Klette, jedenfalls kam es ihr so vor. Seit ihrer Nummer im Auto erschien er ihr nur noch halb so attraktiv. Aber vielleicht bildete sie sich das auch nur ein.

Dennoch wollte sie sich heute nicht mit ihm treffen, denn sie hatte bereits einen Termin mit ihrer Muse. Sicher hätte er darüber gelacht, also schob sie es auf ihre Erschöpfung.

»Also gut, dann bis morgen«, sagte Tobias und machte ein Kussgeräusch.

Bettina erwiderte es und legte auf. Ein kleiner Teil in ihr bereute, sich nicht mit ihm getroffen zu haben, aber der Teil, der sich um ihre Rezepte kümmern wollte, war stärker.

Allerdings wusste sie auch, dass die Inspiration besser sein würde, wenn sie sich in sexueller Spannung hielt. Der Dildo kam ihr wieder in den Sinn, doch sie hatte sich auch noch andere Dinge aus dem Sexshop mitgebracht.

Im Laden noch hatte sie sich gefragt, wozu Liebeskugeln gut waren. Eher aus Neugierde hatte sie welche erstanden. Vielleicht könnten sie ihr jetzt ein paar neue Denkanstöße geben.

Bettina entledigte sich ihrer Kleider, holte ihr neues schwarzes Spitzenset hervor und zog es an. Dann suchte sie nach der Tüte mit den Sexspielzeugen. Da Martin ganz sicher nicht auf die Idee kam, unter das Bett zu schauen, hatte sie die Kostbarkeiten genau dort deponiert.

Die Liebeskugeln steckten noch in der Verpackung, und Bettina konnte nicht sagen, dass sie auf einmal weniger seltsam aussahen. Aber die Verkäuferin meinte, dass dies die besten Kugeln dieser Art seien, und da sie bereits mit dem Dildo und den Kondomen recht gehabt hatte, wollte Bettina auch den Liebeskugeln eine Chance geben.

Die Verkäuferin hatte sie bestens beraten!

Bettina hatte zwar keine Ahnung, was das Gerede um den G-Punkt bedeutete, aber die Kugeln verschafften ihr bei jedem Schritt ein angenehmes Kribbeln, das sie an Schwänze denken ließ. Große Schwänze, die ihre ständigen Begleiter waren.

Am liebsten hätte sie auch ihre Rezepte im Gehen aufgeschrieben, denn sie spürte, dass sich langsam aber sicher ein Orgasmus in ihr aufbaute.

Dieses Gefühl war für ihre Kreativität allerdings sehr hilfreich, also zögerte sie den Höhepunkt noch ein wenig hinaus und ließ sich mit der Kladde aufs Bett gleiten. Dort griff sie zum Stift und notierte in Gedanken an Tobias' Schwanz:

Penis fours

Teig: 200 g Mehl; 75 g Stärke; 40 g gemahlene Mandeln; 1 Ei; 100 g Zucker; 200 g weiche Butter
Füllung: 75–100 g Nougatmasse
Guss: 3 Blatt weiße Gelatine; 4–5 Esslöffel heißes Wasser; 200 g Puderzucker; 1 halbierte Haselnuss zum Verzieren.

Teigzutaten verkneten und für ein bis zwei Stunden kalt stellen. Danach den Teig ausrollen und in Penisform ausstechen. Auf einem ungefetteten Backblech bei 200 °C ca. 8–12 Minuten backen. Gebäck danach erkalten lassen und mit Nougatmasse bestreichen, je zwei Stück zusammensetzen.
Für den Guss Gelatine in Wasser auflösen, Puderzucker hinzufügen. Haselnuss an Stelle der Eichel legen. ;-)

Sie vertiefte sich so sehr in das Rezept, dass sie völlig überhörte, wie der Wagen ihres Mannes vorfuhr. Erst als er die Autotür zuwarf, schreckte sie hoch. Ihr Stift rutschte über die Kreation eines Desserts und hinterließ einen langen Strich auf dem Papier.

Bettina sprang auf. Ihr Blick fiel auf die Verpackung der Liebeskugeln. Die musste sie zusammen mit dem Rezeptbuch möglichst schnell verschwinden lassen. Und was war mit ihren Dessous?

Die waren noch das kleinste Problem, dafür hatte sie ja ihren überdimensionalen Bademantel. Und die Liebeskugeln?

Bettina hörte das Klappern der Schlüssel im Schloss, während sie die Schachtel und die Tüte mit Dildo und Kondomen unter das Bett schob.

Durch die heftigen Bewegungen brachten sie die Liebeskugeln im Nu wieder an den Rand eines Orgasmus.

Sie unterdrückte ein Stöhnen und biss sich auf die Lippe. Vielleicht sollte sie im Bad verschwinden und die Kugeln entfernen. Sonst würde womöglich direkt vor Martin eine Katastrophe passieren. Na ja, nicht wirklich, aber es wäre schon seltsam, wenn sie ihm gegenüberstand und einen Spontanorgasmus bekam.

Sie huschte aus dem Schlafzimmer und spürte, dass der Gipfel bald erreicht war. Da kam ihr Martin auch schon entgegen.

Er blickte sie ein wenig verwundert an, dann fragte er: »Ist die Diätgruppe heute ausgefallen?«

Das hatte sie ja völlig vergessen! In den vergangenen Tagen war sie immer bis spät abends unterwegs gewesen, diesmal nicht.

»Ja, sie ist heute ausgefallen. Die Kursleiterin ist krank«, antwortete sie schnell und versuchte, ihre Stimme so gut wie möglich im Zaum zu halten.

Die verdammten Liebeskugeln taten ihre Wirkung, auch wenn sie sich gar nicht bewegte. Ohne dass sie es wollte, ging ihr Atem schneller, und wenn sie noch eine Weile vor ihm stehen blieb, würde sich der Orgasmus nicht mehr länger aufhalten lassen.

Martin würde aber sicher nicht daran denken, sondern glauben, dass es ihr schlechtging, und dann würde er am Ende noch darauf bestehen, sie zu untersuchen …

»Entschuldige, ich will ins Bad«, sagte Bettina, bevor er sein Bedauern über den Ausfall des Kurses äußern konnte.

Martin nickte, worauf sie sich umwandte und ein kleines bisschen zu schnell ins Band huschte.

Kaum hatte sie die Tür hinter sich geschlossen, brach der

Höhepunkt wie eine Explosion über sie herein. Bettina stöhnte auf und ließ sich gegen die Tür sinken. Ihre Beine zitterten, und das Zucken ihres Schoßes wollte gar nicht mehr nachlassen. Schließlich ließ sie sich auf den Boden sinken. Ihre Schenkel klebten von ihren Säften, und ihr Verstand schien in einen Strudel geraten zu sein, aus dem es kein Entrinnen gab.

Erst nach einigen Augenblicken kam sie wieder zu sich. Sie strich sich die schweißnassen Haare aus dem Gesicht und legte den Kopf in den Nacken. Die Ausläufer des Orgasmus waren noch immer zu spüren. Ihre Schamlippen und der Venushügel zuckten, und sie hatte das Gefühl, dass eine winzige Berührung reichen würde, um sie erneut kommen zu lassen.

Was für eine tolle Erfindung!, ging es Bettina durch den Kopf. Allerdings nicht für Frauen, die eine lustlose Ehefrau spielen mussten.

Nach einer Weile war sie endlich so weit, dass sie sich aufrichten konnte. Sofort setzte die Wirkung der Kugeln wieder ein. Doch bevor sie sie erneut vor Lust zum Schreien bringen und damit Martin auf den Plan rufen konnten, zog sie die Kugeln aus sich heraus. Das Gefühl wirkte trotzdem noch nach. Bettina stützte sich am Waschbecken ab und betrachtete sich im Spiegel. Ihre Wangen waren gerötet, aber sie fühlte sich schöner denn je. Ihr Leben hatte wieder einen Sinn, und sie hatte Spaß. Was wollte sie mehr?

Ein wenig fürchtete sie sich allerdings schon davor, den letzten Schritt zu tun, nämlich Martin die Schlüssel in die Hand zu drücken und zu gehen.

Aber bevor ihre Zweifel überhandnehmen konnten, stellte sie sich unter die Dusche und ließ sich den Schweiß von der Haut abwaschen.

11. Kapitel

Andreas saß mit verquollenen Augen vor dem Bildschirm. An diesem Morgen hatte er sich in seinem Büro krankgemeldet, obwohl er Nicole gegenüber so getan hatte, als würde er zur Arbeit gehen. Doch das konnte er nicht.

Neben ihm stand eine halbleere Flasche Whiskey, doch anstatt den Schmerz seiner Erkenntnis zu lindern, machte der Alkohol alles nur noch schlimmer. Die Jahre mit Nicole, Bilder ihrer Liebe zogen an ihm vorbei, und jedes von ihnen versetzte ihm einen schmerzhaften Stich. Wann hatte sie aufgehört, ihn zu lieben? Und warum hatte sie ihm nichts gesagt? Sie hätten über alles reden können – vielleicht auch über eine Trennung, wenn ihr das lieber gewesen wäre.

Warum war sie bei ihm geblieben? Aus materiellen Gründen ganz sicher nicht, denn sie verdiente ziemlich gut, und sie hatte auch kein Problem, sich in der Welt zurechtzufinden. Vielleicht war es Trägheit gewesen. Oder die Macht der Gewohnheit.

Andreas wusste es nicht. Doch er wusste, dass es so nicht weitergehen konnte.

Der gestrige Abend hatte ihm deutlich gezeigt, dass es zwischen ihnen nichts mehr gab. Nicole hatte zwar beim Essen mitgespielt – halbwegs jedenfalls, denn ihre Portionen wären selbst für Spatzen zu klein gewesen. Doch obwohl er ihr damit ein deutliches Signal gegeben hatte, hatte sie Kopfschmerzen vorgeschützt und war ins Bett gegangen. Er hatte noch lange vor den Resten gesessen und sich gefragt, wann sie endlich den Mut aufbringen würde, ihm zu sagen, dass es vorbei war. Dass sie nicht mehr mit ihm zusammenleben wollte.

Am Morgen jedenfalls hatte sie so getan, als wäre nichts gewesen. Sie war zum Joggen gegangen, hatte Frühstück gemacht und sich dann zur Arbeit verabschiedet.

Für einen Moment hatte Andreas das Gefühl gehabt, als würde seine Frau ihn gar nicht ansehen. Sonst hätte sie ja sehen müssen, wie mies es ihm ging. Aber sie war mit dem Blick nach innen und einem unverbindlichen Lächeln auf den Lippen durch das Haus und schließlich hinausgerauscht, und er war zurückgeblieben und hatte sich aus Frust die halbvolle Flasche geholt. Mehr als ein Glas hatte er allerdings nicht hinunterbekommen. Das hatte aber auch schon gereicht, um ihn ein wenig betrunken zu machen. Und ihm Klarheit über seinen nächsten Schritt zu verschaffen.

Er würde wieder Kontakt zu Sahneschnitte aufnehmen.

Aus Rache?

Nein, es ging ihm nicht um Vergeltung. Er wollte Nicole nicht heimzahlen, was sie tat, denn er liebte sie immer noch ein bisschen. Irgendwann würde sie sicher zugeben, dass er für sie nicht mehr war als ein Bekannter oder ein Freund, mit dem sich ein Zusammenleben nicht mehr lohnte. So lange würde er sie in Ruhe lassen – und tun, was auch Sahneschnitte gerade tat: sich ein neues Leben aufbauen. Ein Leben voller Lust.

Sein Blick fiel erneut auf den dunklen Computerbildschirm, in dem er vage sein Abbild wahrnehmen konnte.

Es war unwahrscheinlich, dass er Sahneschnitte heute Morgen im Chat antraf. Der Chat war ihm inzwischen sowieso zu wenig. Er wollte ihr gegenübersitzen und sehen, wie sie so war. Vielleicht konnte sie ihm auch einen Rat geben, wie man mit einem gebrochenen Herzen umging.

Anhaltspunkte hatte er zur Genüge. Eine Konditorei namens Zuckerstange, die Nähe der Hackeschen Höfe. Ein frisch renovierter Laden würde auffallen, und vielleicht konnte er sie ja dort finden.

Was dann aus ihnen werden würde, stand in den Sternen. Jedenfalls wollte er mit ihr sprechen und wissen, wer sie wirklich war. Er brauchte jemanden, der ihn bei seinem Problem verstand. Immerhin hatte ihr Partner sie ebenfalls abserviert, heimlich still und leise.

Er stellte das Whiskeyglas auf den Schreibtisch und erhob sich. Der Alkohol zeigte seine Wirkung, und er schwankte wie eine Birke im Wind, doch sein Verstand war nicht zu benebelt, um zu wissen, was er als Nächstes tun sollte.

Noch auf dem Weg zum Badezimmer schälte er sich aus seinen Sachen und stellte sich unter die Dusche. Das eiskalte Wasser bescherte ihm wieder ein wenig Klarheit, den Rest musste ein starker Kaffee besorgen, den er sich im Anschluss brühen wollte.

Bettina stand an diesem Vormittag nicht nur vor dem Herd, sondern auch vor einem grundlegenden Problem. Vor sich hatte sie drei verschiedene Töpfe mit flüssiger Schokolade und einen mit Schokomousse, mit denen sie ihre Liebeskugeln füllen wollte. Die Kombination aus dunkler Schokolade und dunkler Mousse gefiel ihr allerdings nicht. Jedes für sich genommen war köstlich, doch beides zusammen ergab einen Nachgeschmack, der ein romantisches Dinner schnell ruinieren konnte. Sie brauchte also eine andere Idee.

Während sie den Löffel in die hellere Kuvertüre tauchte, hörte sie die Türglocke gehen. Sie vermutete einen neugierigen Passanten, der sich durch die unverschlossene Tür hereingewagt hatte, also zog sie schnell die Töpfe von den Platten und löste sich vom Herd.

Als sie in den Verkaufsraum trat, erblickte sie den Marzipanhintern – und seinen Besitzer Robert.

Diesmal hatte er eine etwas kleinere Kiste dabei, das mussten die Proben mit den kandierten Nüssen und Früchten sein, die sie gestern beim Abschied bei ihm geordert hatte.

Bettina überlegte sich, was sie wohl als Nächstes bei ihm bestellen sollte, damit er wieder vorbeikam. Aber erst einmal musste er ihr bei ihrem Problem helfen.

»Komm mit nach hinten, ich brauche dich«, eröffnete sie ihm ohne Umschweife.

Sein Lächeln wurde so breit, dass es beinahe seine Ohren berührte. »Willst du wieder meinen Hintern sehen?«

»Nein, diesmal brauche ich deine Zunge.«

»Oh, das klingt interessant.« Er stellte die Kiste ab und schälte sich aus seiner Jacke. Dann ging er zu ihr, umfasste sie und zog sie so fest an sich, dass sie seinen Schwanz spüren konnte. So hart, wie er war, musste ihn die Erektion bereits auf dem Weg hierher überfallen haben. »Wie soll ich dir zu Diensten sein?«

»Du musst etwas für mich probieren.«

Robert grinste noch breiter, wahrscheinlich glaubte er, dass er sie wieder lecken sollte. Aber Bettina hatte eine ganz andere Idee. Sie löste sich von ihm und knöpfte ihren Kittel auf, gegen den sie ihre Bluse eingetauscht hatte, um sie am Herd nicht schmutzig zu machen. Dann ging sie voraus in Richtung Küche.

Als Robert um die Ecke bog, hob sie ihre Brüste über den BH und griff nach einem Löffel. Zunächst lange sie damit in den Mousse-Topf und bestrich einen Nippel mit der kühlen

Masse. Dann wechselte sie den Löffel, nahm etwas erkaltete Kuvertüre und strich sie auf den anderen.

»Koste mal und sag mir, was du davon hältst«, forderte sie Robert auf, der sich natürlich nicht lange bitten ließ. Er senkte den Kopf zunächst auf den Nippel mit der Mousse, dann auf den mit der Kuvertüre. Nachdem er beide gründlich abgeschleckt hatte, schüttelte er den Kopf.

»Zu herb.«

Genau das hatte sie auch schon herausgefunden, nur war es keineswegs so lustvoll gewesen wie gerade eben. Sie griff neben sich in ein Glas und tauchte ihren Finger in die helle Kuvertüre. Sorgfältig strich sie die Masse auf ihre Brust und legte auf der anderen Mousse nach.

»Und jetzt?«

Wieder lutschte Robert, kostete ausgiebig und nickte nach einer Weile. »Besser. Viel besser.«

Er nahm ihre Hand und zog sie zu sich, an seine Hose. Sein Penis war hart wie ein Stück Teakholz.

Bettina lächelte ihn an. »Du hast den Ständer aber doch nicht von der Schokolade, oder?«

Sie spürte, wie sie feucht wurde. Der Gedanke, ihn die Schokolade von ihrem Paradiesmund ablecken zu lassen, erregte sie bis in die Zehenspitzen. Ob er auch so gut mit seiner Zunge umgehen konnte wie Tobias?

»Schokolade ist doch ein Aphrodisiakum«, entgegnete Robert und öffnete seine Hose, damit sie ihn in voller Pracht bewundern konnte.

»Die Wirkung tritt allerdings nicht so schnell ein.«

»Wenn man sie von zwei so prächtigen Titten schleckt, schon.«

Er drängte sich an sie und senkte den Kopf erneut auf ihr Dekolleté. Diesmal saugte er eine Brust tief in den Mund

und strich mit den Händen an ihren Schenkeln hinauf, bis er an ihrem Slip angekommen war. Er rieb über die feuchte Seide und ließ die Hand mit einer schnellen Bewegung hineingleiten. Bettina stöhnte auf, als sie spürte, wie sein Mittelfinger in sie hineinfuhr und sein Daumen ihre Klit traf.

Das war noch besser als die Liebeskugeln.

Aber diesmal wollte sie sich nicht nur mit seinen Fingern zufriedengeben. Diesmal wollte sie Roberts Schwanz, und zwar in voller Länge!

Nachdem er das Spielchen eine Weile mit ihr getrieben hatte, zog er ihr den Slip von den Schenkeln. Bettina wollte es diesmal aber nicht auf dem Tisch. Sobald das zarte Teilchen von ihren Beinen herunter war, drängte sie Robert in Richtung Stuhl und baute sich breitbeinig vor ihm auf.

Er ließ sich auf dem Stuhl nieder und glitt mit beiden Händen an ihren Schenkelinnenseiten hinauf. Das Ziehen, das Bettina daraufhin spürte, schoss durch ihren gesamten Körper bis hin in ihre Unterlippe und brachte sie dazu, ihre Zähne für einen Moment hineinzugraben. Robert merkte es und nutzte es sofort aus. Er zog sie mit einem Ruck an sich und senkte gleichzeitig wieder den Kopf. Als Bettina seine Lippen auf ihrem Venushügel spürte, stöhnte sie auf. Ihre Hände gruben sich in seine Schultern, und ohne dass sie etwas dagegen tun konnte, begann er, ihre feuchte Spalte auszuschlecken. Seine Zunge fuhr rau über ihren Kitzler und brachte die geschwollenen Lippen dazu, sich willig unter seinen Berührungen zu teilen.

Robert glitt nun vom Stuhl herunter und weiter unter sie, so dass sie nur noch einen Teil seines Haarschopfes sehen konnte. Seine Zunge wurde immer fordernder, drang wieder und wieder in sie ein und stieß sie mit unerwarteter Heftigkeit.

Bettina konnte sich nicht entsinnen, je einen Mann mit solch einer kräftigen Zunge getroffen zu haben, und stöhnte bei jedem Stoß innerlich auf.

Bevor sie jedoch zum Höhepunkt kommen konnte, zog er sich zurück. Ihre Enttäuschung machte wonniger Vorfreude Platz, als er sich wieder auf den Stuhl setzte und seine Hose öffnete.

Wie eine Lanze ragte sein Schwanz verlockend in die Luft, und ihr Begehren wurde noch größer, da er nun aufreizend mit den Hüften ruckte.

»Na wie wär's?«, fragte er, und er brauchte nicht länger auszuführen, was er wollte.

Blitzschnell hatte Bettina ihm einen Erdbeergummi übergezogen, und bevor er es sich noch einmal überlegen konnte, hockte sie sich über ihn und ließ sich mit geschlossenen Augen auf seinen Schoß gleiten.

»Ah, genau das habe ich jetzt gebraucht«, stöhnte er. »Ich war schon den ganzen Morgen über geil, du musst mich verhext haben.«

»Tja, das ist die Magie des Marzipanhinterns«, antwortete Bettina, während sie begann, sich erst langsam und dann immer schneller auf ihm zu bewegen. »Eine Art Voodoo. Durch den Hintern kann ich dich jederzeit scharf machen.«

»Dann mach das aber nicht, wenn ich zu meinem Chef muss. Das könnte zu Missverständnissen führen.«

»Glücklicherweise gehorcht mir das Marzipan besser als meine Kristallkugel.«

Bettina legte ihre Arme auf seine Schultern und steigerte das Tempo noch weiter. Schon bald hatten sie beide keinen Atem mehr, um ihr Gespräch fortzuführen. In kurzen, harten Schwüngen tobte sie auf ihm herum und hörte dabei, wie ihre Schenkel auf seine klatschten.

In ihrem Rausch bekam sie nicht mit, dass vorn im Laden die Tür ging und Schritte sich der Küche näherten. Erst, als ein Schatten in den Raum fiel, direkt vor den Stuhl, auf dem sie es gerade trieben, blickte sie auf.

Es war Tobias!

Normalerweise hätte sie sich sofort von Robert trennen müssen, doch das wollte sie nicht. Sie hatte große Lust, den Makler vor vollendete Tatsachen zu stellen. Immerhin war sie nicht seine Ehefrau. Sie umklammerte Robert also fester, bevor er auf die Idee kommen konnte, aufzuhören und sich von ihr zu lösen.

Tobias' Gesichtszüge waren so starr, als hätte jemand sie in eine Marmorstatue gemeißelt. Sagen konnte er in diesem Augenblick nichts, aber sein Autoschlüssel glitt ihm aus der Hand, und er machte zunächst keine Anstalten, ihn aufzuheben.

Bettina sah ihn direkt und offen an, ohne eine Spur von Scham.

Robert bemerkte nun ebenfalls, dass sie einen Zuschauer hatten, und hielt inne. Doch es war zu spät, um vorzugeben, dass alles nicht so schlimm war, wie es aussah.

Früher hätte Bettina vielleicht einen roten Kopf und ein schlechtes Gewissen bekommen, jetzt erkannte sie, dass diese Gelegenheit förmlich dazu geschaffen war, sich von dem Makler zu befreien.

»Tobias …«, brachte sie halbherzig hervor, wusste aber, dass sie ihn nicht bitten würde, zu verstehen oder zu verzeihen.

»Das ist also dein Sortiment?«

Bettina erinnerte sich wieder an das, was sie ihm am Telefon gesagt hatte. Aber hätte sie eine Nummer mit Tobias dem Sex mit Robert vorgezogen? Keinesfalls!

»Tja, das war's wohl, oder?«, fragte der Makler bitter, als sie nicht antwortete, und senkte den Kopf.

Bettina hätte erwartet, dass er eine Szene machte, doch das tat er nicht. »Ja, ich denke schon«, antwortete sie.

Tobias nickte nur stumm und wandte sich um. Seine Schritte hallten durch den Ladenraum, kurz darauf ging die Tür.

»Wer war das denn?«, fragte Robert.

»Mein Makler.«

»Und hast du mit ihm ...«

»Ja, das habe ich«, entgegnete Bettina, und fühlte sich allmählich doch ein wenig schlecht. Sie war mies behandelt worden, deshalb hatte sie aber noch lange kein Recht, es an Tobias auszulassen. Dann musste sie an die Kondomsammlung in seiner Schublade denken. Und die Tatsache, dass er nicht mal versucht hatte, Robert von ihr wegzuholen, zeigte eindeutig, dass sie ihm auch nicht so wichtig war, wie sie angenommen hatte. »Er ist mir in letzter Zeit zu besitzergreifend geworden. Das Letzte, was ich gebrauchen kann, ist ein Mann, der mir gleich einen Ring an den Finger stecken will. Das gilt auch für dich.«

Robert grinste breit und gab ihr einen unverschämten Kuss auf den Mund. »Keine Sorge, ich will mir doch nicht unsere scharfen Stunden ruinieren. Was möchtest du denn als Nächstes bei uns bestellen?«

Während er redete, begann er wieder, sich zu bewegen. Die ganze Zeit über war er in ihr geblieben, und das Auftauchen des anderen Kerls hatte seiner Erektion überhaupt nicht geschadet.

Unter seinen Stößen war es Bettina zunächst unmöglich, zu antworten, aber wie schon bei den Nummern zuvor wirbelten auf einmal zahlreiche Ideen wie die Zutaten eines Obstsalates in ihrem Kopf durcheinander.

Dann kam sie und presste sich fest an ihn.

In diesem Augenblick war sie froh, zu sitzen, denn ihre Beine fühlten sich völlig kraftlos an. Wenn der Laden erst einmal offen war und sie Kundschaft hatte, würde sie die Besuche ihres Mr. Marzipanhintern besser planen müssen, denn jetzt wäre es ihr unmöglich gewesen, nach vorne zu gehen und jemanden zu bedienen.

»Um auf deine Frage von vorhin zurückzukommen«, sagte sie, als sie wieder ein wenig zu Atem gekommen war. »Ich brauche Pudding. Alle Sorten von Pudding, die ihr habt. Ich will ein wenig experimentieren.«

»Meinetwegen, aber liefern kann ich erst in einer Woche, sie haben mich nämlich auf Geschäftsreise geschickt.«

»Eine Woche lang? Wohin sollst du, nach China?«

»Nach Amerika. Es gibt einen neuen Großkunden, den wir gewinnen wollen.«

»Und da musst du unbedingt hin?«

»Ja, wie die meisten unserer Außendienstleute. Ich bin immerhin kein einfacher Päckchenbote.«

»Was ist mit den Bedürfnissen einer anderen wichtigen Kundin?«, fragte Bettina, und ein klein wenig bereute sie es schon, dass sie Tobias vergrätzt hatte. Sie hätte wenigstens ein bisschen Spaß haben können. Aber brauchte sie diese Art von Bestätigung eigentlich noch? Tobias und auch Robert hatten ihr gezeigt, dass sie eine tolle Frau war. Und für die Woche, in der Mr. Marzipanhintern nicht da war, hatte sie immerhin ihren Dildo und diese höllischen Liebeskugeln!

»Ich werde mich um deine Bedürfnisse kümmern, sobald ich wieder da bin«, entgegnet Robert und gab ihr einen Klaps auf den strammen Hintern. »Vielleicht findest du ja noch eine andere Inspirationsquelle, ich bin immer offen für Neues.«

Bettina hätte beteuern können, dass sie es mit keinem anderen als mit ihm treiben würde – aber wofür gab es schon eine Garantie? Außerdem hatte sich Robert gerade davon überzeugen können, wie es einem Mann mit ihr ergehen konnte. Sie selbst wollte sich ebenfalls nicht festlegen, denn eine Woche war lang, und es konnte unheimlich viel passieren.

»Okay, ich werde sehen, was ich tun kann. Vielleicht bringst du ja auch was aus Amerika mit.«

Bettina zwinkerte ihm zu, dann küssten sie sich noch einmal ausgiebig, bevor Robert den Laden verließ. Sie blickte ihm kurz nach und setzte sich wieder an den Tisch. Einen Moment lang starrte sie auf die Tischplatte, dann durchfuhr es sie wie ein Blitz.

Sahne, Himbeeren, Cointreau und ein Hauch Ingwer … das klang nach einer Köstlichkeit, die man direkt nach dem Sex genießen konnte. Oder sollte sie vielleicht doch lieber Amaretto und Kirschen nehmen? Nein, das war zu gewöhnlich. Wie so oft war der erste Einfall der beste. Bettina holte ihr Rezeptbuch aus der Tasche und schrieb ihn nieder.

Siebter Himmel à la creme

Boden: 250 g Mehl; 1 Ei; 125 g Margarine; 65 g Zucker; Salz; 1 Päckchen Vanillezucker; 3–4 Mandeln, gerieben
Füllung: 150 g geschlagene süße Sahne; 100 g Himbeeren (ein paar für die Garnitur übriglassen); 1 TL Cointreau; 1 Messerspitze geriebenen Ingwer

Zutaten für den Boden rasch und gründlich verkneten, den Teig dann für dreißig Minuten ruhen lassen. Anschließend circa einen Zentimeter dick ausrollen und in

kleine Springformen bzw. Tortelettformen geben. Etwa zwölf Minuten bei 200 °C backen, anschließend erkalten lassen.
Für die Füllung pürierte Himbeeren, Cointreau, Ingwer und die steif geschlagene Schlagsahne vermischen. Die Masse auf die erkalteten Böden geben und kuppelförmig verstreichen. Eine Himbeere als Garnitur obendrauf.

Zufrieden betrachtete sie ihr Werk, dann klappte sie das Büchlein zu und machte sich daran, die Gardinen im Ladenfenster aufzuhängen und erste Pläne zu schmieden, was wo hinkommen sollte.

Zu gern hätte sie ihren Einfall sogleich in die Tat umgesetzt und drauflos gebacken, aber wer sollte die leckeren Törtchen kosten? Wenn sie Martin damit überraschte, würde er allein schon wegen der vielen Sahne einen Kollaps bekommen. Und bis zu Roberts Rückkehr würden sie nicht halten. Tobias brauchte sie damit nicht mehr kommen. Also musste sie sich wohl oder übel erst einmal mit dem Formen weiterer Marzipanhintern beschäftigen …

12. Kapitel

Am Nachmittag wollte Bettina eigentlich mit einer Firma telefonieren, bei der sie ein Werbeschild anfertigen lassen wollte. Dabei fiel ihr Zuckerstange ein. Sie hatte in den vergangenen Tagen immer wieder auf ihr Handy geschaut, ohne dass eine Nachricht gekommen wäre. Auch im Internet hatte sie vergeblich nach ihm Ausschau gehalten. War ihm womöglich etwas passiert?

Die nette Dame am Telefon sagte ihr, dass der Chef im Moment nicht da sei, sie ihm aber eine Nachricht hinterlassen wolle. Frustriert legte sie auf.

Vielleicht war es doch an der Zeit, einen kleinen Einkaufsbummel zu machen. Eigentlich hatte sie für den Laden alles, was sie brauchte, aber vielleicht fand sie ja noch ein paar neckische Accessoires. In einer erotischen Konditorei sollte es auch so etwas wie Kakteen, die wie Penisse aussahen, geben (wenn sie schon *Penis fours* im Angebot hatte) oder Kunstdrucke von wohlgeformten Frauen- und Männerkörpern.

Bettina hatte keine Ahnung, wo sie das alles finden sollte, aber sie hatte ja genügend Zeit, um zu suchen. Vielleicht konnte ihr der eine oder andere Händler ja auch noch einen Tipp geben.

Also schloss sie die Ladentür ab und wandte sich um. Aus den Augenwinkeln sah sie einen Mann den Gehweg entlangkommen.

Er war dunkelhaarig und trug einen Bart auf Oberlippe und Kinn. Damit wirkte er beinahe wie ein Darsteller aus den *Drei Musketieren.* So unverschämt breit, wie er lächelte, hätte er durchaus als D'Artagnan durchgehen können. Er trug ein weißes Hemd und eine etwas verwaschene Jeans, ein frischer Duft nach Meer umwehte ihn.

Sein Anblick zog Bettina sofort an, ohne dass sie wusste, warum. Es war, als würde sie einem Bekannten begegnen, dabei war das unmöglich. Diesen Mann hatte sie noch nie zuvor gesehen.

Ihre Blicke trafen sich, und der Fremde lächelte sie an. Bettina blieb wie angewurzelt stehen, und der Mann tat es ihr gleich. Er musterte sie von Kopf bis Fuß, und danach wurde sein Lächeln noch breiter.

»Dieses Dekolleté kenne ich«, sagte er und betrachtete ihre Brüste, die oberhalb des tiefen Ausschnitts ihrer Sommerbluse zwei perfekte Halbmonde bildeten.

Bettina war verwirrt und verwundert gleichermaßen. Sie hatte schon einiges von Männern zu hören bekommen, besonders in den vergangenen Tagen und Wochen. Doch so was hatte ihr noch niemand gesagt.

»Du hast keine Ahnung, wer ich bin, stimmt's?«, fragte er mit leuchtenden Augen.

Sie wollte schon nein sagen, als ihr einfiel, dass es außer ihrem Ehemann und den Kerlen, mit denen sie gevögelt hatte, noch jemanden gab, der ihren Busen kannte.

»Zuckerstange?« Sie schüttelte ungläubig den Kopf, als er nickte.

»Ja, genau der bin ich«, sagte er und streckte ihr seine Hand entgegen. »Bei deinem Nick hätte ich einiges erwartet, aber du übertriffst meine Vorstellungen um Längen.«

Bettina fühlte sich noch einen Moment lang überfordert, dann streckte sie ihm die Hand hin. »Freut mich, dich kennenzulernen.«

»Du hättest nicht gedacht, dass wir uns jemals gegenüberstehen würden, stimmt's?«, sagte er und ergriff ihre Hand.

»Ehrlich gesagt habe ich geglaubt, dass ich dich mit meinem Foto verschreckt habe.«

»Das hast du nicht. Aber es ist einiges in meinem Leben passiert, so dass ich nicht gleich zurückschreiben konnte.«

»Was alles?«

»Sollten wir uns vorher nicht verraten, wie unsere wirklichen Namen sind? Ich fände es albern, wenn wir uns mit den Nicks ansprechen.«

»Stimmt, das wäre wirklich affig«, gab Bettina zu, und nachdem sie seine Gesichtszüge noch einen Moment lang studiert hatte, sagte sie: »Ich bin Bettina. Bettina Winter.«

»Andreas Waldmann«, entgegnete er, und noch immer hielt er ihre Hand so sanft, als sei sie etwas Zerbrechliches.

»Du wolltest gerade los?«

»Ja, ich wollte ein paar Kleinigkeiten einkaufen, aber das kann warten. Du möchtest bestimmt einen Blick in den Laden werfen.« Bettina konnte nicht glauben, was sie da redete. Sie klang tatsächlich wie ein alberner Backfisch, dem die Knie weich wurden, weil er sein Idol getroffen hatte.

Aber der Mann vor ihr war derjenige, den sie als Ersten ins Vertrauen gezogen hatte. Er war auch der Mann gewesen, der auf ihre Avancen nicht gleich angebissen hatte wie ein hungriger Raubfisch. Er war neckisch gewesen, hatte sie nie vor den Kopf gestoßen, und doch war er nie weitergegangen.

Warum eigentlich?, fragte sie sich, während sie ihn erneut musterte. Er sah verdammt gut aus und konnte sicher jede haben …

»Natürlich möchte ich den Laden sehen, immerhin werden er und ich was gemeinsam haben. Aber vorrangig bin ich gekommen, um dich kennenzulernen. Du hast mich sehr neugierig auf dich gemacht. Auch schon vor dem Foto.«

»Oh, das Bild war bestimmt schrecklich«, entgegnete Bettina und kicherte unsicher.

»Nein, auf keinen Fall. Es war das schönste Foto, das ich je bekommen habe. Jetzt bin ich gespannt, wie der Rest so ist. Was dagegen, wenn ich dich bei deinem Einkaufsbummel begleite?«

Bettina schüttelte den Kopf. »Nein, warum sollte ich? Vielleicht kannst du mir ja bei der Suche nach ein paar Sachen für meinen Laden helfen.«

»Was brauchst du denn?«

»Ich wollte eigentlich noch etwas Künstlerisches kaufen. Bilder oder Skulpturen. Irgendwas Erotisches.«

Andreas zog die Augenbrauen hoch. »Erotisches? In einer Bäckerei?«

Bettina erinnerte sich, dass sie ihm bisher absichtlich nicht erzählt hatte, was das Besondere an ihrem Laden sein sollte. Jetzt kam sie wohl nicht mehr umhin. »Es soll eine erotische Konditorei werden. Es gibt dort nur Sachen, die Schwung unter die Bettdecke bringen, wenn du verstehst, was ich meine.«

Andreas lachte auf. »Damit wärst du wirklich die Erste hier in Berlin. Jedenfalls soweit ich weiß. Jetzt möchte ich wirklich alles über dich erfahren. Und vielleicht kann ich dir ja sogar helfen.«

»Helfen? Falls du tapezieren willst, das habe ich schon erledigt.«

»Ich dachte nicht ans Tapezieren, sondern an andere Sachen. Habe ich dir schon erzählt, dass ich Inhaber einer Werbeagentur bin?«

»Ja, du hast so etwas erwähnt«, entgegnete Bettina.

»Ich habe dir doch sicher auch angeboten, dich beim Designen von Werbematerial zu unterstützen, oder?«

»Ja, das hast du.«

»Zu diesem Angebot stehe ich auch weiterhin.«

»Na, dann lass uns mal einkaufen gehen und über alles reden!« Bettina hakte Andreas unter, und gemeinsam schlenderten sie die Straße entlang.

Nachdem sie in einer kleinen Galerie nahe der Hackeschen Höfe tatsächlich ein paar erotische Drucke gefunden hatten und außerdem auf einen Laden gestoßen waren, der tatsächlich wie ein Penis gebogene Ausstechformen in allen Größen anbot, suchten sie sich ein kleines Café in Mitte, wo sie umgeben vom Stimmgewirr der anderen Gäste ungestört reden konnten.

Bettina fühlte sich immer noch ein wenig verwirrt. Andreas verhielt sich ihr gegenüber, als würde sie ihn schon seit Jahren kennen. Natürlich hatten sie sich im Chat schon einiges erzählt, aber solch eine Vertrautheit konnte sich unmöglich bei Chatbekanntschaften einstellen.

»Warum hast du nach mir gesucht?«, fragte sie schließlich. »Und warum hast du mir nicht gleich geschrieben, nachdem ich dir das Bild geschickt hatte?«

»Weil ich das Gefühl hatte, meine Frau zu betrügen«, antwortete er und blickte ihr direkt in die Augen. »Jedenfalls wäre das die Antwort auf deine letzte Frage. Die Antwort auf deine erste hängt indirekt damit zusammen.«

Jetzt war Bettina erst einmal baff. Sie zog die Augenbrauen hoch, lehnte sich auf dem weich gepolsterten Stuhl zurück und starrte ihn mit offenem Mund an. »Du bist verheiratet«, sagte sie nach einer Weile.

»Ja, das bin ich.« Andreas strich mit dem Finger über den Rand seiner Kaffeetasse.

Dass er so ehrlich war, gefiel Bettina. »Warum wolltest du mich sehen?«

»Weil ich gestern herausgefunden habe, dass wir Leidensgenossen sind.«

Nun war Bettina aber mal gespannt. Sie neigte den Kopf ein wenig zur Seite und forderte ihn dadurch auf, weiterzusprechen.

»In meiner Ehe kriselt es schon seit einiger Zeit, nur habe ich es nicht wahrhaben wollen. Ich dachte immer, meine Frau sei nur auf dem Schlankheitstrip und hätte deswegen keine Lust mehr auf Sex.«

»Hört, hört«, sagte Bettina leise, denn genauso hatte es auch bei ihr und Martin angefangen.

»Ich habe immer wieder versucht, sie zu motivieren, aber sie hat sich mehr und mehr zurückgezogen. Gestern wollte ich sie mit einem schönen Abendessen überraschen, doch sie hat getan, als müsste sie auf einen lästigen Empfang. Und das war noch nicht alles.«

»Was hat sie noch getan?«

»Sie hat ein Kostüm getragen.«

Bettina stutzte. »Ein Kostüm?«

Bevor Andreas darauf antworten konnte, kam die Kellnerin mit den beiden Stücken Schwarzwälder Kirschtorte. Sie stellte den Kuchen mit gekonntem Schwung vor den beiden ab und verschwand wieder hinter dem Tresen.

Bettina kam kurz in den Sinn, dass sie vielleicht auch ein paar Gäste bedienen sollte, jene zum Beispiel, die sich durch ihr Sortiment probieren wollten, um eine Großbestellung aufzugeben. Noch während sie überlegte, antwortete Andreas auf ihre Frage: »Ja, sie hat ein Kostüm getragen, das ich zuvor noch nie an ihr gesehen habe. Jedenfalls habe ich nicht glauben wollen, dass sie es tatsächlich war ...« Er stockte, und Bettina konnte ihm anmerken, dass seine Gedanken ihm nur so durch den Kopf wirbelten. »Nein, ich muss der Reihe nach erzählen«, sagte er, mehr zu sich selbst, und wischte sich über das Gesicht.

»An einem Nachmittag, kurz nachdem wir uns im Chat getroffen haben, hatte ich das Bedürfnis, ein wenig herumzulaufen. Du hast mich ziemlich durcheinandergebracht.«

»Ich soll dich durcheinandergebracht haben? Ich habe dich nur um Hilfe gebeten.«

»Ja, aber du warst mir sofort sympathisch. So sympathisch, dass ich mir darüber klar werden wollte, wie meine Gefühle für dich aussehen.«

Das erstaunte Bettina. Sie hatte ihre Begegnung im Chat als unverbindlich angesehen, und nach der Sache mit dem Handybild hatte sie gedacht, dass er absolut nichts von ihr wollte. Und jetzt erzählte er ihr was von Gefühlen.

»Was war dann?«

»Tja, wie ich so durch den Park laufe, beobachte ich ein Pärchen beim Sex. Ich habe ihre Gesichter nicht gesehen, aber das Kostüm der Frau ist mir im Gedächtnis geblieben. Genau dasselbe Kostüm hat gestern auch meine Frau getragen.«

»Das ist noch kein Beweis für Ihre Untreue«, entgegnete Bettina und teilte ein Stück Torte mit der Kuchengabel ab. »Ich meine, es wird sicher kein Maßkostüm gewesen sein. Sie könnte zufällig dasselbe Outfit getragen haben wie die Frau im Park.«

»Ja, das könnte sie«, entgegnete Andreas und blickte nachdenklich auf seinen Kuchenteller. »Aber dann habe ich ihre Reaktion auf mein vorbereitetes Abendbrot gesehen. Ich habe mich wirklich ins Zeug gelegt, das Feinste vom

Feinsten besorgt und mich sogar selbst an den Herd gestellt, was ich zugegebenermaßen selten mache. Sie hat bloß davorgestanden, als wäre sie zur Salzsäule erstarrt.«

»Vielleicht war sie einfach nur überrumpelt oder zu müde von der Arbeit.«

»Sie ist früher nach Hause gekommen. Klar, das mit dem überrumpelt könnte stimmen, sie hat sich bestimmt gewundert, dass ich schon zu Hause war. Doch es hat eine Zeit gegeben, da hat sie sich über solche Aktionen sehr gefreut. Gestern war sie nicht mal mehr in der Lage, mir etwas vorzuspielen.«

»Hättest du das denn gewollt?« Bettina schob sich den Happen Torte in den Mund und sah Andreas abwartend an.

»Ja, ich meine, nein, wenn ich es mir recht überlege, hätte ich es nicht gewollt«, entgegnete Andreas. »Klar wäre die Sache einfacher für mich gewesen, wenn sie sich drauf eingelassen hätte. Aber jetzt weiß ich wenigstens, woran ich bei ihr bin.«

»Und du willst ihr keine weitere Chance geben?«, fragte Bettina und sagte sich gleichzeitig: *Ha, du bist gut, du gibst Martin auch keine Chance mehr.* Aber Martins Betrug war erwiesen, wogegen Andreas keinen richtigen Beweis hatte.

Wie es aussah, war in seiner Ehe allerdings auch sonst noch einiges anderes faul.

»Ich würde ihr gern eine Chance geben, aber ich bin mir sicher, dass sie mich gar nicht erst versuchen lässt, etwas zu retten. Für sie zählen nur noch Fitness und Schlankheit, sie kasteit ihren Körper und hat keinerlei Lust mehr am Leben. Ich fürchte, sie ist damit sogar zufrieden.«

»Deine Frau heißt nicht zufällig Suse?«, fragte Bettina, und konnte nicht verhindern, dass ein kleiner Verdacht in ihr aufstieg.

Andreas schüttelte den Kopf. »Nein, sie heißt Nicole. Warum fragst du? Glaubst du, dass sie die Geliebte deines Mannes ist? Das wäre ein zu unglaublicher Zufall, findest du nicht?«

Bettina zuckte mit den Schultern. »Warum nicht? Möglich ist alles, immerhin wohnen wir in ein und derselben Stadt.«

»Die Millionen von Einwohnern hat.«

»Bei dem, was du von ihr erzählst, könnte sie jedenfalls hervorragend zu meinem Mann passen. Die beiden würden tolle Trainingspartner abgeben.«

»Möglich. Ich dagegen kann mit solch einer Frau nicht viel anfangen. Sieh mich an, ich liebe das Essen! Damit werde ich niemals einen Waschbrettbauch bekommen, und ich werde auch niemals die Wahl zum Mister Universum gewinnen. Aber was wäre das Leben ohne Genuss?«

Bettina war von seinen Worten so fasziniert, dass sie sogar zu kauen vergaß. Warum war dieser Mann ihr nicht früher begegnet? Warum waren sie beide an Menschen geraten, die eigentlich gar nichts für sie waren? Oder waren sie nur die Alten geblieben, während sich ihre Partner verändert und von ihnen entfernt hatten?

»Auf jeden Fall werde ich nicht anfangen, mich zu quälen. Wenn es wirklich Nicole war, die ich im Busch gesehen habe, wird das ohnehin vergeblich sein.« Jetzt fing auch Andreas an zu essen.

»Hm, die Torte ist wirklich gut«, stellte er nach einigen Happen fest.

Bettina musste ihm recht geben, doch sie war sich sicher, dass ihre eigene Kreation von einer Sahneschnitte wesentlich besser war.

»Wann hast du denn vor, deinen Laden zu eröffnen?«,

fragte Andreas schließlich, als sein Stück um die Hälfte reduziert war.

»Vielleicht in einer oder zwei Wochen. Rezepte habe ich bereits genug, jetzt muss nur noch der Laden den letzten Schliff bekommen. Zum Glück sind es nur noch ein paar kleine Arbeiten, die erledigt werden müssen.«

Andreas nickte, und sie beide schauten sich daraufhin eine ganze Weile an.

»Wolltest du dir nicht den Laden ansehen?«, fragte Bettina schließlich, denn das Schweigen wurde ihr allmählich unangenehm. »Ich muss sowieso die Sachen dorthin bringen, wenn mein Mann sie zu Hause entdecken würde, würde er sich fragen, woher auf einmal mein Sinn für Kunst kommt.«

»Traut er dir denn keinen Kunstgeschmack zu?«

Bettina blickte Andreas einen Augenblick an, dann antwortete sie: »Er traut mir gar nichts zu. Weder Geschmack, noch dass ich den Mut hätte, ihn zu betrügen. Seit er angefangen hat, nur noch auf Äußerlichkeiten zu achten, glaubt er, ich sei eine leere Hülle. So etwas wie eine laufende Gummipuppe, nur ohne Sex. Jemand, der da ist, wenn er nach Hause kommt, jemand, der aufs Haus aufpasst und ihm sein seltsames Essen zubereitet. Wenn es danach ginge, könnte er sich auch eine Haushaltshilfe nehmen, aber die müsste er bezahlen. Eine abgestellte Ehefrau ist da viel besser.«

»Also gut, bringen wir das Zeug in den Laden. Ich habe meinen Wagen ohnehin in der Nähe und könnte dich anschließend nach Hause fahren, wenn du magst.« Andreas hatte das letzte Wort kaum ausgesprochen, als er sah, dass Bettina zum Protest ansetze. Schnell fügte er also hinzu: »Oder ich bringe dich in die nächste Querstraße, dein Mann soll ja nicht mitbekommen, dass du gerade dabei bist, dein eigenes Leben zu leben.«

Bettina lächelte ihn an. »Das ist lieb von dir.«

Dann wandten sie sich schweigend den Resten der Torte zu.

Als sie zum Laden zurückkehrten, hatten sich die Straßen ein wenig geleert. Das Brummen der vorbeifahrenden Wagen klang ein wenig lauter als sonst, wo das Rauschen der Großstadt alle anderen Geräusche vereinnahmte.

»Du hast dir wirklich einen hervorragenden Standort ausgesucht«, sagte Andreas, als sie sich dem Gebäude näherten. »Was ist mit der Wohnung darüber?«

»Die gehört mir auch.«

»Und dein Mann hat wirklich noch nichts spitzgekriegt?«

»Nein, immerhin war er so freundlich, mir einen kleinen Unterhalt zu gewähren.«

»Also wäre eine Haushaltshilfe doch nicht billiger geworden.«

Bettina zuckte mit den Schultern. »Kann sein. Die Vereinbarung stammt jedenfalls aus einer Zeit, als Martin noch glaubte, ich sei die schönste Frau von allen.«

»Soweit ich es beurteilen kann, hat sich daran nichts geändert. An deiner Schönheit, meine ich.«

Bettina spürte, wie ihre Wangen zu glühen begannen. Bevor sie wieder wie ein Teenie zu stammeln begann, antwortete sie schnell: »Martin würde dir sicher etwas anderes erzählen.«

»Dein Mann ist ein Dummkopf.«

»Nein, dumm ist er sicher nicht, er steckt in der Midlife-Crisis. Oder was auch immer.«

Damit ging Bettina zur Tür und schloss auf. Der Geruch von frischer Tapete und Marzipan strömte ihr entgegen. Bald schon würden hier Backdüfte die Luft erfüllen.

»Sieht ja schon mal sehr ordentlich aus«, stellte Andreas nach einem Rundblick fest. »Hier und da könnte noch etwas verbessert werden, außerdem sollten die schönen Möbel ein wenig abgerieben und imprägniert werden. Sonst steht einer baldigen Eröffnung nichts im Wege.«

»Kennst du zufällig jemanden, der die Möbel behandeln kann? Ich bräuchte auch wen, der mir den alten Spiegel aufhängen kann. Er ist ziemlich schwer, allein bekomme ich ihn kaum bewegt.«

Andreas lächelte breit. »Ich glaube schon, dass ich jemanden kenne. Er könnte dir nach Feierabend zur Verfügung stehen.«

»Du meinst also dich?«

»Erraten!«, entgegnete er. »Ich habe doch versprochen, dir zu helfen. Also werde ich mich ein wenig um deine Möbel kümmern, den Spiegel anbringen und dir ein Schild für deinen Laden besorgen. Was hältst du von etwas Beleuchtetem, damit die Kunden dein Geschäft auch im Dunkeln finden können?«

»Das wäre natürlich toll«, entgegnete sie. »Allerdings kann ich nicht verlangen, dass du das alles umsonst machst.«

Bei der Miene, die er jetzt zog, hätte sie ihn am liebsten geküsst.

»Warum denn nicht? Es wäre kein Problem. Ich bin mir sicher, dass wir übereinkommen.«

Bettina spürte Unruhe in sich aufsteigen. Ein Knistern lag unübersehbar in der Luft, doch seltsamerweise hatte keiner von ihnen den Mut, den ersten Schritt zu unternehmen. Mit Robert und auch mit Tobias hätte sie längst auf dem Boden gelegen und wilden Sex gehabt. Andreas war anders. Er strahlte Sinnlichkeit aus, doch bei ihm war es wie bei einem guten Menü, das man genießen und nicht allzu schnell verspeisen wollte.

Sie war jedenfalls nicht dazu imstande, sich einfach vor ihm auszuziehen und sich ihm anzubieten.

»Okay, ich werde mir was einfallen lassen«, sagte sie daher nur und spielte ein wenig verlegen mit dem Gürtel ihres Mantels.

»Ich bin gespannt!«, antwortete Andreas und wirkte nicht weniger befangen. »Dann denke ich mal, treffen wir uns morgen Nachmittag hier, und ich bringe dir ein paar Muster von Werbemitteln mit, die du für deinen Laden verwenden kannst. Hast du schon jemanden, der sich um deine Buchführung kümmert? Und um die Steuerunterlagen?«

»Ich dachte, das schaffe ich allein.«

»Das glaubst du jetzt noch, aber warte mal, bis der Laden brummt. Dann kannst entweder einen neuen Bäcker anstellen oder eine Buchhalterin. Ich glaube allerdings, es ist besser, du bist hier unten in deinem Laden.«

Bettina musste zugeben, dass er recht hatte. »Und woher bekomme ich eine Buchhalterin?«

»Ich kann dir jemanden vermitteln, der das Ganze erst einmal auf Honorarbasis machen würde. Später kannst du dann ja über eine Festanstellung nachdenken.«

»Das werde ich tun. Danke.«

»Okay, und jetzt sollte ich dich besser nach Hause fahren. Mach dir bis morgen ein paar Gedanken, welches Logo dein Laden haben sollte. Ungewöhnliche Geschäftsideen brauchen ungewöhnliche Markenzeichen.«

Bettina fiel spontan Roberts Marzipanhintern ein, doch

den konnte sie Andreas nicht zeigen. Jedenfalls jetzt nicht. Und auch als Markenzeichen für ihren Laden war das nichts. Als geheimer Produkttipp ja, aber nicht als Aushängeschild. Außerdem wollte sie die Konditorei nach wie vor Zuckerstange nennen. Sie machte sich im Geiste eine Notiz, dass sie zu den Marzipanhintern auch Marzipanpenisse anbieten sollte. Dieses Wort allein war schon zweideutig genug, und wenn sie ein dazu passendes Logo entwerfen oder vielleicht einem der Buchstaben eine ungewöhnliche Form geben würde, müsste es reichen.

»Ich sehe, hinter deiner Stirn arbeitet es schon, da sollten wir die Idee nicht warten lassen«, sagte Andreas und legte eine Hand sanft auf ihren Arm. Bettina war es, als würden Stromstöße die Stelle durchziehen, und sie spürte, wie sich das Kribbeln fortsetzte und in Richtung Schoß und Brüsten wanderte. Bevor sie sich jedoch dazu hinreißen ließ, ihn zu verführen, zog er sie auch schon mit sich nach draußen.

Während der gesamten Fahrt schwiegen sie, erst als Andreas anhielt, um sie aussteigen zu lassen, sagte er: »Es freut mich, deine Bekanntschaft gemacht zu haben. Deine richtige Bekanntschaft.«

»Ja, mich freut es auch«, entgegnete sie und lachte unsicher auf. »Sich gegenüberzustehen ist doch etwas anderes, als sich im Chat zu treffen.«

»Das sehe ich genauso. Gute Nacht und bis morgen, Sahneschnittchen.« Mit diesen Worten drückte er ihr einen Kuss auf die Wange, dann ließ er sie gehen.

Bettina stand ganz benommen auf dem Gehweg und bekam nur beiläufig mit, dass er davonfuhr. In diesem Augenblick war es ihr auch nicht bewusst, dass sie genau an der Stelle stand, wo Tobias sie zum ersten Mal abgesetzt hatte.

Sie konnte nur dem dunkelblauen Ford nachschauen und spürte dabei, wie ihr Herz in ihrer Brust hämmerte. Nachher, wenn sie allein war, würde sie erst einmal zu ihrem Dildo greifen und es sich besorgen müssen.

Als sie nach Hause kam, wurde ihr allerdings klar, dass aus ihrem Masturbationsstündchen vorerst nichts werden würde, denn Martins Flitzer stand in der Einfahrt. Das allein wäre kein Hinderungsgrund gewesen, doch dahinter stand ein zweiter Wagen, und es war ausgeschlossen, dass er Suse gehörte. Martin mochte vielleicht ein betrügerischer Schuft sein, aber er war nicht so dreist, seine Geliebte mit nach Hause zu bringen.

Außerdem sah der Wagen nicht so aus, als gehörte er einer Schlampe wie dieser Piercingmaus. Die stand sicher auf was Rassigeres.

Plötzlich durchzog sie ein Gedanke, der sie augenblicklich dazu brachte, stehen zu bleiben und tief Luft zu holen.

Hatte sich Martin etwa einen Scheidungsanwalt ins Haus geholt? Wollte er dieser Farce endlich ein Ende bereiten?

Bettina hatte in den letzten Tagen geglaubt, dass ihr diese Ehe egal geworden war. Anscheinend stimmte das nicht so ganz. Oder fürchtete sie nur, dass sie ihre Rache nicht richtig auskosten konnte?

Auf jeden Fall raste ihr Herz plötzlich wie verrückt. Wenn Martin die Scheidung durchzog, war er derjenige, der demütigte, und sie die Gedemütigte. In ihrer Phantasie war das immer andersherum gewesen. Sie wollte ihn demütigen und ihm zeigen, dass sie auch ohne ihn leben konnte.

Mach dich nicht verrückt, noch weißt du nicht, was los ist, sagte sie sich und beschleunigte ihre Schritte. Wenig später durchquerte sie die Gartenpforte.

Als sie zur Tür hereinkam, konnte sie Männerstimmen vernehmen. Es waren drei, soweit sie es heraushören konnte. Vielleicht waren es ja zwei Scheidungsanwälte.

Ihre Hände zitterten, als sie die Schlüssel auf das Telefontischchen in der Diele legte. Sie zog den Trenchcoat aus, und dabei fiel ihr wieder ein, was Andreas erzählt hatte. Er hatte den Betrug seiner Frau an ihren Kleidern erkannt. Auch ihre gesamte Garderobe war neu. Klar, Martin hatte sie nicht im Gebüsch erwischt, und er wusste auch von ihrem letzten großen Einkaufsbummel. Aber sicher würde er sich wundern, dass sie ihren Kleiderstil so stark geändert hatte.

Zum Umziehen war es jetzt allerdings zu spät. Wenn sie ins Schlafzimmer wollte, musste sie an der Wohnzimmertür vorbei. Diese stand sperrangelweit offen, und sie hätte schon Supergirl sein müssen, um unbemerkt daran vorbeizufliegen.

Also strich sie die Sachen so gut es ging glatt, fuhr sich noch einmal durch die Haare, die sie zu einem Zopf zusammengebunden hatte, und ging auf ihren roten Schuhen in Richtung Wohnzimmer.

Augenblicklich verstummte das Gespräch, als sie eintrat. Es waren nicht drei Männer, sondern fünf, die es sich auf ihrer Sitzecke bequem gemacht hatten.

Obwohl sie dunkle Anzüge trugen, war keiner von ihnen ein Scheidungsanwalt, es handelte sich vielmehr um Martins Kollegen. Die Namen Behringer, Stolz, Meier und Jansen schossen in ihr Gedächtnis, als sie in die erstaunten Gesichter sah.

Den Männern standen Augen und Münder offen. Das letzte Mal, als sie Martins Frau zu Gesicht bekommen hatten, hatte sie in einem unförmigen Kleidungsstück gesteckt.

Jetzt trug Bettina Bluse und Rock, was ihre Pölsterchen zwar nicht perfekt kaschierte. Aber wie ihr Robert bereits klargemacht hatte, sah sie darin auch nicht gerade abstoßend aus.

»Hallo Schatz – meine Herren!«, grüßte Bettina in die Runde und setzte ein breites Lächeln auf.

Martin fiel regelrecht die Kinnlade herunter. Wahrscheinlich fragte er sich gerade, was ihr einfiel, so herumzulaufen.

»Ah, Frau Winter, schön, dass Sie unsere kleine Runde ein wenig bereichern«, sagte Behringer, der sich als Erster von der kleinen Überraschung erholt hatte. Er kam mit großen Schritten auf sie zu, um ihr die Hand zu reichen.

Obschon ein wenig in die Jahre gekommen, war Frank Behringer ein Gentleman der alten Schule. Kein Mann, auf den junge Frauen wegen seines Aussehens fliegen würden, und dennoch ein interessanter Mensch. Jedenfalls fand das Bettina, umso mehr, als er dem Händedruck auch noch einen Handkuss folgen ließ.

Aus den Augenwinkeln heraus konnte sie Martins Reaktion beobachten, und die war wirklich zum Schmunzeln. Er wirkte, als wäre ihm der Blitz direkt in die Unterhose gefahren. Erst nach einigen Augenblicken war er dazu imstande, sein Glas wegzustellen und zu ihr zu kommen.

Inzwischen begrüßten die anderen Zahnärzte Bettina, und Jansen ließ sich sogar dazu hinreißen, zu sagen: »Deine Frau sieht wirklich toll aus, Martin. Du bist ein echter Glückspilz.«

Das konnte eine Mitleidsbemerkung sein, und sicher war ihr Ehemann anderer Meinung, aber Bettina gingen diese Worte runter wie Öl.

Endlich war Martin mit seinem Begrüßungsritual an der

Reihe. Wie immer, wenn seine Kollegen dabei waren, zog er sie in seine Arme. Bettinas durch das Backen und Rezepteerfinden zur Höchstform aufgelaufene Nase erschnupperte jenen Hauch von fremdem Parfüm, den sie Nacht für Nacht zu riechen bekam, wenn Martin sich zu ihr legte.

»Hallo, Schatz, ich wollte dich eigentlich vorwarnen wegen unseres kleinen Treffens, aber der Anrufbeantworter ist nicht angesprungen.«

Kunststück, dachte Bettina, *ich habe ihn ja auch ausgesteckt, damit ich mir nicht ständig die dämlichen Ausreden für deine Sextreffs anhören muss.*

»Oh, vielleicht habe ich das Kabel beim Saubermachen aus Versehen aus der Buchse gezogen«, antwortete sie mit einem gespielt unschuldigen Lächeln. »Jetzt bin ich ja hier. Soll ich euch etwas zu essen machen?«

Irrte sie sich, oder schaute Martin ein wenig gequält. Auf alle Fälle hatte sie den Vorwurf in seiner Stimme nicht überhören können, der eindeutig nicht dem Anrufbeantworter galt, sondern ihr. Wie hatte sie es wagen können, nicht zu Hause zu sein!

»Oh ja, das wäre toll!«, rief Behringer auch sogleich, und seine Kollegen stimmten ein. »Ich frage mich immer noch, wie Sie die leckeren Pasteten bei der letzten Wohltätigkeitsveranstaltung hinbekommen haben.«

»Das bleibt mein Geheimnis«, entgegnete Bettina, und als sie sich in die Küche verabschiedete, fügte sie im Stillen hinzu: *Wie auch alle anderen.*

In der Nacht zeigte sich dann, dass die Begegnung mit so vielen verschiedenen Männern ihre Spuren bei Bettina hinterlassen hatten. Sie träumte gerade davon, dass sie es mit Robert auf ihrem Küchentisch trieb, als auch alle anderen

Männer hinzukamen. Andreas, die vier Zahnärzte, sogar Tobias – nur Martin fehlte.

Die Situation hätte sie eigentlich erschrecken müssen, doch sie tat es nicht. Ganz im Gegenteil!

Als Robert fertig war, machte er Behringer bereitwillig Platz, der sich bereits die Hose heruntergezogen hatte und sich nun zwischen ihre Schenkel stellte. Gierig griff er nach ihren Brüsten, und als sie den Mund öffnete, um lustvoll aufzuschreien, stand wie aus dem Nichts Andreas neben ihr, der ihr seinen Schwanz wie eine Süßigkeit zum Schlecken darbot.

Bettina griff nach der harten Stange und stülpte die Lippen über die rotglühende Eichel. Erst leckte sie mit der Zunge über den Rand der Vorhaut und saugte dann den Schwanz so tief wie es nur ging in den Mund. Dabei griff sie nach dem prallen Sack und massierte ihn. Angestachelt von diesem Anblick drang Behringer mit verklärtem Blick in sie ein und begann, sie mit aller Kraft zu stoßen.

»Martin muss ein Idiot sein, wenn er dieses Weib nicht ficken will«, rief er seinen Kollegen zu, die bereits die Hände an ihren Schwänzen hatten und sie kraftvoll wichsten. Tobias und Robert traten dabei ein wenig in den Hintergrund; Robert, weil er schon satt war, und Tobias, weil er wahrscheinlich nicht mehr zum Schuss kommen würde. Aber das war Bettina egal. Sie lutschte und saugte Andreas, spürte Behringers Schwanz tief in ihrer Möse und beobachtete die drei anderen Zahnärzte. Erfüllt von ihrer Lust sah sie zu, wie die Männer ihre harten Stangen bearbeiteten, und fragte sich, was Martin wohl sagen würde, wenn er sie bei dieser Orgie beobachtete. Würde er immer noch glauben, dass sie unattraktiv war?

Eine Antwort darauf erhielt sie nicht, aber nur wenige

Augenblicke später kam sie. Als hätten die Männer nur darauf gewartet, dass sie den Höhepunkt erreichte, spritzten sie alle zur gleichen Zeit los. Bettina schmeckte Andreas' Sperma, das sich seltsamerweise süß auf ihre Zunge legte, sie spürte, wie Behringer sich in sie entlud, und sie sah einen Regen aus Sperma wie eine Dusche auf sie niedergehen. Klebrig und warm und unerhört geil …

Schweißgebadet erwachte sie. Ihr gesamter Schoß zuckte und prickelte, als wäre die Vision wahr gewesen. Sie war sich sicher, dass sie während des gesamten Traums gestöhnt hatte, und sie spürte auch, dass sie über alle Maßen feucht war. Hatte sie im Schlaf tatsächlich einen Orgasmus bekommen?

Ein klein wenig fürchtete sie, dass Martin etwas mitbekommen haben könnte, doch als sie sich zur Seite wandte, bemerkte sie, dass der Platz neben ihr leer war. Wie lange schon, vermochte sie nicht zu sagen, aber sie spürte, dass das Bett kalt war. Hatte er sich in der Nacht etwa zu Suse geschlichen? Oder saß er oben in seinem Arbeitszimmer und chattete mit seiner Geliebten?

Für einen kleinen Augenblick spielte sie mit dem Gedanken, ihn zu suchen, doch dann entschied sie sich dagegen. Der Traum eben war viel zu gut gewesen, um ihn sich durch den Ärger über Martin verderben zu lassen.

Sie sank also wieder in die Kissen und starrte an die Decke. Dabei fragte sie sich, was ihr der Traum wohl hatte sagen wollen. Dass alle Männer sie schön fanden, nur ihr eigener nicht? Das hatte sie bereits gewusst. Oder dass sie sich eigentlich nur zu bedienen brauchte, wenn sie einen Ersatz für Martin suchte?

Eine Antwort fand sie nicht, dafür fiel ihr aus heiterem Himmel eine neue Füllung für ihre Zuckerstangen ein. In ihrer Erinnerung hatte sich der geträumte Geschmack von Andreas' Sperma festgesetzt. Es war ein Hauch von Zimt gewesen, zusammen mit Minze und Vanille. Sobald sie im Laden war, würde sie diese Kombination ausprobieren und mit ihrer Traumvision abgleichen. Sie wog im Geiste die Zutaten ab, stellte sich vor, in welcher Reihenfolge sie die Gewürze in die Sahne geben würde. Dann griff sie unter das Bett, wo sie das Rezeptheft und ihren Stift liegen hatte. Ihre Augen waren zwar auf Halbmast und das Licht nicht besonders gut, aber für eine kurze Niederschrift reichte es:

Zuckerstangen surprise

Teig: 200 g Magerquark; 200 g Mehl; 200 g Butter; 1 Messerspitze Salz; 1 Eigelb
Füllung: 300 g Schlagsahne; Minzblätter; 2 EL Raspelschokolade; 1 Messerspitze Zimt; Puderzucker

Quark, Butter, Mehl und Salz zu einem Teig verarbeiten, dreißig Minuten kalt stellen. Mehrfach ausrollen und zusammenschlagen, dann über eine Schillerlockenform wickeln und mit Eigelb bestreichen. Die Hülsen bei 200 °C 15–20 Minuten backen, anschließend abkühlen lassen. Minzblätter klein schneiden und zusammen mit Zimt und Raspelschokolade unter die steif geschlagene Sahne geben. Puderzucker zur Garnitur.

Als sie fertig war mit dem Schreiben legte sie die Kladde an ihren Platz zurück – und dämmerte wenig später wieder in Morpheus' Arme.

13. Kapitel

Eine Woche später war das versprochene Schild für ihren Laden fertig, das i-Tüpfelchen, das zur Eröffnung noch fehlte. Andreas lieferte es persönlich und brachte es auch selbst an. Bettina stand daneben und bemerkte zu ihrer Freude, dass einige Passanten stehen blieben und neugierig schauten.

Bettina war bei ihrer ursprünglichen Designidee geblieben. Sie hatte den Schriftzug ZUCKERSTANGE genommen und dem Z ein paar besondere Verzierungen verpasst, die auf den ersten Blick nichts Zweideutiges an sich hatten, auf den zweiten dagegen schon. Es war beinahe wie mit dem Bild von den neun Delfinen, in dem Kinder vor allem die Tiere erkannten – Erwachsene mit entsprechendem Erfahrungsschatz allerdings ein eng umschlungenes Paar.

Die Leute, die den Schriftzug musterten, schienen zu merken, dass etwas an den Buchstaben besonders war. Oder war es Andreas auf der Leiter, der ihre Aufmerksamkeit erregte?

Sein Hintern war zwar nicht so knackig wie der von Robert, aber dennoch sehenswert.

Nach einer Weile trauten sich zwei Frauen nachzufragen, was das hier werden sollte. Dabei hatten sie ihre Augen tatsächlich auf Andreas Hintern gerichtet, und Bettina rechnete fest damit, dass ihre nächste Frage die sein würde, ob es den Mann zu dem Schild dazu gab.

Bettina beantwortete ihnen die erste Frage mit: »Dies hier wird eine erotische Bäckerei. In ein paar Tagen eröffnen wir.«

Diese Antwort verblüffte die Frauen dermaßen, dass sie sich die zweite Frage sparten und gleich tuschelnd die Köpfe zusammensteckten. Bettina hoffte, dass sie damit gleich mal zwei Kundinnen gewonnen hatte.

Als das Schild fertig war und die Beleuchtung funktionierte, hätten sie eigentlich in den Laden zurückkehren können, doch Andreas hatte noch etwas anderes vor.

»Ich habe eine Überraschung für dich«, sagte er und verschwand in Richtung Wagen.

Bettina war gespannt. In der vergangenen Woche hatte er dermaßen viele Überraschungen für sie gehabt, dass sie sich kaum vorstellen konnte, wie er das noch übertreffen wollte. Nach einer Weile kehrte er zurück, und in der Hand hielt er einen Stapel Papiere.

Die Passanten waren immer noch da, und ehe es sich Bettina versah, begann Andreas damit, Zettel an die Umstehenden auszuteilen. Als er damit fertig war, kehrte er zu Bettina zurück und zog sie in den Laden. Dort erst zeigte er ihr, was er den Menschen auf der Straße in die Hand gedrückt hatte.

Zuckerstange – die etwas andere Konditorei, stand in dicken Lettern auf der Vorderseite des Flyers. Was an dieser Konditorei so anders war, erfuhren die Leute, wenn sie das Blatt auseinanderfalteten. Der Text war so aufgebaut, dass er erst zum Schluss verriet, dass es hier Köstlichkeiten für wirklich alle Sinne gab. Und Leckereien für Sexhungrige.

»Meinst du nicht, dass wir auf der Vorderseite auch schon einen kleinen Hinweis geben sollten?«, fragte sie skeptisch.

Andreas schüttelte den Kopf. »Nein, ganz und gar nicht. Dass etwas anderes oder besonders ist, regt die Neugierde an und bringt einen dazu, das Blatt aufzuklappen. Wenn vorne schon draufstehen würde, dass es hier erotische Backwaren gibt, werden viele Menschen gleich die Nase rümpfen und den Zettel wegwerfen. Oder sie werden ihn wegwerfen, weil sie glauben, dass es sich nicht lohnt, den Text zu lesen – eben weil sie ja schon alles wissen.«

Während er sprach, beobachtete ihn Bettina von der Seite. Sie fragte sich, wie es die ganze Woche über hatten aushalten können, ohne Sex miteinander zu haben. Andreas erschien ihr immer interessanter und attraktiver, und es war keinesfalls so, dass sie sich gegenseitig zu verstehen gegeben hatten, dass sie es nicht wollten.

An manchen Tagen war es so schlimm gewesen, dass Bettina sich am liebsten an ihn gedrückt und seine Hand in ihren Slip geschoben hätte, damit ihm klar wurde, dass er sie haben konnte. Doch als fürchte sie, dass dabei etwas kaputtgehen könnte, hatte sie sich zurückgehalten und sich damit begnügt, seinen Hosenstall zu betrachten. Er musste ziemlich gut gefüllt sein, und der Gedanke daran hatte sie zu Hause, im Bett und unter der Dusche mehrfach dazu gebracht, heftiger denn je zu masturbieren. Der Dildo war dabei in der Schublade geblieben, sie hatte sich mit ihren Fingern begnügt – und der Vorstellung, dass es Andreas' Schwanz war, der sie stieß.

Jetzt stieg die Lust erneut mit ungeahnter Macht in ihr auf. Geistesabwesend leckte sie sich über die Lippen, während sie die verführerische Beule in seiner Hose musterte. Augenblicklich schwollen ihre Schamlippen an und wurden feucht, und sie fragte sich, ob er wahrnahm, dass sie geil war und ihn mit Haut und Haaren wollte.

Da sie nicht sofort auf seine Ausführungen antwortete, blickte er zur Seite und ihr damit direkt in die Augen.

Bettina hätte den Blick jetzt senken und etwas sagen

können, denn sie hatte sehr wohl mitbekommen, was er gesagt hatte. Aber das wollte sie nicht. Ihre Blicke trafen und umschlangen sich, und ehe sie es sich versahen, flogen sie aufeinander zu und küssten sich.

Ihre Lippen und Zungen vergruben sich gierig ineinander, es war, als würden sich sämtliche Gefühle, die sie so lange zurückgehalten und aufgestaut hatten, in einem gewaltigen Gewitter entladen.

Erst, als ihnen die Luft knapp wurde, lösten sie sich wieder voneinander und blickten sich keuchend in die Augen.

»Was war denn das?«, fragte Andreas, während er mit einem Finger sanft über ihre Wange strich und das kleine Muttermal liebkoste, das sich dort befand.

»Keine Ahnung«, entgegnete Bettina, doch sie war sich sicher, er könnte ihr genau ansehen, dass sie es wusste. Erneut küssten sie sich, diesmal sanfter und genießerischer, und als Andreas sie fest an seinen Körper zog, spürte sie, dass er zitterte. Sie hätte schwören können, dass sein Schwanz durch ihre Kleider gegen ihren Venushügel drückte, doch er ging nicht weiter.

»Was hältst du von einer kleinen Feier?«, flüsterte er in ihr Haar.

Bettina sah ihn verwundert an. »Jetzt schon? Wir haben noch nicht einmal geöffnet!«

»Aber der Laden ist fertig, und morgen ist es so weit. Bevor das große Chaos losgeht, sollten wir uns etwas gönnen.«

»Woran hast du da gedacht?«

»Wir könnten es uns oben ein wenig gemütlich machen.«

»Dort sind doch noch gar keine Möbel«, entgegnete Bettina und ließ die Hände über seine Brust und seine Schultern gleiten. Offenbar waren sie jetzt so weit. Endlich.

»Brauchen wir die denn? Alles, was wir dafür benötigen, sind ein paar Kerzen, und die kann ich problemlos besorgen. Wenn ich schon mal auf dem Weg bin, kann ich auch gleich noch ein paar Austern mitbringen. Du weißt doch, wofür die gut sein sollen.«

Und ob Bettina das wusste! Allerdings hatte sie bislang noch keine Austern probiert. Sie hatte auf Empfängen immer gesehen, wie die anderen sich darauf gestürzt hatten, aber nie wirklich Lust gehabt, selbst welche zu essen. Vielleicht stimmte es ja wirklich, dass die Meeresfrüchte eine erotisierende Wirkung hatten.

»Okay, dann hol du die Austern, und ich werde ein paar von meinen eigenen Kreationen zubereiten.«

Andreas nickte und gab ihr noch einen kurzen Kuss auf den Mund. »Wir treffen uns um acht hier, in Ordnung?«

»In Ordnung!«, entgegnete Bettina, und nachdem er verschwunden war, ging sie in die Küche. Die Marzipanhintern hatte er noch nicht gesehen, auch wenn er ihr bei allem anderen sehr geholfen hatte, war die Küche ihr Reich, in das er nur zum Helfen trat.

Früher oder später würde er die Hintern aber zu Gesicht bekommen und vielleicht auch fragen, wer ihr Modell gestanden hatte.

Bettina musste wieder an Robert denken, der sicher inzwischen von seiner Reise zurückgekehrt war und bald bei ihr vorbeischauen würde.

Was sollte sie dann tun? Verzichten wollte sie auf ihre herrliche Inspirationsquelle nicht. Aber die Sache mit Andreas ließ sich ebenfalls interessant an. Er war so anders als Robert, viel besonnener und sinnlicher. Beide zusammen waren das ideale Aphrodisiakum für ihre Seele.

Jetzt wollte sie sich jedoch erst mal an die Vorbereitungen für ihr Dinner machen. Die Hintern würden im Kühlschrank bleiben, dafür wollte sie ihre momentanen Lieblingsrezepte zubereiten: Sahneschnitte und Zuckerstangen.

Kurz vor acht kam Andreas wieder in den Laden. Zwischendurch hatten ein paar Passanten hereingeschaut und gefragt, ob bereits geöffnet sei. Auch wenn Berlin eine große Stadt war, was die Mund-zu-Mund-Propaganda anging, war es wie in einem Dorf. Bettina begrüßte die Leute freundlich und verwies sie darauf, dass es erst morgen losgehen würde. Dafür gab sie ihnen ein paar von Andreas' Flyern mit und legte ihnen ans Herz, ihren Bekannten von der Geschäftseröffnung zu erzählen.

Als Andreas wieder da war, schloss sie allerdings hinter ihm ab, denn bei dem, was sie noch vorhatten, sollte sie niemand stören.

»Hast du den ganzen Laden leer gekauft?«, fragte sie und deutete auf die Schachteln, die in eine riesige weiße Plastiktüte gestapelt waren.

»Beinahe«, entgegnete Andreas und fügte scherzhaft hinzu: »Gegen Feierabend muss immer alles raus, da habe ich die Austern zu einem Spottpreis bekommen.«

»Das meinst du nicht ernst, oder?« Bettina bückte sich und schnupperte in die Tüte hinein. »Rieche ich da Fisch?«

»Austern«, entgegnete Andreas.

»Du weißt schon, dass die frisch sein müssen. So eine Fischvergiftung soll nicht lustig sein, habe ich mir sagen lassen.«

»Natürlich habe ich mir keine alten Austern andrehen lassen!« Andreas lachte auf, und Bettina klatschte in die Hände.

»Ha, ich wusste doch, dass du mich auf den Arm nimmst.

Immerhin bin ich die Frau eines Zahnarztes und kenne mich mit Feinkostläden aus. Keiner von denen würde eine Alles-muss-raus-Aktion machen!«

»Die liebe Zahnarztgattin kann dennoch nicht Fisch von Austern unterscheiden.«

Bettina grinste breit. »Ich habe bisher immer einen Bogen um die Dinger gemacht, weil ich mir erstens nicht sicher war, ob sie frisch sind, und zweitens habe ich das Zeug immer für Fitnessfutter gehalten, du weißt schon, von wegen Eiweiß und so. Ich kann nicht gerade behaupten, dass ich auf Sachen stehe, die schlank machen.«

»Aber du stehst auf Sex, oder? Der macht auch schlank!«

»Wirklich?«, spielte Bettina die Erstaunte. »Dann werde ich es mir wohl abgewöhnen müssen.«

Andreas lachte auf und drückte ihr einen Kuss auf den Mund. »Mach das bloß nicht! Ich will nicht die ganzen Austern umsonst gekauft haben.«

»Okay, dann komm mal mit und zeig mir, was du hast.« Bettina war sich bewusst, dass ihre Worte zweideutig klangen, doch das sollten sie auch. Sie wollte Andreas, und zwar am liebsten sofort! Also ging sie voran die Treppe hinauf, wohl wissend, dass sein Blick an ihrem Hintern klebenbleiben würde.

Das Zimmer, das sie für ihr Dinner aussuchten, sah wirklich ein wenig kahl aus, aber Andreas hatte bereits in den vergangenen Tagen dafür gesorgt, dass ausreichend Kerzenleuchter und Kissen vorhanden waren. Er hatte die Sachen stets unter dem Vorwand hergebracht, dass Bettina es für den Laden gebrauchen konnte. Sie hatte ihm das auch jedes Mal abgenommen, und erst jetzt dämmerte es ihr, dass das alles Teil eines Plans gewesen sein musste. Andreas hatte offenbar schon seit seinem ersten Besuch hier geplant, sie zu verführen.

Die Tage, an denen er sich nicht auf ihre erotischen Spielereien eingelassen hatte, hatte er dazu genutzt, sie zu beobachten und sie kennenzulernen. Ob er beim Sex auch so planvoll vorging? Bettina war gespannt.

Andreas packte seine Tüte aus, während sie die Kissen zusammensuchte, um eine Art Insel in dem kahlen Raum zu schaffen. Glücklicherweise war es hier nicht kalt, doch mit nacktem Hintern auf dem kahlen Boden wollte sie auch nicht sitzen. Sie ordnete die Kissen also zu einer zusammenhängenden Fläche an und entdeckte auch eine Decke, die sie darüberlegen konnte, damit sich die Kissen nicht verselbständigten.

Nachdem Andreas seine Beute vor der Deckeninsel ausgebreitet hatte, steckte er weiße Kerzen auf die im Raum verteilten Kerzenlüster. Die Beleuchtung war eigentlich nicht notwendig, denn draußen war es noch immer hell. Doch Bettina zog die Vorhänge zu, die Andreas in den vergangenen Tagen ebenfalls angebracht hatte, und schon entstand die Illusion eines nächtlichen Treffens.

»Ich werde die Nachspeise raufholen«, kündigte sie an.

Andreas fing sie allerdings auf halbem Weg ab. »Das können wir nachher immer noch tun. Jetzt sollten wir uns erst einmal um Vorspeise und Hauptgericht kümmern.«

Er zog sie in seine Arme, und nachdem sie sich eine Weile geküsst hatten, begannen sie, sich gegenseitig aus ihren Sachen zu schälen. Beinahe zeitgleich knöpften sie sich Hemd und Bluse auf und streichelten über die Haut des jeweils anderen.

Es fühlte sich so gut an, seine Hände auf der Haut zu spüren, überall. Mit Robert war der Sex schnell und heftig,

Andreas schien das direkte Gegenteil davon zu sein. Und er hatte auch kein Problem mit ihrem runden Hintern und den Pölsterchen auf den Hüften.

Andersherum fand Bettina, dass sich auch Andreas gut unter ihren Händen anfühlte. Er war kein Marmoradonis wie Martin, sondern ein Mann, der warm und weich war. Ein Mann, an den eine Frau sich nur zu bereitwillig schmiegte und den sie gern ganz dicht bei sich hatte.

Seine Hände hatten schon dafür gesorgt, dass ihre südlichen Lippen feucht und stramm wurden, doch als er begann, ihre Schultern, den Brustansatz und schließlich die Brüste zu küssen, war es um sie geschehen.

»Habe ich dir eigentlich schon erzählt, dass du meine Inspirationsquelle für die Zuckerstangen warst«, raunte sie, während ihre Lider unter der Berührung seiner Lippen zu flattern begannen.

»Nein, das hast du nicht«, murmelte er und arbeitete sich Zentimeter für Zentimeter weiter vor.

Dass er sich bei diesem Mordsständer so lange beherrschen konnte, faszinierte sie.

»Ich habe geträumt, wie ich dir einen geblasen habe, und du hast mir in den Mund gespritzt. Dein Sperma hat nach Zimt, Vanille und Minze geschmeckt.«

Andreas hielt inne und grinste sie breit an. »Ich glaube nicht, dass es diese Geschmacksrichtung hat. Aber vielleicht magst du es ja irgendwann mal ausprobieren. Wenn wir uns länger kennen und du ein neues Rezept brauchst.«

»Was würdest du davon halten, mir gleich eine kleine Kostprobe zu geben?«

Bettina ließ sich auf die Kissen sinken. Ihre Brüste erhoben sich wie zwei weich geformte Hügel, und ihr Blick war herausfordernd. Andreas betrachtete sie einen Moment lang mit Augen, die fast schwarz waren vor Lust. Dann glitt er über sie.

Sie küssten sich verlangend, während er behutsam über ihre Brüste strich.

»Du darfst sie ruhig ein wenig fester anpacken, sie sind nicht aus Zucker«, bemerkte Bettina scherzhaft, doch er blieb dabei, sie nur sanft zu liebkosen und ihre Nippel mit den Daumen zu reizen. Bettina hatte keine Ahnung, ob sie allein davon kommen konnte, aber das, was Andreas da mit ihr machte, war eine gute Methode, um es herauszufinden.

Allerdings hatte er zunächst etwas anderes vor. Bettina hatte eine Kostprobe verlangt, und die sollte sie bekommen. Vorsichtig hockte er sich auf ihren Brustkorb, seinen Schwanz wie ein Speer auf ihr Gesicht gerichtet. Erwartungsfroh wollte sie die Lippen öffnen, doch er wollte gar nicht, dass sie ihm einen blies.

Er massierte erst ihre Brüste und rieb anschließend ein wenig Speichel auf seinen Schwanz. Dann ergriff er die weichen Hügel mit beiden Händen.

Als Bettina erahnte, was er vorhatte, stöhnte sie laut auf. Davon hatte sie zwar schon gehört, es aber bislang noch nicht gemacht. Instinktiv wanderte ihre Hand zwischen ihre Schenkel. Mittlerweile klebte ihr gesamter Intimbereich von ihren Säften, und ihr Kitzler war so gespannt, als wollte er jeden Augenblick platzen. Eine winzige Berührung hätte genügt, um sie kommen zu lassen, doch Bettina hielt sich zurück. Nein, sie wollte sich den Spaß auf keinen Fall durch eine vorschnelle Aktion verderben. Sie zog die Hand also zurück und ließ ihn weitermachen, ohne ihre Lust zu stillen.

Andreas schob ihre Brüste mit den Händen sanft zusammen und drang mit seinem Schwanz langsam in die enge Spalte vor. Dabei schloss er die Augen, legte den Kopf in den Nacken und ließ ein lautes »Aaaah« ertönen.

Ihn so zu sehen, heizte Bettinas Lust nur noch mehr an. Mittlerweile stand sie kurz vor dem Explodieren. Sie brauchte dringend einen Schwanz in ihrer Pussy, möglichst dick und stramm, sonst verlor sie noch den Verstand. Der einzige verfügbare Penis war allerdings zwischen Brüsten und bewegte sich dort quälend langsam.

Moschusgeruch strömte ihr entgegen, und der Anblick der Eichel, die immer wieder zwischen ihren Brüsten auftauchte und verschwand, erweckte in ihr die unbändige Lust, ihn wie in dem Traum hemmungslos auszusaugen.

Andreas bemerkte ihre Unruhe. »Möchtest du, dass ich dich glasiere, oder willst du lieber gefickt werden?«

Die Antwort war ein langgezogenes Stöhnen, und er wusste nun, was er zu tun hatte.

Er ließ von ihren Brüsten ab und kramte aus der Hose ein Kondom hervor. Zwischen ihren halb geöffneten Lidern konnte Bettina erkennen, dass es eines mit Noppen war.

Andreas stieg kurz von ihr herunter und rollte es sich blitzschnell über. Dann glitt er auf sie.

Bettina spürte seinen Schwanz zwischen ihren Schenkeln, und ein erwartungsfrohes Prickeln durchfuhr sie. Er lauerte in der glitschigen Spalte, bereit, jeden Augenblick in den tiefen Schlund vorzudringen. Andreas blickte sie noch einen kurzen Moment an, dann ließ er sich auf sie sinken und glitt im Zeitlupentempo so tief es nur ging in sie. Die Noppen rieben über die empfindliche Schleimhaut, und keine Sekunde später passierte, was Bettina schon vorausgeahnt hatte. Sie explodierte! Wilde Zuckungen durchzogen ihre geheimen Muskeln.

Als Andreas es spürte, stöhnte er auf. »Du hast es wirklich gebraucht, was?«

Bettina antwortete auch darauf nicht. Sie schlang ihre Schenkel um seine Hüften und genoss das Ziehen und Zucken. Andreas verharrte nahezu reglos in ihr, bis sie wieder zu Atem gekommen war.

Dann erst begann er, sich zu bewegen. Seine Stöße waren genauso langsam und ausdauernd wie das Vorspiel. Bettina spürte, wie sich die Lust wieder in ihr aufbaute, aber der erste, ungeduldige Hunger war gestillt. Sie strich mit den Händen über seinen Rücken und fuhr hinab bis zu seinem Hintern. Er war wirklich nicht so fest wie der von Robert, aber das machte nichts. Andreas stieß tief und kraftvoll zu, senkte dann den Kopf auf ihre Brüste und umspielte mit der Zungenspitze die steil aufgerichteten Nippel.

»Weißt du was? Mir ist nach einer kleinen Stärkung zwischendurch«, sagte er und griff mit den Fingern in den Honigtopf, den er in ihrer Reichweite aufgestellt hatte. Ein goldenes Rinnsal floss auf einen ihrer Nippel, um den sich wenig später sein Mund schloss.

Jetzt wäre der richtige Moment, es herauszufinden, dachte sie. Herauszufinden, ob ich allein dadurch kommen kann.

»Bitte hör nicht auf«, flehte sie. »Und beweg dich dabei nicht.«

Andreas hätte nun fragen können, warum er das nicht tun sollte, doch er schwieg und kam ihrem Wunsch nach. Das Einzige, was an seinem Körper nun arbeitete, war sein Mund. In seinem Schwanz pochte und pulsierte es, doch er beherrschte sich – und bekam nach einigen Augenblicken die Belohnung.

Bettina bäumte sich wie von Sinnen unter ihm auf und

stieß einen lauten, langen Schrei aus. Im ersten Moment hätte man es für den gespielten Orgasmus einer Porno-Darstellerin halten können, doch dann merkte er, dass dieser Höhepunkt echt war. Ihre Muskeln umzuckten seinen Schwanz, und ohne, dass er noch etwas tun musste, entlud sich seine Anspannung in einem Erguss, wie er ihn noch nie zuvor erlebt hatte.

»Ich glaube, in dir stecken noch einige Überraschungen«, sagte Andreas, als er wieder ein wenig zu Atem gekommen war. Obwohl er sich kaum bewegt hatte, kam er sich vor, als hätte er soeben einen Ausdauerlauf absolviert. »Ich habe jedenfalls noch nie eine Frau erlebt, die so heftig kommt, wenn man nur an ihren Brüsten saugt.«

»Und ich habe bisher nicht gewusst, dass ich davon überhaupt kommen kann.«

»Dann bin ich mal gespannt, was wir noch so alles gemeinsam herausfinden.« Mit diesen Worten begann er, ihren Bauch mit Küssen zu bedecken, Stück für Stück, als wollte er keinen Zentimeter Haut auslassen.

Seine Berührungen waren so weich und warm, dass sich Bettina für einen Moment wie in Watte gepackt fühlte. Sie schaute an die Decke, wo der Schein der Kerzenflammen tanzte, und erst, als Andreas ihren Venushügel erreicht hatte, kam sie wieder zu sich.

Sie hatte ganz gewiss nicht vor, sich gegen das, was er mit ihr zu tun gedachte, zu wehren. Sanft drückte er ihre Schenkel auseinander, und sein Atem steifte die feuchte Spalte, als er langsam, ganz langsam näher kam.

»Du erinnerst mich an eine Wassermelone«, raunte er, und bevor Bettina etwas dazu sagen konnte, machte er sich auch schon daran, ihre Paradiesfrucht zu kosten.

Als seine Zunge rauh über ihre Perle strich, schrie sie erneut auf. Ihre Hände fuhren durch sein Haar und hielten sich schließlich daran fest.

Sie hätte gedacht, dass sich ihre Lust nicht mehr steigern lassen könnte, doch Andreas schaffte genau das spielend. Beinahe quälend langsam baute sich der Orgasmus in ihr auf, und als sie kam, war es, als würde sie in einer warmen Flut versinken.

Andreas barg seinen Kopf einen Moment lang an ihrem Venushügel, dann glitt er neben sie. Bettina bekam es zunächst nur beiläufig mit, da ihr Verstand übervoll mit Endorphinen war. Doch dann kam sie wieder zu sich, und ihre Sinne fühlten sich schärfer denn je an. So etwas hatte sie nicht einmal in ihrer Anfangszeit mit Martin erlebt.

Minuten des Schweigens vergingen. Dann griff Andreas nach ihrer Hand und zog sie mit sich in die Höhe.

»Ich denke, wir könnten jetzt eine kleine Stärkung gebrauchen.« Mit diesen Worten griff er nach der Schale, in der sich die Austern befanden.

Bettina betrachtete sie skeptisch. »Hast du schon mal Austern gegessen?«, fragte sie.

Andreas nickte. »Ja, und ich verspreche dir, sie sind gut.«

Er zog ein Austernmesser aus der Tüte, die er irgendwo vom Rand der Kisseninsel hervorfischte, und öffnete eine der Muscheln. Das Innere erinnerte Bettina an blasse Schamlippen. Sie glänzten feucht, und irgendwie war ihr auch diesmal nicht danach, sie zu kosten. Andreas zuliebe wollte sie aber wenigstens eine probieren.

Er beträufelte die Auster mit Zitronensaft, dann reichte er sie ihr. »Versuch es, du wirst sehen, dass es gut ist.«

Bettina hob die Schale an die Lippen und versuchte, den Gedanken an Schamlippen zu verdrängen. Sie lutschte das glibberige Fleisch in den Mund, kniff die Augen zusammen und schluckte.

Andreas sah sie erwartungsvoll an, doch sie konnte ihre Abneigung nicht verbergen.

»Das war ja wohl das Ekligste, was ich je im Mund hatte«, sagte sie und kämpfte gegen den Reiz an, sich zu schütteln. »Wie konnte nur jemals ein Mensch auf die Idee kommen, dass Austern erotisierend sind?«

Andreas wirkte ein wenig ratlos. Fast fürchtete er, dass er damit die Stimmung verdorben hatte, aber da sagte Bettina: »Ich habe eine Idee.«

Bevor er sie fragen konnte, was sie meinte, erhob sie sich vom Kissenlager, schnappte sich Andreas' Hemd und warf es sich über. Der Geruch seines Aftershaves, das dem Kleidungsstück anhaftete, beruhigte ihren Magen wieder ein wenig. Nein, Austern würden ihr ganz bestimmt nicht mehr in den Mund kommen!

Da sie nun ihres Hauptgerichtes beraubt waren, musste sie sich etwas einfallen lassen. Sie huschte die Treppe hinunter in die Küche und begann, den Kühlschrank zu durchforsten. Andreas folgte ihr wenig später. Er hatte sich seine Jeans übergezogen und blickte sie ein wenig unglücklich an.

»Tut mir leid, dass die Austern nichts für dich sind.«

Bettina wandte sich um, strich ihm übers Kinn und gab ihm einen Kuss. »Das braucht dir nicht leid zu tun, jeder Mensch hat seine eigenen Vorlieben. Meine sind eben anderer Natur als die von Casanova.«

Mit diesen Worten zog sie eine Rolle Blätterteig hervor, den sie vorsorglich zubereitet hatte, weil sie nicht wusste, ob sie am nächsten Tag dazu kommen würde. Da sie auch herzhaftes Gebäck anbot, hatte sie Frischkäse, Eier und Gewürze da. Die Zutaten schlug sie unter den staunenden Augen von Andreas zu einer cremigen Masse und formte anschließend kleine Pasteten aus dem Teig.

»Ich glaube, die werden besser schmecken als die Austern«, murmelte sie, als sie die Füllung in den Teig laufen ließ. Andreas sagte dazu nichts, er beobachtete fasziniert, mit welcher Schnelligkeit und Leidenschaft sie arbeitete.

Als Bettina mit dem Füllen fertig war, schaltete sie den Backofen ein, fettete das Backblech und legte die Pastetchen vorsichtig darauf. Dann kamen sie in den Ofen.

Als sie die Klappe wieder geschlossen hatte, gab ihr Andreas einen kleinen Applaus. »Brava, Maestra!«

»Jetzt übertreibst du aber!«

»Nein, ich meine es ernst. Du solltest die Tür zur Küche herausreißen und deine Gäste an deiner Arbeit teilhaben lassen. Ich habe noch nie einen Koch erlebt, dem seine Arbeit so gut von der Hand geht.«

»Dabei bin ich nur Konditorin!«, entgegnete Bettina, doch sie musste zugeben, dass sein Lob ihr schmeichelte.

»Nein, du bist nicht nur Konditorin, du bist auch eine begnadete Köchin. Vielleicht solltest du dir überlegen, einen Cateringservice aufzubauen. Eine Konditorei ist gut und schön, aber die Leute werden hier immer nur Süßes vermuten. Dabei könntest du sicher auch einige herzhafte Dinge zaubern, die Männern einen Ständer und Frauen ein feuchtes Höschen bescheren.«

Bettina überlegte einen Moment lang. Die Idee hörte sich wirklich nicht schlecht an. Zu ihren Leidenschaften gehörten ja schon immer das Kochen *und* Backen. Warum sollte sie nicht expandieren?

Auf jeden Fall würde sie sich die Sache noch einmal durch den Kopf gehen lassen. Jetzt allerdings kam ihr eine Idee, die dringlicher war.

»Ich werde darüber nachdenken«, antwortete sie und griff nach einem Block Kuvertüre. »Momentan frage ich mich allerdings, ob eine herbsüße Schokoladensoße zu den Pasteten passen würde.«

»Probieren wir es doch aus!«

Andreas trat hinter sie, und während sie begann, Wasser anzustellen und die Kuvertüre zu zerbröseln, ließ er seine Hände über ihren Körper wandern. Allerdings blieb er dabei auf dem Stoff, und als er ihre Brüste streichelte, erinnerte das Bettina irgendwie an einen Koch, der die Reife von Melonen erfühlen wollte. Obwohl ihre Nippel steif wurden und seine Berührungen alles andere als konzentrationsfördernd waren, ließ sie ihn gewähren. Als das Wasser kochte, goss sie es in den Topf, der für das Wasserbad gedacht war, und stellte die kleine Schüssel mit der Kuvertüre darauf.

Als die Schokolade geschmolzen war, zog sie die Schüssel auf den Küchentisch, wo sie begann, ihre Kreation anzumischen. Sie fügte ein wenig Cointreau hinzu, außerdem noch etwas Pfeffer, dann tauchte sie ihren Finger hinein und streckte ihn Andreas entgegen.

»Koste mal.«

»Sollte das der Koch nicht selbst tun?«, fragte er ein wenig skeptisch.

»Das brauche ich nicht. Ich rieche, wie ein Gericht schmecken wird. Aber ich möchte, dass du kostest.«

Andreas tat ihr den Gefallen und lutschte ihren Finger ab. Während er schmeckte, zog er eine neutrale Miene, und nach einer Weile befürchtete Bettina, dass es ihm mit der Soße so ergehen würde wie ihr mit den Austern. Doch dann sagte er:

»Es ist göttlich!«

Nur wenige Augenblicke später hatte sie die Gelegenheit,

sich selbst zu überzeugte, denn Andreas küsste sie und ließ seine Zunge über die ihre gleiten, so dass sie die Soße darauf schmecken konnte.

Er hatte recht, und ihr Geruchssinn hatte sich auch nicht getäuscht: Die Soße war wirklich göttlich! Besonders, wenn sie sie von seiner Zunge leckte. Vielleicht sollte sie das ihren Kunden als Empfehlung mit auf den Weg geben. Natürlich sollten sie die Soße nicht von Andreas' Zunge lecken – obwohl es sicher einige Kundinnen geben würde, die das gern tun würden. Aber als genereller Tipp war das nicht zu verachten.

»Wusstest du eigentlich schon, dass Schokolade ebenfalls aphrodisierende Wirkung haben soll?«, fragte er und drängte sich ihr entgegen.

Bettinas Hand streifte seine Hose, und sie spürte erfreut, dass sein Penis erneut zur Höchstform auflief. Ob das allein an der Schokolade lag, bezweifelte sie, doch in diesem Augenblick war es ihr sehr recht. Die Pasteten würden noch eine Weile brauchen, also hatte sie nichts gegen eine weitere kleine Nummer einzuwenden.

»Ja, das merke ich gerade. Und ich fühle mich auch schon sehr aphrodisiert«, antwortete sie und schlang die Arme um seinen Nacken.

Andreas hob sie vorsichtig auf den Tisch und knöpfte ihr das Hemd auf. Mit beiden Händen griff er nach ihren Brüsten und rieb sie, bis die Nippel standen, dann senkte er den Mund darauf und saugte abwechselnd daran.

»Die hier sind aber noch viel besser als Schokolade«, raunte er.

Bettina spürte, wie sich ihr Schoß sehnsuchtsvoll zusammenzog. Die langsame Runde oben war toll gewesen, jetzt dagegen wollte sie es schneller. Ihre Hände zitterten ungeduldig, als sie ihm die Hose aufknöpfte und nach dem harten Schaft griff.

»Da hat es aber jemand eilig«, bemerkte Andreas, doch er widerstand ihrem Drängen nicht. Als er kurz darauf zum wiederholten Male an diesem Tag in sie drang, wimmerte Bettina leise auf. Ihre Klit fühlte sich erneut an, als würde sie jeden Augenblick bersten.

Nach ein paar Stößen hob Andreas ihre Beine auf seine Schultern, um mehr Bewegungsfreiheit zu haben. Die Töpfe und Gläser auf dem Tisch klirrten leise, eines der Rührgefäße aus Edelstahl fiel über die Kante und landete mit einem lauten Klirren auf dem Boden. Doch das Geräusch war nichts gegen die Lustschreie, die Bettina ausstieß, als es ihr kam.

Sie hatte keine Ahnung, wie hellhörig die Wände in Richtung Nachbarhaus waren und ob gerade jemand am Laden vorbeikam. Wenn ja, würden sie hoffentlich nicht die Polizei rufen, weil sie glaubten, dass jemand umgebracht wurde.

Nach einer Weile erreichten sie den Höhepunkt erneut, diesmal gleichzeitig. Keuchend lehnte sich Bettina auf dem Tisch nach hinten und legte beide Hände aufs Gesicht. Dass sie dabei mit dem Haar in der flüssigen Schokolade landete, bekam sie zunächst nicht mit. Sie spürte nur, wie Andreas' erschlaffter Penis aus ihr herausglitt, und wenig später hörte sie das Geräusch des Kondoms, das er abzog.

Als sie wieder einigermaßen zu Atem gekommen war, richtete sie sich auf. Ihre Haare fielen ihr auf die Schulter und zogen eine Schokoladenspur über die Haut.

Andreas strich mit dem Finger darüber und leckte es ab. »Solltest du jemals vorhaben, Nacktaufnahmen für ein Herrenmagazin zu machen, solltest du darum bitten, in der Küche aufgenommen zu werden. Ohne es abfällig zu meinen, das ist genau dein Reich.«

Bettina lächelte ihn an. »Abgesehen davon, dass die Herrenmagazine Frauen mit Größe vierunddreißig vorziehen, würde ich hier in der Küche nur Sexfotos machen wollen.«

»Oho, Sex in der Küche. So was gibt es, soweit ich weiß, noch nicht.«

»Wenn ich es mir allerdings recht überlege, bin ich beim Vögeln lieber privat. Ohne Kameras und so einen Firlefanz. Ich glaube, für Pornodarsteller ist das Drehen eines Films alles andere als ein Vergnügen.«

»Das stimmt, aber seinen Reiz hat es bestimmt, sich dabei fotografieren zu lassen. Ich könnte ja mal meine Kamera mitbringen.«

»Vielleicht. Aber jetzt sollten wir uns erst mal um die Pasteten kümmern. Wenn mich meine Nase nicht täuscht, müssten sie fertig sein.«

Bettina stieg vom Tisch und ging zum Ofen. Ihre Nase hatte sie tatsächlich nicht getäuscht. Sie nahm das Blech mit den Pasteten heraus und fischte blitzschnell eine davon herunter.

»Meine Großmutter hat immer gesagt, dass man sich den Magen mit warmem Gebäck verdirbt«, sagte Andreas, als er sah, dass Bettina Anstalten machte, das Törtchen zu kosten.

»Ich esse es ja nicht heiß«, entgegnete sie, riss ein Stück ab und pustete. Schließlich war es so weit erkaltet, dass sie es in den Mund stecken konnte – und sie war begeistert!

»Hm, dafür, dass es auf die Schnelle gezaubert wurde, ist es sehr gut«, bemerkte sie kauend.

Neugierig geworden griff jetzt auch Andreas zu. »Das ist hervorragend!«, rief er schließlich aus. »Und allemal Bauchschmerzen wert! Wenn alles, was du an herzhaften Gerichten machst, so lecker ist, solltest du dir wirklich überlegen, einen Cateringservice aufzumachen.«

»Das werde ich vielleicht tun«, entgegnete Bettina und brach sich ein weiteres Stück ab. *Ein bisschen könnte ich die Rezeptur noch verfeinern,* dachte sie. *Schinken könnte mit hinein oder Thunfisch. Und als Namen nehme ich »Heiße Spalte«.*

»Was machen wir mit den Austern?«, fragte Andreas, der nun ebenfalls wieder kaute.

»Ich werde sie ins Gefrierfach legen und den Kunden bei der Eröffnung anbieten. In Eis müssten sie sich bis morgen halten, ansonsten freuen sich die Nachbarskatzen darüber.«

»Du Banausin!«, schalt Andreas sie scherzhaft.

Bettina setzte ihre beste Unschuldsmiene auf. »Du hast doch selbst zugegeben, dass meine Pasteten besser sind!«

Andreas grinste breit. »Ja, das sind sie auch. Trotzdem wäre es Verschwendung, wenn du sie den Katzen überlassen würdest. Kannst du sie nicht irgendwie kochen oder dünsten?«

Bettina schaute auf die Austern, die in ihrer Schale und dem halb geschmolzenen Eis ziemlich traurig aussahen.

»Ich könnte sie ja auch für Martin mitnehmen, der braucht sie vielleicht.«

»Ich denke, dein Mann trainiert jeden Tag wie ein Wilder. Dann sollte er auch ohne Austern mit ihr fertig werden.«

»Das sollte er, aber sicher steht er auf das Zeug. Es macht nicht dick und hat genug Eiweiß, um noch ein paar Muskelberge aufzubauen.«

Bettina grinste breit, nahm das Tablett mit den Pasteten und brachte es nach oben.

Noch einmal liebten sie sich, dann warf Andreas einen Blick auf die Uhr. Sein Gefühl hatte ihn nicht getrogen, mittlerweile war es kurz vor Mitternacht.

»Vielleicht sollten wir jetzt besser nach Hause gehen«, sagte er, mehr aus Sorge um sie als um sich selbst. Nicole würde sich bestimmt über sein Fernbleiben wundern, vielleicht führte sie es aber auch auf den misslungenen Abend zurück und vermutete ihn in einer Kneipe. »Es ist gleich Mitternacht, dein Mann wird dich vermissen.«

Bettina schüttelte den Kopf und schob sich träge noch einen Bissen von der Zuckerstange in den Mund. Sie kaute genüsslich darauf herum, und erst, als sie fertig war, antwortete sie: »Er wird mich ganz sicher nicht vermissen. Wahrscheinlich schiebt er gerade ein paar Temponummern mit seiner Suse. Sollte er doch da sein, kann ich ihm immer noch auftischen, dass ich bei den Diet Sisters war.«

»Den Diet Sisters?«, fragte Andreas verwundert und lachte dann kurz auf. »Die nennen sich doch nicht wirklich so, oder?«

»Oh ja, das tun sie! Frag mich bitte nicht, warum, ich habe nicht mal Ahnung, wo sie ihren Sitz haben. Ich habe Martin nur den Flyer gezeigt, der bei uns in der Post lag, und mit der Ausrede hat er sich zufriedengegeben.«

»Warum sollten Frauen solchen Gruppen beitreten?«, fragte Andreas kopfschüttelnd. »Okay, ich will nicht sagen, dass Übergewicht gesund ist, aber den Menschen die Freude am Genießen zu vermiesen, ist auch nicht das Wahre. Die schönsten Frauen sind welche mit Kurven, das habe ich meiner Nicole auch immer klarzumachen versucht.«

»Aber sie hört nicht auf dich.«

Andreas seufzte. »Vielleicht erkennt sie ja irgendwann,

dass Sahneschnitten und Zuckerstangen nichts Verkehrtes sind.«

Den Worten folgte ein Moment des Schweigens. Nur ihr Atmen erfüllte die Luft.

»Wie glaubst du, wird es mit uns weitergehen?«, fragte er schließlich. Das überraschte Bettina. Sie hatte sich darüber noch keine großen Gedanken gemacht. Tobias war nur ein kurzes Intermezzo gewesen, das sie selbst beendet hatte. Die Sache mit Robert war noch am Laufen. Und das hier …

Andreas war von den drei Männern eindeutig der Einfühlsamste. Es hatte in der vergangenen Woche sogar mehrere Augenblicke gegeben, in denen sie sich gesagt hatte, dass er der Richtige war. Doch beide waren sie noch immer gebunden, und weder er noch sie hatte eine Bemerkung darüber gemacht, dass eine Scheidung geplant war.

Sie wollte nicht mit »keine Ahnung« antworten, denn das würde ihn sicher verletzen. Er bedeutete ihr durchaus etwas, und vielleicht konnte man es sogar Verliebtheit nennen, doch da sie schon einmal Schiffbruch erlitten hatte, wollte sie die Sache nicht überstürzen.

»Ich denke, wir sollten genießen, was wir haben, und dann weitersehen«, antwortete sie, griff nach seinem Arm und legte ihn sich über die Schulter, so dass seine Hand auf ihrer Brust ruhte. »Vielleicht wird es ja was aus uns, wer weiß? Lass uns abwarten, wie sich die nächsten Wochen und Monate entwickeln. Und lass uns öfter solche Nächte genießen.«

Sie blickte sich zu ihm um und sah, dass ein Lächeln seinen Mund in die Breite zog. Er küsste sie dreimal, auf die Stirn und auf beide Augen, und nachdem sie noch einen Moment schweigend nebeneinandergesessen hatten, erhoben sie sich und zogen sich wieder an.

Als Bettina nach Hause kam, waren sämtliche Fenster dunkel. Es hätte sein können, dass Martin bereits schlafen gegangen war, doch ein Blick auf die Einfahrt bestätigte ihr, dass sie richtig gelegen hatte. Er war noch nicht wieder zurück.

Nicht, dass er ihr eine Erklärung dafür geben wollte, aber Bettina konnte sich denken, dass er diesmal seine Kollegen und die Protestaktion, von der er ihr nur halbherzig erzählt hatte, vorgeschoben hatte. Den Anrufbeantworter hatte sie auch diesmal ausgestellt, die Wahrscheinlichkeit, dass sie aus heiterem Himmel eine Erbschaft antrat oder Gewinner in der Lotterie wurde, war ziemlich gering. Aber wahrscheinlich hätte Martin gar nicht angerufen.

Sie ging nicht gleich nach drinnen, sondern blieb wie vor ein paar Wochen eine Weile am Tor stehen und betrachtete das Haus. Würde es ihr fehlen? Gab es darin etwas, das sie vermissen würde?

Sicher, ihren Dildo, ihre Kleider, die Unterwäsche und ganz bestimmt auch die Liebeskugeln würde sie mitnehmen. Außerdem vielleicht das eine oder andere Utensil in der Küche. Aber sonst …

Natürlich brauchte sie noch Möbel in ihrer kleinen Wohnung über dem Laden, doch die würde sie bekommen. Wenn sie sich scheiden ließ, würde Martin ihr Unterhalt zahlen müssen. Immerhin stand sie mit ihrem Geschäft ganz am Anfang und hatte kaum Barvermögen.

Außerdem musste ihre Wohnung noch ein bisschen saniert werden. Aber dabei würde ihr Andreas sicher gern zur Hand gehen.

Nein, sie brauchte wirklich nichts aus diesem Haus. Sie würde es Martin überlassen, und ihretwegen konnte er dort mit Suse glücklich werden.

Mit diesem Gedanken stieß sie das Tor auf, ging den schmalen Weg zur Haustür entlang und verschwand in der stillen Villa, aus der die Liebe schon vor einiger Zeit ausgezogen war.

14. Kapitel

Wann Martin in der Nacht nach Hause gekommen war, wusste sie nicht. Als sie wach wurde, spürte sie ihn jedenfalls neben sich. Ein Blick auf den Wecker verriet ihr, dass es 4.37 Uhr war. Erstes Dämmerlicht fiel durch das Fenster, draußen begannen die Vögel mit ihrem Morgenkonzert. Bettina hatte sich nie die Mühe gemacht, herauszufinden, welche Vögel wann sangen, ihr genügte es, dass der Gesang schön war.

Jetzt fühlte sie sich den Vögeln dort draußen auf seltsame Weise verbunden. Auch sie würde heute ihre Flügel ausbreiten und ihre ersten Flugversuche unternehmen. Ob ihr Vorhaben erfolgreich sein würde, musste sie erst sehen, aber sie war optimistisch. Natürlich würde es nicht immer leicht sein, den Laden zu führen, doch es war ihr Geschäft, ihr eigenes, und dafür war sie bereit, jede Strapaze auf sich zu nehmen. So wie Vögel bereit waren, Strapazen auf sich zu nehmen, um ein eigenes Nest zu bauen und im Winter in wärmere Gefilde fortzuziehen. Auch sie würde irgendwann einmal fortziehen – vielleicht sogar schon bald. Alles hing von ihrem Geschäft ab.

Bettina schloss die Augen wieder, doch ihre Nervosität machte es ihr unmöglich, weiterzuschlafen. Immer wieder ging sie in Gedanken durch, was sie tun würde – und immer wieder tauchte Andreas vor ihr auf. Dabei dachte sie keineswegs daran, wie sie es miteinander getrieben hatten, sondern vielmehr daran, ob es gut wäre, ihn auf ihrem Flug mitzunehmen. Es bedeutete, dass auch er sein Nest endgültig verlassen musste. Wie schon Stunden zuvor, als er sie gefragt hatte, was aus ihnen werden solle, konnte Bettina auch jetzt keine klare Antwort finden.

Schließlich fühlte sie sich so wach, dass sie es im Bett nicht mehr aushielt. Herumlaufen und grübeln wollte sie an diesem Morgen nicht, viel lieber wollte sie ein paar Vorbereitungen für den Tag treffen: Teig kneten, Gebäck ausstechen und formen, Cremes anrühren …

Sie schaute noch einmal zu Martin hinüber, der leise vor sich hin schnarchte, dann erhob sie sich und ging in die Küche.

Dabei ging ihr eine Idee durch den Kopf, die sie unbedingt notieren wollte. Die fehlende Schärfe hatte ihrer Ehe den Todesstoß versetzt. Also sollte der Laden unbedingt etwas Scharfes im Sortiment haben, dass ihn am Laufen hielt …

Scharfes Konfekt

150 g Margarine; 200 g Puderzucker; 100 g Schokolade Vollmilch; 100 g Schokolade, Zartbitter; 1 halber TL Chilipulver; 1 EL heißes Wasser; Konfekttüten

Margarine mit Puderzucker schaumig rühren. Schokolade auflösen, Chili mit heißem Wasser verrühren. Schokolade und Chilimasse unter die Margarinen-Puderzucker-Mischung heben und im Kühlschrank halb fest werden lassen. Dann in einen Spritzbeutel geben und in die Konfekttüten spritzen.

Als sie fertig war, hörte sie Martins Wecker klingeln. *Adieu, Schärfe,* dachte sie bei sich und klappte das Buch wieder zu. Ihr Ehemann würde sich bestimmt wundern, dass sie schon wach war, aber sie würde es ihm damit erklären, dass sie sich voller Energie fühlte, seit sie bei den Diet Sisters war. Er würde es sicher nur mit einem Nicken zur Kenntnis nehmen und es bereits vergessen haben, wenn er wieder an seinen Geräten schwitzte.

Adam und Eva, ging es Bettina durch den Kopf, als sie aus der U-Bahn-Station trat und der Straße zustrebte, in der sich ihr Laden befand. An die Bibel dachte sie dabei allerdings ganz sicher nicht. Noch während der Fahrt war ihr die Idee für zwei neue Pasteten gekommen, die eine süß, die andere herzhaft (und auf der Basis der Pastete von vergangener Nacht). Sie wusste auch schon, wie deren Formen aussehen sollten: ein Frauentorso für die süße, ein Männertorso für die herzhafte. Als kleine Zugabe sollte man die beiden an einer Stelle zusammenstecken können – wie ein Liebespaar. Wie das Ganze letztlich aussehen sollte, würde sie ausprobieren müssen, doch der Name stand für sie fest. Adam und Eva.

Um diese Uhrzeit war hier noch nicht viel los, ein paar Lieferwagen quälten sich durch die engen Straßen, von irgendwoher tönte der Lärm von Kisten, die ausgepackt wurden. Die meisten Läden öffneten zwischen neun und zehn, Bettina glaubte daher, dass sie mit halb neun ziemlich früh dran war – aber da täuschte sie sich. Tatsächlich hatten sich bereits zwei Leute vor ihrem Laden eingefunden. Es war ein junges Pärchen, das ungeduldig den Hals reckte.

»Guten Morgen!«, rief Bettina ihnen zu, und als sich der junge Mann umdrehte, erkannte sie zu ihrem großen Erstaunen den Taxifahrer. Er hatte sie zweimal gefahren, als sie zwischen Tobias Büro und der Villa hin und her gependelt war.

Er erkannte sie ebenfalls und begrüßte Bettina mit einem freudigen »Hallo, Sie auch hier?«

Seine Freundin warf ihm daraufhin einen leicht eifersüchtigen Blick zu, was er anscheinend spürte, denn er fügte schnell hinzu: »Sie sind schon lange nicht mehr mit meinem Taxi gefahren.«

Er hätte auch sagen können: Sie haben schon lange nicht mehr meine Dienste in Anspruch genommen, aber dann hätte seine Freundin es sich sicher noch einmal mit dem Besuch der Konditorei überlegt.

»Ich bin auf die U-Bahn umgestiegen«, entgegnete Bettina lächelnd. »Falls Sie sich fragen, was ich hier suche, das hier ist mein Laden.« Sie deutete stolz auf das Schild und das Schaufenster, das gestaltet war wie das einer viktorianischen Backstube.

»Gratuliere!«, entgegnete der Taxifahrer. »Wir waren neugierig und haben uns gefragt, was es hier wohl gibt. Die Flyer kursieren beinahe in der ganzen Stadt. Ein Fahrgast von mir hatte einen der Zettel auf dem Sitz vergessen, und da dachte ich mir, dass wir mal vorbeischauen sollten.«

Die junge Frau nickte beipflichtend, und so wie sie dreinschaute, war ihr Misstrauen längst zerstreut. Bettina schloss die Tür auf und ließ ihre ersten Kunden herein. Noch waren die Auslagen leer, und sie sah ein, dass sie vielleicht doch noch etwas früher hätte öffnen sollen. Aber Martin sollte noch nichts davon mitbekommen, dass sie auf dem besten Weg war, eine erfolgreiche Geschäftsfrau zu werden. Also hatte sie geduldig warten müssen, bis er weg war – und sich dann mit dem, was sie zu Hause bereits vorgebacken hatte, auf den Weg gemacht.

»Setzen Sie sich doch einen Moment, ich bringe Ihnen gleich mal Ihr Begrüßungsgeschenk und einen Kaffee.«

Bettina deutete auf einen der Tische direkt unterhalb des großen Bordellspiegels und verschwand in der Küche. Dort schob sie rasch die Bleche mit den vorbereiteten Pasteten und Gebäckstücken in den Ofen, verteilte das mitgebrachte fertige Gebäck auf zwei Anrichten und nahm die Marzipanhintern aus dem Kühlschrank. Nachdem sie die Kaffeemaschine angestellt und zwei Gedecke aus dem Schrank geholt hatte, kehrte sie in den Laden zurück. Das Paar betrachtete gerade den Spiegel.

»Das ist wirklich ein ziemlich wuchtiges Teil«, stellte der junge Taxifahrer bewundernd fest.

»Ja, und es war ziemlich schwierig anzubringen«, entgegnete Bettina, während sie die Tabletts auf dem Tresen abstellte. Es hatte Andreas ziemlich viel Mühe gekostet, den alten Apothekenschrank in eine Theke zu verwandeln, aber mit ein wenig Hilfe von einem seiner Freunde waren sie rechtzeitig fertig geworden.

»Der Spiegel gibt dem Raum mehr Größe.« Bettina hätte von der ziemlich verruchten Geschichte dieses Möbelstücks erzählen können, aber dann erntete sie bestimmt wieder einen misstrauischen Blick von der jungen Frau. »Ich fand ihn sehr passend zum Rest des Mobiliars.«

Bevor der Taxifahrer sie weiter ausfragen konnte, hörte sie das Rauschen der Kaffeemaschine und kehrte in die Küche zurück. Das Gebäck war gerade dabei, aufzugehen, also ließ sie es unangetastet. Sie goss den Kaffee ein, und dabei kam ihr der Gedanke, dass sie Kaffee mit verschiedenen Aromen anbieten könnte. Nichts aus der Tüte, sondern alles frisch zubereitet. Aber dazu hatte sie jetzt keine Zeit. Mit den frühen Gästen hatte sie nicht gerechnet, also mussten sie sich mit normalem Wachmacher begnügen.

Bettina servierte den Kaffee und brachte dem Paar die

Marzipanhintern. Dass sie vielleicht noch eine weibliche Variante für die Herren herstellen sollte, kam ihr beim Servieren in den Sinn, aber wie es aussah, gefiel dem Taxifahrer Roberts Knackarsch ziemlich gut.

»He, woher haben Sie die denn?«, fragte er.

Endlich meldete sich auch seine Freundin zu Wort. »Haben Sie die selbst geformt?«

»Ja, das habe ich.«

Die junge Frau schob bewundernd die Unterlippe vor. Bettina rechnete damit, dass sie sich jeden Moment als Kunststudentin zu erkennen gab und darüber stöhnte, dass ihre Skulpturen nicht so gut wurden, als die Kundin fragte: »Gibt es dazu auch ein lebendes Modell?«

Bettina zwinkerte ihr zu und antwortete: »Das ist mein Geheimnis.«

Die Freundin des Taxifahrers lächelte daraufhin und entgegnete: »Wenn ich einen Kerl mit solch einem Hintern hätte, würde ich ihn auch geheim halten.«

»He!«, beschwerte sich der Taxifahrer daraufhin, doch anscheinend wusste er, dass sie es nicht ernst meinte. Bettina konnte sich außerdem nicht vorstellen, dass sein Hintern so viel weniger knackig war.

Nach und nach servierte sie den beiden sämtliche Kostproben ihres Gebäcks und gab ihnen auch eine von den Karten mit, die Andreas für sie gestaltet hatte. Einige ihrer neuen Ideen standen noch nicht drauf, aber das würde sie so bald wie möglich nachholen, denn Andreas hatte ihr freundlicherweise die Datei überlassen. Zwischendurch schob sie ein Backblech nach dem anderen in den Ofen, und pünktlich zur offiziellen Öffnungszeit um neun fanden sich weitere interessierte Kunden ein.

Das Pärchen blieb sitzen, und Bettina musste zugeben,

dass die beiden ihr irgendwie Glück brachten. Natürlich war es hauptsächlich der Reiz des Neuen, der die Menschen in den Laden zog, außerdem gab es heute Kostproben und Kaffee gratis, aber ihr Angebot schien Anklang zu finden. Und was das Wichtigste war, ihnen schmeckten ganz offensichtlich auch ihre Köstlichkeiten. Bettina hatte alle Hände voll zu tun, um Nachschub zu liefern, und als die Mittagspause nahte, war sie froh, dass der Kundenstrom ein wenig abebbte.

Das Pärchen war inzwischen gegangen, doch die beiden hatten sich von ihr mit dem Versprechen verabschiedet, schon bald wieder bei ihr reinzuschauen. Dasselbe hatten auch einige andere Kunden getan, und mittlerweile musste Bettina nicht nur die Auslagen nachfüllen, sondern auch den Stapel mit den Flyern.

Sie fragte sich, was Martin wohl sagen würde, wenn er sie hier sah. Bevor sie allerdings eine Antwort darauf finden konnte, klingelte ihr Handy.

Sie fischte es aus der Tasche und erkannte auf dem Display Andreas' Nummer. Offenbar hatte er Mittagspause.

»Hallo, wie läuft das Geschäft?«, fragte er genauso gut gelaunt, wie sie sich gemeldet hatte.

»Hervorragend. Heute Vormittag war hier schon die Hölle los, ich komme mit dem Backen gar nicht so schnell nach, wie die Sachen rausgehen.«

»Gratuliere!«, entgegnete er. »Ich glaube, meine Flyer-Aktion wirkt.«

»Und wie die wirkt! Anscheinend verteilen die Leute die Zettel über die ganze Stadt.«

»Sicher haben sie auch die Annonce gelesen, die ich geschaltet habe.«

»Welche Annonce?« Bettina fiel ein, dass sie am Morgen

gar keine Zeit gehabt hatte, die Tageszeitung lesen. Jetzt lag die Ausgabe zu Hause, und sie konnte nicht hineinsehen.

»Die im Kurier und in einigen weiteren Blättern. Ich habe überall eine Eröffnungsmeldung reinsetzen lassen. Jetzt weiß ganz Berlin über deinen Laden Bescheid.«

»Wenn das so ist, muss ich mir wohl Rollschuhe anschnallen, um möglichst schnell zwischen Küche und Laden hin und her pendeln zu können.«

»Oder du solltest dir überlegen, jemanden einzustellen, der den Verkauf übernimmt. Klar, das ist jetzt noch ein wenig früh, aber überleg es dir. Du könnest dann mehr Zeit auf das Erfinden neuer Rezepte verwenden.«

Das klang nicht schlecht, trotzdem wollte Bettina nichts Überstürzen. Es war gut möglich, dass nach dem fulminanten Start eine Flaute einsetzte.

»Ich werde mich darum kümmern, wenn ich mir sicher bin, dass es wirklich gut läuft. Später, wenn ich das Catering dazunehme, werde ich ohnehin jemanden brauchen, der entweder die Sachen ausfährt oder im Laden bleibt.«

»Okay, es ist deine Entscheidung, aber wenn du jemanden einstellen willst, helfe ich dir gern.«

Bettina lächelte breit. Martin hätte ihr nie eine Entscheidung überlassen, schon gar nicht eine, die seinen Interessen widersprach. Zum Glück gab es noch Männer wie Andreas.

»Hast du denn bei all dem Stress heute Abend ein wenig Zeit für mich?«, erkundigte er sich schließlich.

»Was für eine Frage, natürlich habe ich die! Aber wird deine Frau nicht misstrauisch?«

»Das könnte ich dich auch fragen. Nur keine Sorge, Nicole wird mich sicher nicht vermissen. Je später ich komme, desto mehr Zeit hat sie für ihre Joggingrunden. Sie hat gestern jedenfalls nicht von mir wissen wollen, wo ich war.«

»Sei trotzdem vorsichtig, Frauen haben für so etwas einen sechsten Sinn«, entgegnete Bettina und griff nach einem der kleinen Kekspenisse, die sie inzwischen schon dreimal nachgebacken hatte. Das Ergebnis sah wirklich gut aus. »Ich spreche da aus Erfahrung.«

»Ich weiß, bei dir war es auch was anderes als bei Nicole. Ich glaube, sie ist froh darüber, dass ich sie in Ruhe lasse.«

»Nun ja, das musst du wissen«, entgegnete Bettina und schob sich den Keks in den Mund.

»He, kaust du etwa schon wieder auf den Schwänzen herum?«, fragte Andreas, als er das Knuspern vernahm.

»Ja, sicher doch!«

»Lass mir für heute Abend bitte noch welche übrig.«

»Oh, bist du umgestiegen?«, entgegnete Bettina scherzhaft.

»Nicht wirklich. Aber diese Dinger schmecken verdammt gut, egal, welche Form sie haben.«

»Okay, dann lege ich dir besser welche zurück. Ich kann sonst für nichts garantieren.«

Kaum hatte sie das gesagt, sah sie auch schon wieder jemandem am Schaufenster vorbei und auf die Tür zustreben.

»Da kommt schon wieder jemand. Ich muss jetzt Schluss machen.«

»Vergiss mich bis heute Abend nicht ganz!«, entgegnete Andreas, dann verabschiedeten sie sich voneinander, gerade rechtzeitig, dass sich Bettina dem Kunden zuwenden konnte.

Martin Winter saß an seinem Schreibtisch, vor sich einen riesigen Stapel mit Unterlagen, die er allerdings keines Blickes würdigte. Auch sein Handy lag unbeachtet neben ihm. Schon seit Tagen hatte er das Gefühl, dass irgendwas nicht in Ordnung war – nur was es war, konnte er nicht sagen. Hing es vielleicht mit seiner Frau zusammen? Sie ging jetzt seit mehr als einer Woche zu dieser Diätgruppe, und es schien ihr dort sichtlich zu gefallen. Noch nie hatte er sie so gelöst und beinahe fröhlich erlebt.

Das konnte allerdings nicht allein an der Diät liegen. Zumal nicht viel davon zu sehen war – jedenfalls nicht unter den weiten Klamotten. Aber vielleicht täuschte das nur? Vielleicht hatte sie bei dem Kurs ja auch einen Lover gefunden. Einen, der genauso fett war wie sie und sich nichts aus ihren Röllchen machte.

Auch wenn dieser Gedanke gegenüber Bettina ziemlich abfällig war, konnte er sich eines leichten Anflugs von Eifersucht nicht erwehren.

Der Klingelton seines Handys riss ihn aus seinen Gedanken. Er brauchte gar nicht auf das Display zu blicken, um zu wissen, wer dran war.

Er nahm ab, meldete sich, und wenig später hauchte ihm eine verführerische Frauenstimme ins Ohr: »Hallo Schatz, machst du gerade Pause?«

Natürlich machte er Pause! Um diese Zeit machte er das immer. Nur hatte er sich bisher gefreut, wenn Suses Anruf kam. Jetzt hatte er so viele Gedanken über seine Frau im Kopf, dass er sich gar nicht richtig auf die sexy Stimme konzentrieren konnte.

Dennoch zwang er sich zu einem Lächeln, denn Suse würde sicher hören, wenn er am Hörer ein finsteres Gesicht zog.

»Ja, ich mache gerade Pause, Schatz, was gibt es denn?«

Das klang offenbar nicht besonders überzeugend, denn Suse antwortete: »Ich wollte mal hören, wie es dir so geht. Wie mir scheint, wirkst du ein wenig angespannt.«

»Es ist nichts«, versuchte er, sich herauszureden, doch

die Pause, die daraufhin entstand, machte ihm deutlich, dass sie sich nicht so leicht abwimmeln lassen wollte. Anscheinend waren alle Frauen auf irgendeine Weise gleich.

»Es ist wegen meiner Frau.«

Suse atmete tief durch. »Hat sie dich erwischt?«

»Nein, es ist nur ...« Martin wusste nicht, wie er es in Worte fassen sollte. Er konnte sich unmöglich darüber beschweren, dass sie in letzter Zeit so ausgeglichen war.

»Ich sage dir schon seit einigen Monaten, dass du die Sache beenden sollst«, sagte Suse, nachdem er noch einige Momente lang herumgedruckst hatte. »Du liebst sie nicht mehr, fertig. Leg endlich die Karten auf den Tisch und lass dich scheiden.«

Martin war froh, dass Suse am Telefon nicht sehen konnte, wie er den Kopf schüttelte. Nein, irgendwas hielt ihn noch immer davon ab, diesen Schritt zu gehen.

»Es ist nur so, etwas ist neuerdings seltsam mit ihr. Sie ist so anders geworden in den letzten Wochen.«

Suse schnaufte in den Telefonhörer. Sie hasste es, über ihre Konkurrentin zu sprechen, das verdarb ihr immer wieder die Laune. Martin wusste das, aber diesmal brauchte er jemanden, mit dem er reden konnte. Suse war natürlich nicht gerade eine Frau für gute Gespräche, sie war eher eine Frau für guten Sex, aber sicher würde es ihm bessergehen, wenn er alles, was auf seiner Seele lastete, mal herausließ.

»Inwiefern ist sie anders als sonst?«, fragte Suse gelangweilt, denn sie hatte eingesehen, dass sie um dieses Gespräch nicht herumkam.

»Das ist schwer zu sagen«, entgegnete Martin und runzelte die Stirn, als könnte er damit seine Gedanken dazu bringen, etwas konkreter zu werden. »Sie wirkt völlig anders, irgendwie fröhlicher. Sie hat sich neue Klamotten gekauft, aber keine wie sonst, die alles verhüllen. Sie ist noch immer keine schlanke Elfe, doch sie hat keine Angst mehr, ihren Körper zu zeigen.«

»Sicher kein schöner Anblick«, bemerkte Suse.

»Das ist es ja, sie ist mittlerweile wieder ein schöner Anblick! Meine Kollegen waren vor einer Woche bei mir, auch dein Behringer. Die waren alle total begeistert von ihr.«

»Da siehst du mal, dass Behringer keinen Geschmack hat.«

»Wenn ich es nicht besser wüsste, würde ich glauben, dass sie einen anderen hat.«

Jetzt konnte Suse sich nicht mehr zurückhalten und lachte laut auf. »Deine Frau einen Liebhaber?«

Martin hatte ihr mal das Foto gezeigt, das er bis zu Beginn seiner Affäre mit Suse noch in seiner Geldbörse gehabt hatte. Sie hatten sich beide köstlich amüsiert über das Sackkleid, in dem Bettina gesteckt hatte. Suse konnte sich beim besten Willen nicht vorstellen, dass es einen Mann gab, der sich dafür begeistern konnte. Höchstens einen, der schon lange keine Frau mehr gehabt hatte oder der keine Chancen bei den tollen Frauen hatte.

»Warum denn nicht?«, gab Martin zurück. Er musste zugeben, dass ihn dieser Gedanke ein wenig ärgerte. Für ihn hatte sich Bettina in den vergangenen Jahren nicht mehr hübsch gemacht, aber jetzt lief sie umher, als sei sie auf Männerfang. Oder bereits fündig geworden.

»Martin, verschwende deine Gedanken doch nicht an Bettina! Wenn sie sich irgendeinen Kerl aufgerissen hat, bitte schön! Dann brauchst du nur noch nach Beweisen zu suchen, dass sie dich betrügt, und schon kannst du dich ruck, zuck scheiden lassen. Wo ist das Problem?«

Er antwortete darauf nicht. Es war eine Sache, seine Frau

zu betrügen, und eine andere, von ihr betrogen zu werden. Und die Angelegenheit mit der Scheidung war auch nicht so leicht, wie Suse sich das ausmalte. Sie war bislang immer nur die Geliebte von irgendwelchen Männern gewesen. Bei einer Scheidung konnte es viel Ärger geben, besonders wegen des Unterhalts. Abgesehen davon könnte er es nicht ertragen, ständig Bettinas von Tränen verquollenes Gesicht zu sehen. Sie würde bestimmt im Haus wohnen bleiben, zunächst jedenfalls, und er hatte keine andere Wahl, als ihr ständig über den Weg zu laufen. Ob er sich das antun wollte, wusste er nicht.

»Ich hätte da eine Idee, wie ich dich wieder auf andere Gedanken bringen kann«, sagte Suse schließlich. Martin hörte Papier rascheln, und bevor er fragen konnte, was das für eine Idee war, las sie vor: »Zuckerstange, die etwas andere Konditorei.«

»Was soll denn das sein?«, fragte er verwundert. Noch nie war seine Geliebte auf die Idee gekommen, ihm Süßigkeiten für seine Seele anzubieten.

»Laut dem Flyer, den Behringer gestern von einer seiner Helferinnen bekommen hat, gibt es neuerdings eine erotische Konditorei. Dort werden Leckereien angeboten, die zu erhebenden Momenten und heißen Liebesnächten führen sollen. Behringer wollte für mich ein paar von den Sachen holen, aber ich habe ihn auf meine Figur verwiesen und so getan, als hätte ich den Zettel weggeworfen. Dabei habe ich ihn aufgehoben und gedacht, dass wir dieses Angebot bei Gelegenheit nutzen könnten.«

»Du weißt, dass ich auch nicht gerade ein Fan von Süßigkeiten bin«, entgegnete Martin seufzend.

»Natürlich, Schatz! Ich habe ja auch nicht vor, dich zu mästen, wie es deine Frau tut. Ich habe was ganz anderes vor.«

»Und was?«

»Sicher haben sie auch Sachen, die auf der Haut schmelzen. Du könntest mir das Nougat von den Titten lecken. Oder, besser noch, von der Pussy.«

Martin spürte, wie sein bestes Stück interessiert den Kopf hob.

»Ich könnte dir im Gegenzug zerlaufenes Sahnekonfekt vom Schwanz und von den Eiern lecken. Anschließend trainieren wir die Kalorien wieder ab, indem wir bis zum Gehtnichtmehr ficken.«

Sein Schwanz drückte bei ihren derben Worten gegen seine Hose wie ein wildes Tier, das endlich in die Freiheit entlassen werden wollte. Er hatte Süßigkeiten eigentlich immer als unerotisch empfunden, doch Suses Angebot schien zumindest seinem Penis zu gefallen.

»Oh ja«, raunte er unwillkürlich, und ihm blieb nichts anderes übrig, als seine Hose zu öffnen und nach dem vorwitzigen Schlingel zu greifen.

Suse schien es mitbekommen zu haben, denn sie fragte lächelnd: »Hast du ihn etwa schon in der Hand? Das sollten wir uns besser für morgen aufsparen. Du willst doch, dass ich in den Laden gehe, oder?«

»Jaaaaaaaa.« Da Martin nichts von Aufsparen hielt, schloss sich seine Rechte fest um den Schaft.

»Gut, ich werde mal sehen, was die da alles im Angebot haben. Und du kannst es mir dann später vom Körper lecken.«

Martins Antwort war nur ein Grunzen, als er anfing zu wichsen. »Erzähl mir mehr, Baby!«, forderte er stockend. »Erzähl mir, wie ich dir die Champagnertrüffel aus der Spalte lecken soll.«

»Ich erzähle dir lieber, wie ich deinen Schwanz lecke und

lutsche und dir in die Eier beiße. Dein Sack ist jetzt ganz schön prall, habe ich recht?«

»Ja«, keuchte Martin und fing an, seine harte Stange schneller zu bearbeiten. Dieses Gesprächsthema war schon viel besser!

»Gut, dann lecke ich deinen prallen Sack und massiere ihn kräftig. Und wenn du willst, darfst du mir dabei die Möse ausschlecken, während ich blase und sauge …«

Martin keuchte, und Suse hörte sicher durchs Telefon, dass er inzwischen seinen Schwanz so schnell wie möglich rieb. Der Gedanke, Suses glattrasierte Pussy vor sich zu haben und an ihr zu saugen wie an einer süßen Frucht, machte ihn noch geiler, und schließlich kam es ihm. Das Sperma spritzte auf seinen Schreibtisch und verfehlte nur knapp den Unterschriftenbogen, den Behringer ihm gegeben hatte.

Das bemerkte Martin allerdings erst später. Erst einmal ließ er sich keuchend auf dem Chefsessel zurücksinken und hörte auf die Geräusche von Suse am anderen Ende der Leitung. Ob sie es sich gerade auch machte, wusste er natürlich nicht, aber er hoffte es.

»Ja, Baby, geh in den Laden und hol uns was Leckeres. Vielleicht sogar schon heute.«

»Tut mir leid, heute geht nicht«, entgegnete Suse. »Behringer besteht heute Nacht auf seiner Standardnummer. Ich wette, er bringt mir wieder irgendwas mit, vielleicht sogar scharfe Dessous. Mit denen kannst du dir dann morgen deinen Schwanz abwischen, was meinst du dazu?«

»Klingt hervorragend.«

»Also gut, dann treffen wir uns morgen nach Feierabend in deiner Praxis. Ich fertige Behringer möglichst kurz ab und spare mir meine Kräfte für dich auf.«

Mit diesen Worten schickte sie ihm noch einen Kuss durch die Leitung und legte auf. Martin hielt den Hörer noch einen Moment lang in der Hand und starrte ins Leere. Seine Gedanken über Bettina waren fürs Erste in den Hintergrund getreten. Vielleicht würde er weiter darüber nachsinnen, wenn er wieder zu Hause war. Jetzt musste er erst einmal die Spuren beseitigen, denn seine Helferinnen konnten jederzeit auftauchen und ihm mitteilen, dass die ersten Nachmittagspatienten da waren.

Lächelnd schloss Bettina die Ladentür hinter sich ab. Der erste Tag war tatsächlich ein voller Erfolg! Die Marzipanhintern waren weggegangen wie warme Semmeln, ebenso die Sahneschnitten, die Crememöpse und die Zuckerstangen, die Andreas' bestem Stück nachempfunden waren.

Allerdings hatte sie das Gefühl, dass ihr noch etwas fehlte.

Mir fehlt noch ein Höhepunkt, dachte Bettina, und das meinte sie nicht im Sinne von Orgasmus, sondern im Sinne von geschäftlicher Attraktion. Für das von Andreas vorgeschlagene Catering brauchte sie etwas, das die Kundschaft von den Füßen riss. Eine Köstlichkeit, wie sie die Welt noch nicht gesehen hatte.

Doch obwohl Andreas eine tolle Quelle der Inspiration war, fehlte ihr der passende Denkanstoß für etwas Neues. Vielleicht würde ihr ja etwas einfallen, nachdem sie sich ein wenig ausgeruht hatte.

Kurz vor Ladenschluss war Andreas zu ihr gekommen, mit einer vielversprechenden Tasche unter dem Arm, deren Inhalt er ihr noch nicht preisgeben wollte. Sie hätte nur zu gern nachgebohrt, doch auch am Abend waren immer wieder neue Kunden gekommen, und sie musste einsehen, dass sie sich wohl bald wieder daranmachen musste, Marzipanhintern zu modellieren.

»Na, wie geht es dir?«, fragte Andreas, der mit zwei Gläsern Rotwein um die Ecke kam.

»Ein wenig müde, aber glücklich«, antwortete Bettina und nahm ihm eines der Gläser ab.

Der Wein hatte ein herrliches Bouquet, Andreas musste ihr unbedingt verraten, woher er den Tropfen hatte, denn der würde sich gut für das Catering machen.

»Hoffentlich nicht zu müde. Ich habe ein paar nette Ideen, wie wir den Erfolg feiern können.«

»Ich denke, wir haben gestern schon gefeiert?«, fragte Bettina, doch zwischen ihren Beinen stellte sich wieder ein hoffnungsvolles Kribbeln ein. Sie war sich sicher, dass Andreas noch längst nicht alle Register seines Könnens gezogen hatte.

»Ja, aber nicht so, wie ich es heute vorhabe.«

»Was hast du denn vor? Hängt das vielleicht mit dem Inhalt der Tüte zusammen?«

Jetzt grinste er breit. »Könnte gut sein. Bevor ich dir jedoch all meine Geheimnisse offenbare, wird es dich vielleicht interessieren, dass ich heute mit einem Mann gesprochen habe, der bereit wäre, deinen Laden mit Werbung zu unterstützen.«

»Das machst du doch schon!«

»Stimmt, nur er kennt sich wesentlich besser im Internet aus. Vielleicht möchtest du irgendwann mal einen Onlineshop aufbauen, wie ihn viele Feinkostläden haben. Dieser Mann kann dir helfen und dich bekannt machen. Dann wären deine Köstlichkeiten der ganzen Welt zugänglich. Na ja, zumindest erst einmal ganz Deutschland. Aber das ist schließlich auch schon was, oder?«

»Und ob!«, entgegnete Bettina und gab ihm einen kurzen Kuss auf den Mund. »Der erste Schritt zur Erringung der Weltherrschaft wäre also getan!«

»Und dafür bekomme ich nur einen kleinen Kuss?«

Ein schelmisches Lächeln huschte über Bettinas Gesicht. »Den Rest bekommst du, wenn du mir zeigst, was du in deiner Tüte hast.«

»Na gut, dann lass uns nach oben gehen!«

Bettina folgte Andreas die Treppe hinauf und bekam auf halbem Weg Curryaroma in die Nase.

Als er an ihr vorbeigehuscht war, hatte sie es noch nicht wahrgenommen, und da es ausgeschlossen war, dass er unbemerkt in der Küche hantiert hatte, musste sich was zu essen in der Tasche verbergen.

Als sie den Raum mit der Kisseninsel betraten, sah sie, dass Andreas auch noch einige andere Sachen mitgebracht hatte. Auf dem Boden, direkt neben den Kissen, lag eine Yoga-Matte. Die Kissen selbst waren mit einem pinkfarbenen, golden verzierten Tuch bedeckt, und ein leichtes Aroma von Räucherstäbchen lag in der Luft.

»Gehen wir etwa unter die Hippies?«, fragte Bettina lachend.

»Du willst doch nicht behaupten, dass du junges Küken noch was von den Hippies weiß. Wenn überhaupt, musst du damals ein ziemlich kleines Mädchen gewesen sein.«

»Ich habe ja auch nicht behauptet, dass ich etwas davon weiß. Aber das hier sieht wirklich sehr danach aus, da fehlt nur noch die Wasserpfeife.«

»Die brauchen wir nicht«, entgegnete Andreas und deutete auf die Pappschachteln am Boden. »Ich dachte mir, wir machen uns einen indischen Abend. Dazu war ich extra bei meinem Lieblingsinder. Das Essen dort ist absolut austernfrei und das leckerste, das du hier bekommen kannst. Jedenfalls meiner Meinung nach.«

»Für deinen Geschmack bist du inzwischen berüchtigt«, entgegnete Bettina.

»Oh ja, und das ist noch lange nicht alles«, sagte Andreas und zauberte unter den Decken plötzlich ein Buch hervor. Es hatte einen roten Einband, und auf dem Umschlag war ein Pärchen in eindeutiger Stellung abgebildet.

Bettina hob überrascht die Augenbrauen, und er erklärte daraufhin: »Ich habe das Buch schon seit einigen Jahren im Schrank stehen, aber Nicole und ich hatten nie die Zeit, irgendwas daraus auszuprobieren. Sie wollte lieber joggen gehen.«

Bettina nahm ihm den Band aus der Hand und schlug ihn auf. Die Abbildungen sahen alle ziemlich kompliziert aus, doch sie musste zugeben, dass sie ziemlich anregend waren.

Bei einer Stellung, die sich Lotosblüte nannte, machte sie halt. Ein Paar saß eng umschlungen auf einem Kissen, und der Zeichner hatte die Szene so dargestellt, dass man deutlich sehen konnte, wie der Schwanz des Mannes bis zum Anschlag in der Frau drin war. Es gab auch eine Variante, in der die Frau mit dem Rücken zum Mann auf ihm saß. Bettina wurde schon feucht, als sie sich nur vorstellte, wie sein Sack bei dieser Stellung ihre Klit massieren würde.

»Hast du das schon mal ausprobiert?«, fragte sie schließlich und zeigte ihm die Seite.

Andreas betrachtete sie, lächelte dann breit und schüttelte den Kopf. »Nein, bisher nicht. Wenn du willst, können wir es gleich an Ort und Stelle tun. Ich muss dich aber warnen, das sieht nach einem sehr langsamen Akt aus.«

»Meinst du denn, wir sollten erst etwas essen?«

Andreas schüttelte den Kopf. »Das Essen ist heiß und schmeckt uns nachher sicher auch noch.« Damit zog er sie in seine Arme, und wenig später landeten sie auf den Kissen.

An diesem Abend kam Bettina früher nach Hause, nicht, weil das Essen und der Sex mit Andreas nicht eine Wucht gewesen wären, sondern weil sie übereingekommen waren, dass sie jetzt noch nicht das Risiko eingehen wollten, entdeckt zu werden.

Noch immer schwelgte sie in den Erinnerungen an die Lotosblüte, und sie war sich sicher, dass es bald ein Gebäck dieses Namens in ihrem Laden geben würde. Die Form hatte sie schon, jetzt brauchte sie nur noch eine Füllung …

Wie sie sehen konnte, war Martin erneut früher zu Hause als sie. Es war offenbar einer der Abende, an denen Suse wohl nicht konnte oder wollte. Oder gab es wieder eine Geheimtagung der Zahnärzte?

Das Licht brannte im Wohnzimmer und in Martins Arbeitszimmer. Ob er sich dort gerade ein paar heiße Bilder von seiner Gespielin herunterlud?

Bettina war es egal. Der indische Abend war, obwohl kurz, eines der schönsten Erlebnisse gewesen, die sie je gehabt hatte. Was Suse auf Lager hatte, wusste sie nicht, aber da es Martin ganz und gar nicht entsprach, langsam vorzugehen, würde sie ihn mit Kamasutra sicher nicht begeistern können.

Als sie zum Haus ging, kam ihr der Gedanke vom Morgen wieder in den Sinn: die Vögel, die frei durch die Welt flattern konnten. Natürlich mussten sie sich vor den Klauen der Katze vorsehen, doch Bettina glaubte mittlerweile, flink genug zu sein. Der erste Flug war gut verlaufen, und sicher würde sie auch alle anderen Runden mit Bravour meistern.

Jetzt galt es erst einmal, erneut in die Rolle der Ehefrau zurückzufallen, die sich gerade bei einer Diätgruppe kasteite und das auch noch toll fand. Im Hinterkopf hatte sie noch immer, wie Andreas ihre Nippel verwöhnt hatte, und das brachte sie gleich auf eine weitere Rezeptidee, die sie unbedingt notieren musste.

Venusnippel

125 g Sahne; 200 g dunkle Kuvertüre; 40 g Butter; 20 g Glukosesirup; 1 Messerspitze Ingwer; Schwarze und weiße Kuvertüre zum Überziehen

Sahne erhitzen, die gehackte Kuvertüre zufügen, Topf vom Herd nehmen. Kuvertüre schmelzen lassen, Butter, Sirup und geraspelten Ingwer unter die Masse mengen. Unter Rühren abkühlen lassen und in einen Spritzbeutel füllen. Mit der Sterntülle Häufchen auf Backpapier spritzen. Schwarze und weiße Kuvertüre separat über einem Wasserbad schmelzen. Pralinen mit einer Pralinengabel in die schwarze Kuvertüre tauchen und auf Backpapier setzen. Nachdem die schwarze Kuvertüre fest geworden ist, mit der weißen Kuvertüre den ›Nippel‹ betonen.

15. Kapitel

Am nächsten Morgen schaffte es Bettina, schon ein wenig früher zum Laden zu kommen. Zum Glück, denn erneut standen bereits ein paar Leute vor der Tür. Der Taxifahrer und seine Freundin waren es nicht, dafür aber andere Kunden, deren Gesichter sie am Vortag noch nicht gesehen hatte.

Eigentlich sagte das Schild an der Tür klar und deutlich aus, dass die Konditorei erst um neun öffnete, aber Bettina war so froh über den regen Zuspruch, dass sie sich vornahm, die Zeiten zu ändern. Welchem Laden passierte es heutzutage noch, dass die Kunden anstanden?

Bettina begrüßte die Wartenden freundlich und beeilte sich, den Laden aufzuschließen. Während die Leute auf den Stühlen Platz nahmen, huschte sie in die Küche, bereitete Kaffee zu und versüßte ihnen die Wartezeit mit einer ihrer Liebeskugeln – nicht mit den echten, sondern einer Mischung aus Nougat, Rum, Schokostreuseln und einem Kern aus Marzipan. »Verbessere Rumkugeln«, hatte Andreas sie beim Kosten genannt, aber Bettina fand, dass Liebeskugeln besser zur erotischen Note ihres Ladens passten. Die Kunden fanden die Bezeichnung ebenfalls nicht verkehrt, und während sie sich die süße Köstlichkeit auf der Zunge zergehen ließen, konnte Bettina in der Küche werkeln.

Dass sie frühzeitig eingelassen worden waren, dankten sie ihr mit zwei Großbestellungen und dem Kauf eines ganzen Bleches, was Bettinas Kasse ordentlich klingeln ließ.

Kaum waren die ersten Interessenten fort, wollte Bettina

zurück in die Küche, um neue Bleche zu belegen und sich an eine neue Serie Marzipanhintern zu machen.

Doch da ging erneut die Türglocke, und sie bekam große Augen, als sie sah, wer da eintrat.

Die Frau war sehr schlank und sportlich und hatte einen Busen, der genauso unnatürlich wirkte wie ihre blonde Mähne. Das Gesicht war ohne Zweifel das von der Frau, deren Bild Bettina in Martins Computer gesehen hatte.

Die Piercingmaus.

Suse!

Der Gedanke ließ sie augenblicklich verkrampfen. Anscheinend hatte sie noch genug Gefühle für Martin in sich, um Zorn zu empfinden. Die Frau bemerkte Bettina, die neben der Küchentür stand, nicht sofort, denn ihr Blick wanderte als Erstes über die Auslage und die Tafel mit den Dingen, die man bestellen konnte.

Bettina nutzte den Augenblick, um Suse zu beobachten – und sich langsam, aber sicher wieder unter Kontrolle zu bringen.

Denk dran, sie ist eine Kundin, die dir Geld und vielleicht auch gute Empfehlungen bringt, redete sie im Stillen auf sich selbst ein. Wenn du sie jetzt am Kragen packst und hinauswirfst, wird dir das nur einen schlechten Ruf einbringen. Außerdem würde die Frau sicher nicht wissen, wofür sie rausgeworfen wurde.

Bettina atmete also tief durch, strich sich die Schürze glatt und trat mit einem geschäftsmäßigen Lächeln aus der Tür.

»Guten Tag, was kann ich für Sie tun?«

Die Frau sah von der Auslage auf, und für einen kurzen Moment trafen sich ihre Augenpaare. Bettina spürte, wie sich ihr Innerstes zusammenzog, und es kostete sie ein gehöriges Maß an Selbstbeherrschung, nicht auszuflippen. Sie fragte sich, wie es diese Frau wohl angestellt hatte, sich Martin zu angeln. Gut, sie war kein Mann, dass sie es beurteilen konnte, doch außer ihrer Schlankheit, den falschen Brüsten und den offensichtlich aufgespritzten Lippen hatte sie anscheinend nicht viel zu bieten.

»Ich würde gern ein paar Kostproben aus Ihrem Sortiment mitnehmen. Was haben Sie denn im Moment so da?«

Die Arroganz, die unbewusst in ihrer Stimme mitschwang, war eine weitere Bedrohung für Bettinas so sorgsam aufgesetzte Maske. Doch auch diese meisterte sie.

»Aber gern!«, sagte sie und trat hinter den Tresen. Dieser würde sie davon abhalten, Suse an die Kehle zu gehen. »Wenn Sie fünf Teile kaufen, bekommen Sie drei gratis dazu. Bei zehn Teilen gibt es fünf weitere gratis.«

Dieses Angebot schien Suse zu gefallen, denn sie ging die gesamte Auslage durch und nahm beinahe von jeder Sorte Gebäck, Kuchen und Pralinen etwas mit. Bettina fragte sich, ob das alles für Martin war oder ob sie selbst der Fresslust verfallen war. Nein, Letzteres war sicher nicht der Fall, aber vielleicht hatten die beiden vor, ein erotisches Dinner zu veranstalten. Wenn, dann musste das Ganze allerdings eher von Suse ausgehen, denn Martin hatte auch früher schon nicht viel von langsamem, genießerischem Sex gehalten. Mittlerweile hielt er auch nichts mehr von Süßigkeiten. Wusste Suse das nicht? Oder hatte er sich etwa besonnen?

Über ihren Gedanken hätte sie beinahe nicht mitbekommen, dass Suse bezahlen wollte.

Bettina blickte sie kurz an, wandte sich dann jedoch der Kasse zu und rechnete blitzschnell zusammen. Wenig später und ohne große Worte zu verlieren, war die junge Frau wieder draußen. Bettina sah noch, wie sie in einen schwarzen Sportwagen direkt vor der Tür einstieg und losfuhr.

Offenbar stand Martin neuerdings auf selbständige Frauen. Ihr hatte er immer abgeraten, sich einen eigenen Wagen zu kaufen, weil das Verschwendung sei. »Du bist doch ohnehin zu Hause, und wenn du mal was zu erledigen hast, nimmst du dir halt ein Taxi, oder ich fahre dich«, waren seine Worte gewesen. Warum hatte sie je so dumm sein können, ihm zu glauben?

Nach einer Weile kehrte Bettina in die Küche zurück. Sie erledigte dort alles, was sie vorhin schon hatte erledigen wollen, und als sie fertig war, kamen auch schon die nächsten Kunden. Während sie einen jungen Mann bediente, musste sie wieder an Suse denken. Verflucht, warum hatte die Frau auch herkommen müssen. *Vielleicht hätte ich ihr doch lieber die Haare ausreißen sollen, als ihr ein weiteres Schäferstündchen mit meinem Mann zu ermöglichen?*

Doch wenn sie näher in sich hineinhörte, merkte sie, dass sie eigentlich gar nicht mehr eifersüchtig war. Sie war traurig darüber, dass es auf diese Weise enden musste, aber verloren hatte sie Martin schon eine ganze Zeit vorher. Wie hieß es noch so schön? Alles hat einmal ein Ende!

Bettina war froh, dass sie es gerade noch rechtzeitig kapiert hatte, bevor Martin sie im Regen stehengelassen hätte.

Von den Gedanken über Suse wurde sie abgelenkt, als der Postbote ihr ein Päckchen brachte, in dem es geheimnisvoll klimperte. Sie ahnte bereits, was es enthielt. In dem Laden, der die Penis-Ausstechformen führte, hatte sie Backformen in der Form eines riesigen Schwanzes gesehen. Leider hatte ihr die Verkäuferin erklärt, dass diese derzeit nicht vorrätig waren, ihr aber versprochen, direkt beim Hersteller für sie nachzufragen und die Formen zu bestellen. Das mussten sie sein!

Rasch riss sie die Verpackung auf und hatte wenig später das gute Stück vor sich. Die Form hatte eine Größe, bei der die wenigsten Männer mithalten konnten. Da momentan kein Kunde in Sicht war, ließ sie die Verpackung, wo sie war, trug die Form in die Küche und machte sich gleich daran, das Rezept auszuprobieren, das ihr am Morgen in der Bahn eingefallen war und für das sie inzwischen auch den passenden Namen hatte.

Lümmel-Torty

150 g Puderzucker; 6 Eier; ½ Teelöffel geriebene Zitronenschale; Salz; 100 g Weizenmehl; 50 g Stärke; 1 TL Backpulver
Für den Guss: Weiße oder schwarze Kuvertüre

Den gesiebten Puderzucker unter langsamer Zugabe von Eigelb, Zitronenschale und Salz mit dem Schneebesen schlagen, bis sich die Masse verdoppelt hat. Steifen Eischnee dazugeben, Mehl und Backpulver darübersieben und alles locker unterheben.
Die Form mit Margarine fetten, Teig einfüllen und bei 200 °C auf mittlerer Schiene 25–30 Minuten backen. Anschließend mit zerlassener Kuvertüre garnieren.

Gegen Mittag bekam sie wieder Besuch von Andreas. Diesmal hatte er keine Austern dabei, aber das, was unter seinem Arm in einer geschmackvollen rosafarbenen Schachtel klemmte, war eindeutig aus einem Feinkostladen. Von der

Konkurrenz, konnte man fast sagen, doch Bettina war gern bereit, etwas dazuzulernen.

Inzwischen waren auch die Lümmel-Tortys fertig. Sie holte den Teller mit dem Prachtstück aus der Küche und präsentierte es Andreas, sobald er durch die Tür war.

»Nanu, willst du mich etwa neidisch machen?«, fragte er lachend angesichts des Riesenkuchens. »Also ich strenge mich ja schon an, aber diese Größe bekomme selbst ich nicht hin.«

»Ich bin mit deinem besten Stück sehr zufrieden«, entgegnete Bettina und gab ihm einen Kuss. »Ich wollte dir nur meine neueste Errungenschaft präsentieren.«

»Sieht wirklich imponierend aus«, entgegnete Andreas und schob bewundernd die Unterlippe vor. »Was hat dich zu dieser Backwut getrieben – mal abgesehen von der neuen Form?«

»Ich hatte gerade Besuch«, entgegnete Bettina. »Und du glaubst nicht, wer es war!«

»Versuch doch einfach mal, es mich glauben zu machen«, entgegnete er und zog die Tür hinter sich zu.

Bettina machte es noch einen Moment spannend und stellte sich in Gedanken einen Trommelwirbel wie im Zirkus vor. Dann ließ sie die Katze aus dem Sack. »Es war Suse, das Betthäschen meines Mannes!«

Andreas grinste breit. »Und, kennst du sie?«

»Nein, bei den Veranstaltungen, zu denen Martin mich mitgenommen hat, war sie nicht.«

»Du hast sie nicht rausgeworfen?«

Bettina schüttelte den Kopf. »Nein, warum sollte ich? Immerhin ist sie eine Kundin, die mir gutes Geld bringen wird, wenn sie öfter hier einkauft. Dass mein Mann die Sachen isst, die ich zubereite, verschafft mir auf gewisse Weise auch ein wenig Genugtuung. Er meinte ja vor gar nicht allzu langer Zeit, dass ich ihn mit meinen Kochkünsten eines Tages mästen würde. Jetzt tue ich es wirklich! Suse hat tatsächlich die Sahneschnitten und die Zuckerstangen genommen, das wird seinen Hüften gar nicht bekommen.«

Andreas grinste breit und zog sie an sich. »Du bist wirklich eine kleine Teufelin.«

»Warum denn?«, spielte Bettina die Unschuldige. »Ich komme nur den Wünschen meiner Kunden nach.«

»Na, dann will ich mich mal in die Schlange der Kunden einreihen, ich hätte da nämlich so einige Wünsche an meine süße Zuckerfee.«

Ihre Lippen trafen sich zu einem Kuss, der immer leidenschaftlicher wurde. Die Passanten, die in diesem Augenblick am Schaufenster vorbeikamen und sie beobachteten, würden das vielleicht auf ihre Waren zurückführen.

Aber noch ließ sich niemand blicken, also küssten sie sich einfach weiter, und schließlich ließ Andreas seine Hände unter ihren Rock gleiten. Er streichelte ihren Hintern und wollte ihr schon den Slip herunterziehen, als Bettina nach seiner Hand griff.

»Ich fürchte, damit müssen wir noch ein wenig warten. Es könnte jeden Augenblick Kundschaft kommen.«

»Der können wir doch sagen, dass wir gerade dabei sind, neue Produkte zu testen«, entgegnete Andreas und ließ seine Hände da, wo sie waren. Bettina konnte deutlich spüren, dass er hart war, und nichts hätte sie jetzt lieber mit ihm getan als …

Aber ein Seitenblick auf den Gehsteig sagte ihr, dass sie es wirklich verschieben mussten. Zwei Frauen überquerten gerade die Straße, und es bestand kein Zweifel, dass sie hereinkommen würden. Beide waren ziemlich schick gekleidet, die Blonde trug einen blauen Hosenanzug, die Brünette ein Kostüm. Sie sahen wie die Gattinnen von wohlhabenden Unternehmern aus. Wollten sie ihren Männern etwa eine kleine Freude bereiten? Oder ihre Liebhaber unterhalten?

»Siehst du, wir müssen aufhören«, raunte sie Andreas zu, der nun ebenfalls zur Seite blickte. »Ich habe keine Lust auf einen flotten Vierer.«

»So was kann durchaus reizvoll sein«, erwiderte er grinsend, tauchte dann aber blitzschnell unter dem Tresen ab. Bettina wollte schon fragen, was das sollte, immerhin hätte er auch in die Küche gehen können. Doch dazu hatte sie keine Gelegenheit mehr. Die Frauen waren bereits an der Tür, und wenig später bimmelte die antike Türglocke, die sie vom Antiquitätenhändler gratis zu ihrer Lieferung hinzubekommen hatte.

Die beiden Kundinnen sahen sich einen Moment in dem Laden um, nickten sich zu und kamen dann zum Tresen.

»Guten Tag, was kann ich für Sie tun?«, fragte Bettina und spürte gleichzeitig, wie Andreas' Hand unter ihren Rock glitt und ihn hochstreifte. Die Kunden bekamen davon nichts mit. Auch nicht, dass Andreas ihren Slip zur Seite schob.

Bettina hatte Mühe, sich zu beherrschen. Unter dem Tresen vorjagen konnte sie ihn jetzt nicht mehr, auch durfte sie nicht zusammenzucken. *Wer von uns hier wohl der Teufel ist?*, dachte sie, musste sich dann aber auf die Wünsche der beiden Frauen konzentrieren.

»Wir haben gehört, dass Sie neu eröffnet haben, und würden gern eine Lieferung fürs Wochenende bestellen«, sagte die Blonde, und die Frau neben ihr setzte ein verschmitztes Grinsen auf.

Bettina wollte sich schon fragen, ob die beiden ein Paar waren, doch dann fügte die Brünette hinzu: »Wir erwarten Besuch und wollen den Herren etwas Besonderes bieten.«

»Gerne, was haben Sie sich denn so vorgestellt?«

Kaum hatte Bettina den Satz ausgesprochen, spürte sie etwas Feuchtes an ihrem Venushügel. Es war unverkennbar Andreas' Zunge, die sich über die glatte Haut einen Weg in ihre feuchte Spalte bahnte.

Sie spürte, wie ein Zittern durch ihren Körper rann. Sie musste sich kurz auf die Lippen beißen, um nicht aufzustöhnen. Was sollten denn die beiden Frauen von ihr denken?

Andreas leckte weiter, doch die Kundinnen merken noch immer nichts. Angestrengt betrachteten sie die Kuchenauslage und die kleine Karte für Sonderwünsche, die Bettina auf der Theke angebracht hatte.

»Nun, wir hätten gern ein paar von denen da und natürlich die Kuppeltörtchen und außerdem zwei Marzipanhintern.«

Andreas' Zunge wurde forscher, und es dauerte nicht lange, bis er ihre Klit erreicht hatte, die schon zum Bersten gespannt war.

Bettina krallte ihre Hand so fest um den Bleistift, dass er brach. Angesichts des hölzernen Knirschens blickten die beiden Frauen auf und musterten die Bruchstücke in ihrer Hand.

»Oh, die Bleistifte sind auch nicht mehr, was sie früher waren«, bemerkte Bettina mit einem unsicheren Lachen und griff nach einem anderen Stift. Den legte sie vorsichtshalber zurück, denn es war gut möglich, dass sie den nächsten auch zerbrach. Andreas ließ es nämlich mit dem Lecken nicht bewenden. Nachdem er ihre Perle mit der Zungenspitze eine Weile gereizt hatte, schob er ihr zwei Finger in die geschwollene Spalte.

Bettina zuckte erneut zusammen. *Warte, wenn die beiden hier raus sind,* dachte sie. *Dann kannst du was erleben.*

Aber noch machten die Frauen keine Anstalten zu gehen. Sie studierten das Angebot offenbar mehrfach und fügten immer wieder neue Leckereien zu ihrer Bestellung hinzu. Beinahe verfluchte es Bettina, dass ihr Angebot so groß und verführerisch war. Gleichzeitig gefiel es ihr, dass Andreas sie dermaßen in der Hand hatte – und im Mund.

Mittlerweile glühte ihr Gesicht wie eine Tomate, und wenn die Frauen sie angesehen hätten, hätten sie sicher geglaubt, dass sie Fieber hatte. Aber die beiden waren immer noch ins Sortiment vertieft, und Bettinas Liste wuchs beständig an – auch wenn die Schrift immer krakeliger wurde.

Unterdessen fickte Andreas sie unermüdlich mit den Fingern und leckte weiterhin ihre Perle. Während sie darum kämpfte, die Beherrschung nicht zu verlieren, stürmte ihr Innersten immer weiter dem Orgasmus entgegen. Bettina spürte, wie sich ihr Schoß zusammenzog. Das Gefühl war mit kleinen Nadelstichen zu vergleichen, aber es war angenehm, beinahe zu angenehm. Am liebsten hätte sie jetzt laut aufgestöhnt, denn das wäre das Einzige gewesen, das ihre Anspannung ein wenig hätte lindern können. Doch das durfte sie nicht, denn endlich hatten die Frauen ihre Auswahl beendet.

Als sie schwiegen, hörte Bettina einen leisen Schmatzlaut, doch ihre Lust war schon viel zu weit fortgeschritten, um sich noch Gedanken darüber zu machen, ob ihre Kundinnen das mitbekamen.

»Und dann hätten wir gern noch den da!«

Die Kundin zeigte in Richtung Tisch, und beinahe fragte

Bettina sich, ob die Frau Andreas inzwischen doch ausgemacht hatte. Im nächsten Moment stellte sie erleichtert fest, dass die Blonde das Lümmel-Torty meinte.

»Natürlich, möchten Sie ihn in Schwarz oder Weiß?«

Die beiden Frauen sahen sich an und lachten. »Jeweils einen!« , antworteten sie gleichzeitig.

Noch einmal gingen sie die Lieferung durch, dann fragte Bettina mit zitternder Stimme: »Wohin soll ich die Ware liefern?«

Die Frauen blickten sie ein wenig verwundert an, denn ihre Worte hatten tatsächlich so geklungen, als würde sie gleich kommen. Das stimmte auch, aber das würden sich die beiden nicht erklären können. Oder glaubten sie am Ende, es erginge ihnen ähnlich, wenn sie Bettinas Leckereien probierten?

Wie auch immer, die Blonde nannte eine Potsdamer Adresse, die Bettina sorgsam notierte – soweit es ihr mit ihren zitternden Händen möglich war.

Genau in dem Augenblick kam es ihr. Der Orgasmus brach wie eine riesige Welle über sie herein, die drohte, sie zu überspülen. Bettina spürte das wilde Zucken ihrer Pussy und ihres Kitzlers, und plötzlich wurden ihr die Beine weich. Glücklicherweise fiel den beiden Kundinnen nicht noch etwas ein. Sie verabschiedeten sich stattdessen.

»Vielen Dank, und beehren Sie uns bald wieder!«, entgegnete Bettina, wobei das »Dank« spitzer klang, als es normal gewesen wäre.

Die Frauen sahen sie noch einen Moment lang verwundert an, dann verließen sie den Laden.

Jetzt konnte Bettina endlich einen Laut von sich geben. Ihr Stöhnen wurde von der Türglocke begleitet, und als sie zur Seite blickte, merkte sie, dass die Frauen noch einmal durch das Schaufenster hereinsahen. Konnte man von dort aus etwa hinter den Tresen schauen? Bettina nahm sich vor, das zu überprüfen, später jedenfalls. Jetzt war sie erst einmal zu gar nichts fähig.

Ihre Beine zitterten, und ihre Hände krallten sich in die Tischplatte. Der Orgasmus wirkte noch immer nach.

Andreas nutzte ihren Moment der Schwäche, um ungestraft unter dem Tresen aufzutauchen.

»Also wirklich, du bist …«, keuchte Bettina und schloss die Augen.

»Ein Genießer?«, fragte er spöttisch und nahm sich eine Serviette vom Tresen, um sich ihre Säfte von seinem Gesicht zu wischen.

»Das auch«, entgegnete Bettina, spielte aber gleich wieder die Zornige. »Du kannst mich doch nicht vor den Kunden einfach so lecken. Stell dir vor, hinter mir wäre ein Spiegel gewesen, wie ich es ursprünglich geplant hatte!«

»Dann hätten die beiden Süßen gerade die Show ihres Lebens bekommen. Vielleicht hätten die es ja auch gleich zu Hause nachgemacht. Du hast doch gehört, dass sie Herrenbesuch erwarten, da hätten sie den Jungs gleich mal zeigen können, was sie richtig heiß macht.«

Als Andreas sich den Mund abgewischt hatte war, ließ er die Serviette in den Papierkorb wandern. Dann zog er Bettina wieder in seine Arme. Sie konnte ihre Säfte an seinem Bart noch immer riechen, und sie spürte auch, dass er eisenhart war.

»Also gut, eine kurze Nummer«, sagte sie. »Aber dann musst du zurück in deine Firma, sonst geben deine Angestellten noch eine Suchanzeige auf.«

»Keine Sorge, so große Angst haben meine Mitarbeiter nicht um mich. Ich bin schließlich ein kräftiges Kerlchen.«

Bettina ließ den Blick betont langsam nach unten wandern und grinste. »Ja, das bist du. Dann wollen wir das Kerlchen mal lieber nicht länger warten lassen.« Sie warf noch einen Blick auf die Tür, doch da momentan niemand auf den Laden zukam, fasste sie Andreas bei der Hand und zog ihn mit sich in die Küche.

Hungrig raunend fuhr Martin mit seiner Zunge über die Schokoladenspur auf Suses Haut. Er liebkoste ihren flachen, durchtrainierten Bauch, umspielte den Nabel mit dem glitzernden Piercing und erreichte schließlich das blanke Dreieck, auf dem sich die Soße gesammelt hatte.

Er musste zugeben, dass die Sachen aus dieser neuen Konditorei wirklich toll waren. Wer auch immer sie herstellte, hatte großes Talent. Schade nur, dass er sich diesen Genuss seiner Figur zuliebe nicht häufiger gönnen konnte. Sonst würde er solch eine Nummer mit Suse glatt öfter machen.

Nachdem er ihren Venushügel saubergeleckt hatte, spreizte er ihre Schenkel. Allerdings nicht, um sie weiter zu lecken. Vielmehr brachte er seinen Schwanz in Position.

Suse wand sich und stöhnte, als er den glühenden Kopf einen Moment lang vor der Spalte lauern ließ, dann endlich erlöste er sie und stieß zu. Suse schlang die Beine um seine Hüften und drückte ihn noch ein wenig tiefer in sich hinein. Das war genau nach Martins Geschmack. Er glitt über sie, stützte seine Arme seitlich von ihr ab und begann, sich kraftvoll aus der Hüfte heraus vor und zurück zu bewegen. Suse quittierte seine Bewegungen mit schnellen und schrillen Lustschreien. Diesmal brauchten sie keine Angst zu haben, dass ein Patient oder die Helferinnen etwas mitbekamen. Sie waren ganz allein in der Praxis, denn am Mittwochnachmittag hatte Martin frei.

In der ersten Zeit hatte Bettina noch darauf gedrungen, dass sie an diesem Nachmittag etwas unternahmen, doch seit er Suse kannte, redete er sich damit heraus, dass er noch Arbeit in der Praxis erledigen oder zum Steuerberater fahren musste. Seine Frau hatte nie überprüft, ob das stimmte, sie hatte es einfach hingenommen und dumm vor sich hin geschwiegen. Sicher würde sie das auch weiterhin tun.

Schon im nächsten Augenblick waren die Gedanken an seine Frau wie weggeblasen. Suse massierte ihn mit ihren kräftigen Muskeln, und das nahm er als Zeichen, dass er nun zum Endspurt ansetzen sollte. Er tobte regelrecht über ihr, und schließlich kam es ihm so heftig, dass er sich mit einem Ruck auf sie sinken ließ und ihr dabei hart den Mund auf die Lippen presste.

Suse hatte nichts gegen Tempo, es machte sie sogar besonders scharf, dass sie spürte, wie er in sie hineinpumpte. Doch irgendetwas war heute anders. Auch wenn ihr die Köstlichkeiten aus der erotischen Konditorei schmeckten, war etwas nicht in Ordnung. Etwas, das sie ablenkte und das ihr ärgerlicherweise die Freude an dem Fick verdarb.

»Na, wie war das, Baby?«, fragte Martin, während er an ihren Ohrläppchen knabberte.

»Toll, wie immer«, antwortete Suse, und das war noch nicht mal gelogen. Wenn das Phantom nicht wäre, das sie begleitet hatte, seit sie diese Konditorei verlassen hatte …

Nachdem sie seine Liebkosungen einen Moment lang ertragen hatte, schob sie ihn von sich und richtete sich auf.

Martin zog verwundert die Stirn kraus. »Was ist los?«, fragte er, denn bisher hatte er Suse nie so erlebt. »Hast du was?«

Sie antwortete nicht. Stattdessen starrte sie auf die Wand hinter ihnen, die einzige, an der kein Aktenschrank stand.

Sie blickte an den beiden Kandinskys vorbei auf die weiße Fläche und versuchte zu rekonstruieren, was seit ihrem Besuch in der Konditorei passiert war.

Sie hatte die Sachen zum Wagen gebracht, dann war sie nach Hause gefahren und hatte sich frisch gemacht. Anschließend hatte sie die Zeit damit totgeschlagen, mit einer ihrer Freundinnen zu telefonieren, und an dem Gespräch hatte es ebenfalls nichts gegeben, das ungewöhnlich war. Danach hatte sie ihren üblichen Anruf bei Behringer getätigt und ihm mitgeteilt, dass sie zum Einkaufen fahren würde. Um ihn auch für den Fall friedlich zu stimmen, dass sie später nach Hause kam, hatte sie etwas von den Zuckerstange-Süßigkeiten abgezweigt, damit sie ihm zeigen konnte, wo sie gewesen war. Knapp eine halbe Stunde später war sie in Martins Armen und wenig später auf dem Fußboden des Büros gelandet.

Im Großen und Ganzen gab es also nichts, was dieses seltsame Gefühl rechtfertigte, das sich regelrecht in ihr festgebissen hatte. Doch etwas war da …

»Moment mal«, rief Suse aus, und auf einmal wirkte sie, als könnte sie auf der kahlen Wand etwas sehen, das Martin verborgen blieb.

»Was ist?«, fragte er, und setzte sich ebenfalls auf.

»Die Frau in dem Laden«, entgegnete Suse nach einer Weile. »Irgendwie ist sie mir bekannt vorgekommen.«

»Du wirst sie sicher schon mal in der Stadt gesehen haben«, antwortete Martin und griff nach einer weiteren Liebeskugel, die der bisherige Höhepunkt des Sortiments waren.

»Nein, das ist es nicht.« Suse wirbelte herum, guckte sich eine Weile m Fußboden fest und kniff die Augen zusammen.

Martin fragte sich gerade, ob nicht vielleicht doch ein paar Drogen in den Süßigkeiten waren, die jetzt bei ihr anschlugen.

Just in dem Moment hob sie den Kopf und riss die Augen wieder auf. »Hast du das Bild von deiner Frau da?«

Martin blickte sie an, als hätte sie jetzt völlig den Verstand verloren. »Nein, warum sollte ich? Du hast doch selbst gesagt, dass du es nicht mehr sehen willst.«

»Das stimmt, aber die Frau …«

»Nun rück schon raus mit der Sprache, was ist mit ihr?« Langsam wurde Martin ärgerlich. Er hatte sich keine Geliebte genommen, um bei irgendwelchen Psychospielchen mitmachen zu müssen.

»Die Verkäuferin in dem Laden sah deiner Frau ziemlich ähnlich.«

»Was?« Martin schüttelte den Kopf und blickte auf die Liebeskugel in seiner Hand. Konnte es sein, dass da wirklich etwas drin war, das da nicht reingehörte? Wenn er es sich recht überlegte, fühlte er sich schon ein bisschen komisch. »Das ist unmöglich!«, rief er aus und legte die Kugel beiseite.

»Das weiß ich auch, aber irgendwie hatte sie so ausgesehen.«

»Bekommst du jetzt ein schlechtes Gewissen oder was?«, spottete Martin und blickte dann wieder argwöhnisch auf die so unschuldig aussehende angebissene Kugel.

»Nein, warum sollte ich? Aber ich könnte schwören, dass die Frau im Laden deiner Frau ähnlich gesehen hat. Sie hat natürlich keine Sackklamotten getragen, und ganz so fett war sie auch nicht. Aber das Gesicht …«

Martin schüttelte erneut den Kopf. Das war schier unmöglich. Bettina fehlte es an nichts, sie hatte ihr Auskommen und noch immer seine Goldcard in der Tasche. Warum sollte sie sich einen Job suchen? Wahrscheinlicher war, dass sie sich einen Liebhaber suchte – wie er es vermutet hatte. Aber einen Job? Nein, ganz sicher nicht.

Nach einer Weile kam Suse wieder zu sich. Sie wusste jetzt, was das Problem gewesen war, und konnte es, wie es ihre Angewohnheit war, beiseite wischen. Martin jedoch war die Lust vergangen. Als sie ihm eines der Gebäckherzen reichen wollte, schüttelte er den Kopf.

»Nun mach dir keine Gedanken«, sagte sie, inzwischen wieder ganz die Optimistin. »Sie wird es nicht gewesen sein. Und selbst wenn, was macht das schon? Sie weiß ja nicht, dass ich deine Geliebte bin. Irgendwie gefällt mir der Gedanke, dass sie mich bedient haben könnte. Vielleicht stellt sie sich ja auch schon auf die Zeit nach dir ein.«

Sie wollte sich an ihn schmiegen, doch Martin sprang auf. Natürlich war es Unsinn, Bettina würde ganz sicher nicht arbeiten gehen. Trotzdem hatten Suses Worte den Keim des Misstrauens in sein Herz gepflanzt – oder besser gesagt, das Fass zum Überlaufen gebracht. Bettina hatte sich verändert, das war nicht zu übersehen. Und jetzt wollte seine Geliebte sie in einer erotischen Konditorei gesehen haben!

Er blickte auf seine Uhr. Fünf nach acht. Um diese Zeit hatte sicher keine Konditorei mehr auf. Er konnte sich den Weg zu den Laden also sparen – jedenfalls heute. Morgen würde er allerdings dort vorbeischauen und sich die Frau ansehen. Wenn es wirklich Bettina war, konnte sie was erleben. Und wenn sie es nicht war, würde er Suse zur Entschädigung etwas zu Naschen mitbringen. Für den Moment war ihm die Lust allerdings gründlich vergangen.

»Zieh dich an«, sagte er zu Suse, und da er wusste, dass

sie einen Schmollmund ziehen würde, fügte er hinzu: »Wir gehen essen. Mein Kollege Jansen hat mir einen neuen Franzosen in der Stadt empfohlen.«

Es war Suse anzusehen, dass sie lieber weitergemacht hätte. Aber sie wusste, dass es zwecklos war, Martin erneut zu verführen, wenn er in dieser Stimmung war. Sie erhob sich also, zog sich an und deutete auf die Süßigkeiten, die sie nicht mal zur Hälfte verputzt hatten. »Was ist damit?«

»Nimm sie Behringer mit.«

Suse schüttelte den Kopf. »Ich bin doch nicht verrückt! Dann will er erst recht mit mir ins Bett. Ich habe ihm aus dem Laden eine Hinternskulptur aus Marzipan mitgebracht, das muss reichen – und wird ihn hoffentlich auch davon abbringen, dort ein ganzes Liebesmenü zu ordern.«

»Liebesmenü?«, wunderte sich Martin, als er seine Hose vom Boden aufklaubte.

»Ja, Liebesmenü. So was bieten sie da auch an. Es ist nicht nur eine Konditorei, sondern auch ein Cateringservice, wenn ich es auf dem Flyer richtig gelesen habe. Vielleicht könnten wir so was ja mal ordern.«

Martin war sich nicht sicher, ob er das tun wollte. Auf jeden Fall wäre das jedoch ein guter Vorwand. Wenn die Frau hinter dem Tresen nicht seine Frau war, konnte er vorgeben, sich für dieses Menü zu interessieren.

Da Andreas am Abend zu einem Geschäftsessen musste, gönnte sich Bettina auf dem Rückweg nach Hause noch einen kurzen Abstecher in einen der Friseurläden, die bis spät abends geöffnet hatten. Sie wusste auch nicht, was sie dazu trieb, denn eigentlich hatte sie eine Friseurin – eine sehr teure und sehr gute sogar. Nur irgendwie hatte sie das Gefühl, dass sie auch an anderen Stellen in ihrem Leben etwas ändern musste. Haareschneiden zu zwanzig Euro würde sicher genauso gut sein wie ein Hundertfünfzig-Euro-Schnitt. Also betrat sie den Laden.

Das Rauschen der Föne und der Geruch von mehreren verschiedenen Haarpflegeprodukten erfüllten die Luft. Etwas, das es in einem Edelsalon in dieser Form nicht gab. Dort wurde man in ein Séparée geführt, und es wurde peinlich darauf geachtet, dass man nicht von den Geräuschen der anderen Kundinnen belästigt wurde. Dieser Salon dagegen erinnerte Bettina an ihre Jugendzeit, als sie mit ihrem Lehrlingsgehalt losgezogen war, um sich Strähnen färben zu lassen.

Das Mädchen, das Kaugummi kauend auf sie zukam, war kaum älter als sie damals.

»'n Abend, was darf's sein?«

»Ich möchte mir die Haare schneiden lassen«, antwortete Bettina, ohne lange nachzudenken. Was sonst sollte mit diesen langen Zotteln geschehen?

Das Mädchen musterte sie von Kopf bis Fuß, dann sagte es: »Sie können sich gleich da hinsetzen, ich schicke Ihnen Kati.«

Bettina bedankte sich und begab sich an ihren Platz. Da Kati noch ein Weilchen auf sich warten ließ, betrachtete sie die anderen Kundinnen. Eine Frau im schicken Kostüm saß ganz rechts, daneben zwei ältere Damen, zwei Mädchen und eine Frau im Jogginganzug. Bettina fiel in ihrem Kostüm zwar auf, aber wahrscheinlich hielt das Mädchen sie für eine Bankerin oder eine Vertreterin.

Ein paar Augenblicke später kam Kati angerauscht. Bettina hatte mit einem jungen Ding gerechnet, dass gerade die Lehre hinter sich hatte, aber Kati war etwa in ihrem Alter und hatte eine grüne Strähne im pechschwarzen Haar.

»Hallo, ich bin Kati. Was darf's sein?«

Bettina hörte die Scheren in der Gürteltasche der Friseurin klappern. Jetzt wurde es ernst.

»Ich hätte die Haare gern halb lang«, hörte sie sich sagen. »Einfach schneiden, trocknen, ohne Stufen.«

»Geht klar«, antwortete die Friseurin, legte ihr ein schwarzes Tuch mit dem überdimensionalen Logo des Ladens um und stellte ihren Stuhl ein. Dann wählte sie eine Schere aus und machte sich an die Arbeit.

Eine Stunde später schlenderte Bettina ihre Straße hinauf und fühlte sich wie neugeboren. Die Friseurin hatte ein wahres Wunder vollbracht. Sie hatte der Frau nicht nur ein gutes Trinkgeld gegeben, sondern sich auch gleich eine Kundenkarte anlegen lassen. Da der Salon in der Nähe ihres Ladens lag, würde sie dort sicher öfter vorbeisehen.

Jetzt aber stand ihr erst einmal die Feuerprobe zu Hause bevor. Zu ihrer großen Überraschung brannte auch diesmal in den Fenstern Licht. Offenbar hatte Suse ihre Tage.

Bettina war es gleich. Wenn sie im Haus war, zog sich Martin ohnehin in sein Arbeitszimmer zurück. Es war, als könnte er es gar nicht mehr neben ihr aushalten. Aber so hatte sie wenigstens die Gelegenheit, ihre Ideen vom Tag zu sammeln und aufzuschreiben. Ihr Rezeptbuch hatte bereits einen stattlichen Umfang angenommen, und gleich würden noch ein paar Leckereien hinzukommen. Bettina hatte nämlich das Gefühl, dass es sich mit den kürzeren Haaren auch gleich viel besser dachte.

Als sie das Haus betrat, hörte sie wieder den Fernseher laufen. Doch diesmal wartete Martin nicht darauf, dass sie ins Wohnzimmer kam. Sie war noch nicht ganz aus ihrem leichten Trenchcoat heraus, da stürmte er auch schon aus der Tür. Als er sie sah, blieb er so abrupt stehen, als wäre er in schnell trocknenden Leim getreten.

»Bettina!« Mehr brachte Martin nicht hervor, denn offenbar blieb ihm angesichts ihrer Frisur die Luft weg.

»Was denn?«, fragte sie mit Unschuldsmiene. »Ich war beim Friseur.« Sie fuhr sich durch die halblangen Haare, und es fühlte sich toll an. Sie hatte zwar kein Designerspray in den Locken, aber das handelsübliche verlieh ihnen dieselbe Spannkraft. Martin konnte unmöglich riechen, dass es nichts Teures war. Oder etwa doch?

Nein, es war vielmehr der Unglaube darüber, dass sie mal was an sich veränderte. Über Jahre hinweg hatte sie dieselbe Frisur getragen, über Jahre hinweg hatte sie nichts an ihren Klamotten verändert. Alles nur, weil sie geglaubt hatte, dass sie Martin so gefallen würde. Doch damit war jetzt Schluss!

Allerdings konnte sie seine Verwirrung verstehen. Das war nun schon die zweite Änderung an ihrer Person, mit der sie ihn konfrontierte. Das war für einen Mann wie ihn sicher schwer zu schlucken.

»Na, was meinst du zu meiner Frisur?«, hakte sie provokativ nach, denn er hatte seine Sprache immer noch nicht wiedergefunden.

»Sieht gut aus«, gab er schließlich ein wenig kleinlaut zu. »Aber warum …«

»Ich wollte mal was Neues ausprobieren. Etwas Abwechslung ist doch nicht schlecht, oder?«

Auf diese Worte hin begann es in Martins Gesicht zu arbeiten. Bettina war überrascht, denn eigentlich war er in letzter Zeit immer Mr. Pokerface gewesen. Ahnte er vielleicht etwas? Nicht umsonst sagte man, dass Frauen ihre Frisur änderten, wenn sie mit einem Mann abgeschlossen hatten. Würde Martin ihr das allen Ernstes zutrauen?

»Nein, es ist nicht schlecht«, sagte er schließlich und senkte den Kopf. Es sah fast so aus, als wollte er ihr ein Geständnis machen, doch das erwartete Bettina nicht von ihm. Und damit lag sie goldrichtig.

»Ich muss noch mal weg«, sagte er, als er wieder aufsah. Richtig anblicken konnte er sie nicht, aber das war Bettina schon gewohnt.

»Wohin willst du?«, fragte sie, obwohl sie es sich fast denken konnte.

»In die Praxis. Ich habe dort was vergessen.«

»Okay, dann bis später«, rief sie ihm zu und rauschte an ihm vorbei ins Schlafzimmer.

Beinahe die ganze Nacht hatte Martin grübelnd in seinem Arbeitszimmer verbracht. Vorher war er eine Weile durch die Stadt gefahren, konnte sich aber nicht dazu durchringen, irgendwo zu halten und vielleicht in einer Kneipe was zu trinken. Also war er nach Hause zurückgekehrt und hatte sich schnurstracks in sein Arbeitszimmer begeben. Lust, sich irgendwelche heißen Fotos anzuschauen, hatte er allerdings nicht. Suses Bemerkung, die Frau in der Konditorei habe Bettina ein wenig ähnlich gesehen, wollte ihm einfach nicht aus dem Sinn. Sie nagte an ihm wie eine Maus an einem Stück Käse.

Bestimmt war das eine Verwechslung. Er glaubte jedenfalls nicht, dass Bettina hinter seinem Rücken eine Arbeitsstelle angenommen hatte.

Doch hundertprozentig sicher war er sich nicht.

Noch dazu war Bettina mit neuem Haarschnitt nach Hause gekommen! Einem Haarschnitt, der ihr mal stand, nein, der sie sogar wesentlich jünger und hübscher aussehen ließ. Was war nur los mit ihr?

Martin ging in Gedanken die möglichen Kandidaten für einen Seitensprung durch. Viele männliche Kontakte hatte seine Frau nicht, aber vor ein paar Tagen war sie seinen Kollegen begegnet. Wie Behringer ihr die Hand geküsst hatte. Hatte sie etwa was mit ihm angefangen?

Martin musste über die Ironie dieses Gedankens lachen. Er fickte Behringers Geliebte, und Behringer fickte seine Frau!

Irgendwie erschien ihm das jedoch nicht ganz glaubhaft. Es musste einen anderen Grund haben …

Schließlich ging er ins Bett. Im Mondschein betrachtete er Bettinas Gesicht. Nicht nur die Haare machten sie jünger, sie schien sich insgesamt verjüngt zu haben. Ihre Wangen und Lippen waren weich und rosig und der leichte Ansatz zum Doppelkinn beinahe nicht mehr vorhanden. Das konnte von der Diät kommen – oder von viel Sex. Fragen konnte er sie natürlich nicht, aber er würde es herausfinden. Gleich am nächsten Morgen wollte er zu dem Laden fahren und nachsehen, ob Suse recht gehabt hatte. Wenn das nicht der Fall war, würde er diese seltsame Diätgruppe aufsuchen und nachsehen, ob sich dort irgendwelche Westentaschen-Casanovas herumtrieben.

Er wusste nicht, warum, aber irgendwie hatte er auf einmal Angst, Bettina zu verlieren. Als er die Augen schloss und sich das Bild von Suses scharfem Body ins Gedächtnis rief, verschwand sie jedoch wieder – für einen Moment jedenfalls.

16. Kapitel

Die Vorbereitungen für die Lieferung an die beiden Damen waren in vollem Gange. Bettina bot alles auf, was sie an Rezepten und neuen Ideen auf Lager hatte.

Robert hatte sich noch immer nicht gemeldet, obwohl er längst zurück sein musste. Da Bettina langsam, aber sicher das Marzipan ausging, nahm sie sich vor, ihn in dieser Woche mal anzurufen. Immerhin wollte Andreas heute in der Mittagspause vorbeischauen, und sie hoffte sehr, dass sie dann ein wenig Zeit hatten, um sich den schönen Dingen des Lebens, abseits von Kochen und Backen, in Ruhe zu widmen.

Tatsächlich leerte sich der Laden gegen Mittag, und das gab Bettina die Möglichkeit, endlich ein paar liegengebliebene Sachen zu erledigen.

Als sich die Zeiger der antiken Uhr auf zehn nach zwölf schoben, fuhr Andreas' Wagen vor. Er hatte Glück, dass kurz vor ihm ein Kunde aus einer Lücke gefahren war, ansonsten war es Glückssache, in dieser Gegend einen Parkplatz zu finden.

Bettina lächelte breit, als sie ihn hereinkommen sah. Diesmal hatte er nichts zu essen mitgebracht, dafür trug er einen ziemlich edlen Anzug, den sie zuvor noch nie an ihm gesehen hatte. Hatte er etwas Besonderes vor? Oder hatte er einen beruflichen Termin gehabt?

Egal, was der Grund war, dass er dieses Kleidungsstück trug, Bettina fand, dass er darin unheimlich sexy aussah. Spontan kamen ihr gleich mehrere Ideen, was sie alles mit ihm anstellen könnte.

Erst einmal band sie sich jedoch die Schürze ab und hängte sie an den Nagel. Sie hatte am Morgen genug Mut gehabt, ihr türkisfarbenes Etuikleid anzuziehen, das erste Mal seit langem. Nun war sie gespannt, was Andreas dazu sagte.

»He, so schick heute?«, fragte er, als er zur Tür hereinkam.

»Das könnte ich dich auch fragen«, entgegnete sie und ging ihm entgegen.

»Und eine neue Frisur. Muss ich mir Sorgen machen?«

Sie zog fragend die Augenbrauen hoch. »Warum das denn?«

»Man sagt doch, wenn Frauen ihre Frisuren ändern, haben sie einen anderen.«

»Das habe ich doch auch!«, entgegnete sie und küsste ihn. Dann fuhr sie mit der Fingerspitze über die feine Seidenkrawatte. »Willst du heute zu einer Hochzeit oder was?«

»Ich komme gerade von einem Geschäftstermin«, antwortete er und zog sie fest in seine Arme. »Eine große Firma in der Stadt. Dort lässt man sich besser mit Schlips und Kragen sehen, wenn man einen Auftrag bekommen will.«

»Wie ist es gelaufen?«, fragte sie und strich ihm über die Brust. Sie konnte sich nicht helfen, Männer in Anzügen strahlten eine Erotik aus, die den meisten Jeansträgern (sofern sie nicht gerade Robert hießen und den tollsten Knackarsch der Welt hatten) einfach abging.

»Prima, ich denke mal, dass meine Firma das Rennen machen wird. Dann haben wir wieder einen Grund zum Feiern.«

»Oh, das können wir vielleicht auch jetzt schon tun.« Bettina umfasste spielerisch seine Krawatte und zog ihn mit sich in die Küche. Ihren Laden schloss sie diesmal nicht ab, denn wie die Erfahrung gezeigt hatte, ließ um diese Zeit der Kundenverkehr deutlich nach. Außerdem sah Andreas so aus, als wäre diesmal nur ein Quickie drin. Den wollten sie allerdings nach allen Regeln der Kunst genießen.

In der Küche angekommen, begann sie sofort, sein Hemd aufzuknöpfen.

»Wie ordentlich musst du hier hinausgehen«, fragte sie und begann, jeden neu gewonnenen Zentimeter Haut zu küssen.

»Möglichst so, wie ich hereingekommen bin«, antwortete Andreas. »Ich muss nachher noch mal ins Büro, und da würden sich die anderen schon wundern, wenn auf meinen Hosen Schokoflecke wären. Oder Sperma.«

»Okay, dann ziehen wir sie dir aus.« Sie machte sich sogleich an die Arbeit und öffnete den Hosenstall, gegen den sein Penis bereits erwartungsvoll drückte. Andreas entledigte sich derweil seiner Jacke und seines Hemdes, und wenig später stand er nackt von Bettina. Sie maß ihn mit einem kurzen Blick, strich mit den Fingern über die glühende Spitze seines Schwanzes und lächelte, als er zusammenzuckte. Seine Erektion verfestigte sich, und Bettina wusste, dass sie ihn besser nicht allzu lange auf die Folter spannen sollte. Also zog sie den Reißverschluss ihres Kleides auf und streifte es sich über den Kopf. Da sie mit seinem Auftauchen gerechnet hatte, hatte sie an diesem Morgen auf die Unterwäsche verzichtet.

Andreas lächelte breit. »Wie hätten Madame es denn heute gern?«, fragte er und zog sie an sich. »Ich kann mich noch gut an die eine oder andere Stellung aus dem Buch erinnern, vielleicht sollten wir eine davon ausprobieren.«

»Das Buch ist oben«, wandte Bettina ein, doch er verschloss ihr den Mund mit seinen Lippen und schob sie sanft, aber nachdrücklich zu der Wand neben der Tür. Er lehnte sich dagegen, so dass seine Schultern die Wand berührten, sein Becken aber frei blieb. Dann raunte er ihr zu: »Lass dich auf mich sinken. Am besten mit einem Bein angewinkelt.«

Bettina kam seiner Aufforderung ohne zu zögern nach, denn ihre Paradiespforte brannte wie das Höllenfeuer, und es gab nur eine Möglichkeit, um ihr Verlangen zu lindern.

Sie spürte, wie sein Schwanz durch ihre Spalte fuhr und in sie eindrang. Dabei berührte er eine Stelle, die sie augenblicklich vor Lust aufstöhnen ließ. Hatte er etwa den vielgerühmten G-Punkt gefunden? Bettina wusste es nicht, aber sie fand, dass es sich verdammt gut anfühlte. Auch bei dieser Stellung hatte Andreas es nicht eilig. Während er sie festhielt und sich langsam, aber beständig bewegte, nahm er den Blick nicht von ihr. Er liebte es, wenn ihre Züge sich vor Lust verzerrten und sich rote Flecken auf ihrem Dekolleté bildeten. Bettina hielt diesmal die Augen halb geschlossen. Etwas anderes konnte sie ohnehin nicht tun, denn wieder und wieder berührte Andreas Eichel die empfindlichste aller Stellen, und es war, als würde sie in einem Strudel der Lust versinken.

Das Bimmeln der Türglocke ließ Andreas innehalten, und bevor Bettina auch nur darüber nachdenken konnte, dass sie gleich ein Kunde beobachten könnte, tauchte ein Mann in der Küchentür auf.

Robert! Er trug ein weißes Hemd und wie immer seine knackigen Jeans. Seine Haut hatte in der amerikanischen Sonne eine goldbraune Färbung angenommen, die ihn noch unwiderstehlicher machte.

Bettina hätte am liebsten losgeflucht. Warum musste er gerade jetzt hereinkommen? Sie hätte die Termine so schön abstimmen können …

Robert betrachtete die Szene, und Bettina rechnete mit einem ähnlichen Abgang, wie ihn Tobias hingelegt hatte. Doch der junge Vertreter lehnte sich grinsend an den Türrahmen und schien nicht gewillt zu sein, einfach so von der Bildfläche zu verschwinden.

»Habe ich es doch gewusst, dass du dir zwischendurch ein wenig Ablenkung suchst«, sagte er mit ironischem Unterton in der Stimme. War das ein zorniges Grinsen, oder hatte er wirklich kein Problem damit, dass sie es vor seinen Augen mit einem anderen trieb?

Andreas blickte Bettina fragend an, und sie hielt es nur für angebracht, dass sie die beiden Männer einander vorstellte. Immerhin hatten sie etwas gemeinsam.

»Andreas, das ist Robert, mein Spezialist für Marzipan und sonstige Leckereien.«

Andreas lachte bei dem letzten Wort kurz auf. Offenbar war auch er nicht böse darüber, dass sie vor ihm einen anderen Zeitvertreib gehabt hatte.

»Robert, das ist Andreas, mein Werbefachmann.«

»Freut mich, dich kennenzulernen«, sagte Andreas, der noch immer tief in ihr war, was sie trotz der verwirrenden Situation total anmachte.

Robert trat näher. »Ich wollte eigentlich nicht stören«, begann er und musterte Bettina und Andreas mit zusammengekniffenen Augen. »Hättet ihr was dagegen, wenn ich mitmache?« Er schob das Becken aufreizend vor und zurück, und Bettina konnte sehen, dass er einen mächtigen Ständer hatte.

Die beiden schauten sich an, dann ergriff Andreas das

Wort: »Von mir aus kein Problem! Was meint die Hausherrin?«

Bettina war völlig von den Socken. Andreas schien es tatsächlich ernst zu meinen mit dem Dreier. Und Robert auch!

Das musste sie träumen! Jedenfalls war die Situation dem Traum, den sie vor mehr als einer Woche gehabt hatte, verdammt ähnlich – nur dass Martins Kollegen und Tobias nicht dabei waren.

Konnte es sein, dass sie vor Erregung völlig weggetreten war und phantasierte? Doch auch nachdem sie sich in den Handrücken gezwickt hatte, waren Andreas und Robert noch da. Letzterer fing gerade an, sich auszuziehen.

Als er seinen Hintern entblößte, huschte ein Grinsen über Andreas' Gesicht. »Ah, jetzt weiß ich auch, wer dir Modell gestanden hat«, raunte er ihr zu und zwickte sie in einen Nippel. »Ich glaube, ich muss darauf bestehen, dass du auch ein Modell von mir anfertigst.«

Sie unterdrückte ein Stöhnen. »Ich werde es mir überlegen«, entgegnete sie dann und spürte wenig später Robert hinter sich. Er massierte ihren Hintern und brachte ihre Pussy dazu, kräftig um Andreas Schwanz zusammenzuzucken.

»Ihr beide seht so was von heiß aus«, flüsterte Robert und begann, ihren Nacken zu liebkosen. Er fand die empfindlichste Stelle an ihrem Hals, die Andreas verborgen geblieben war. Bettina stöhnte auf und legte den Kopf in den Nacken. Während Robert nach ihren Brüsten griff und sie massierte, stieß Andreas sie weiter, und Bettina fragte sich, wie es wohl wäre, beide Männer in sich zu haben. Einer schnell, einer langsam …

Dieser Gedanke reizte sie so sehr, dass sie schlagartig zum Höhepunkt kam.

Andreas spürte es und zeigte ihr nun, dass er nicht nur langsam genießen, sondern auch schnell reagieren konnte. Nachdem er sich kurz mit Robert verständigt hatte, dass dieser Bettina gut festhielt, packte er sie bei den Hüften und stieß so kräftig und schnell er nur konnte. Davon wurde sie erneut mitgerissen, und wenig später stöhnte sie, dass es sicher bis hinaus auf die Straße zu hören war.

Hinter sich spürte sie Roberts stahlharten Mast. Als er ein paar Mal zwischen ihre Hinterbacken glitt, entzündete er ihre Phantasie von Neuem. Kurz darauf kamen sie und Andreas gleichzeitig. Ihr Körper zuckte zwischen den beiden Männern, die sich nun fest an sie drängten, als wollten sie ihr Halt geben. Erst nach einer Weile ebbte der Orgasmus ab.

»Ich glaube, wir sollten besser später weitermachen«, keuchte sie. »Es müssten gleich wieder Kunden kommen.«

Andreas blickte sich um, dann sagte er: »Du willst den armen Kerl doch wohl nicht mit dieser harten Latte wieder wegschicken!«

Nein, das wollte Bettina wirklich nicht, Roberts Anwesenheit, seine Hände und Lippen hatten ihr einen zusätzlichen Kick gegeben, und dafür sollte er auch belohnt werden.

Sie kniete sich also vor ihn hin, rieb seinen Schwanz mit etwas Butter ein, die auf dem Küchentisch stand, und nahm ihn zwischen ihre Brüste.

Robert stöhnte auf. »Das wollte ich immer schon mal tun.«

»Dann tu es doch!«, forderte Bettina ihn auf. Robert ließ sich nicht lange bitten. Er fasste sie bei den Schultern und fing an, seinen Schwanz durch die Enge zwischen ihren Brüsten zu schieben.

Andreas hockte sich inzwischen hinter sie und gab ihr

ein wenig Halt, damit die Stöße sie nicht umwarfen. Ohne jede Vorankündigung drang Andreas von hinten in sie ein. Bettina quittierte es mit einem anhaltenden Stöhnen, und Robert bekam ebenfalls zu spüren, wie sie von den Stößen durchgeschüttelt wurde.

Roberts Schwanz rieb die Haut zwischen ihren Brüsten rot, doch das störte sie nicht. Andreas besorgte es ihr in dieser Stellung grandios, und wenig später klatschte ihr Roberts Sperma ans Kinn und in die Haare. Zwei zähflüssige Rinnsale flossen über ihre Brüste, die Robert jetzt ergriff, um seinen Saft darauf zu verreiben.

Das gab Bettina den letzten Kick, und sie kam mit einer Wucht, dass auch Andreas sich nicht mehr zurückhalten konnte.

»Bettina!«

Der Ruf durchschnitt ihren Rausch, wie ein Messer durch weiche Butter fährt. Bettina blickte zur Seite. Sie hatte nicht gehört, wie jemand den Laden betreten hatte, doch die Tatsache, dass eine Stimme ihren Namen rief, die sie hier ganz sicher nicht vermutet hatte, erschreckte sie ein wenig. Sie blickte an den weißen Hosen hinauf, bemerkte den Anflug einer Erektion unter dem Hosenstall, blickte auf perfekt durchtrainierte Bauch- und Brustmuskeln und starrte anschließend in ein ungläubig dreinschauendes Gesicht.

Es war Martin, und er war jetzt in der gleichen Situation wie Tobias vor ein paar Wochen. Nur dass sie es hier nicht mit einem Kerl, sondern gleich mit zweien trieb.

Auf einmal hatte sie das Gefühl, zu fallen. Nicht, weil das schlechte Gewissen sie überkam, vielmehr fühlte sie sich seltsam frei. Und es kam ihr eine Erkenntnis. Irgendwie schien dieser Laden so etwas wie ihr Problemlöser in Sachen Liebe zu sein – die Männer, die gut für sie waren, lockte er an, und diejenigen, die sie besser aus ihrem Leben verbannen sollte, schreckte er mit pikanten Beobachtungen ab. Sie wusste genau, zu welcher Kategorie ihr Ehemann zählte, und sie freute sich, dass sich der Laden in dieser Hinsicht erneut bewährte.

Bettina wusste genau, welche Konsequenz Martin aus dem ziehen würde, was er da sah. Oder würde er etwa versuchen, um sie zu kämpfen?

»Was machen Sie da mit meiner Frau?«, rief er, und sein Gesicht schwoll auf einmal zornesrot an.

»Das, was Sie schon lange nicht mehr mit ihr getan haben«, antwortete Andreas schlagfertig.

Bettina spürte, wie sein Schwanz aus ihr herausglitt, dabei ihre Klit streifte und ein wenig nachfederte. Offenbar war er bereit, sich Martin entgegenzuwerfen. Auch Robert wandte sich ihm zu. Martins Augen wanderten fast schon entsetzt zu seinem noch immer halbsteifen Schwanz, der wie eine Lanze auf ihn zeigte, bereit, jeden Augenblick zuzustechen.

»Ich lasse mich scheiden!«, brüllte er wutentbrannt.

Bettina hatte dafür nur ein Lächeln übrig. »Tu dir keinen Zwang an. Ach ja, und richte Suse schöne Grüße von mir aus, ich bin mir sicher, dass ihr die Sachen, die sie bei mir gekauft hat, geschmeckt haben.«

Martins Kopf schien angesichts dieser Worte explodieren zu wollen. Sein Mund klappte auf und zu, doch er brachte keinen einzigen Ton mehr heraus. Offenbar hätte er nicht geglaubt, dass sie Bescheid wusste. Doch Bettinas kühler Blick ließ keinen Zweifel daran.

Eigentlich blieb ihrem Mann jetzt nur noch eines, was er tun konnte und was das Richtige war. Und er tat es. Mit einem wütenden Schnaufen wirbelte er herum und stürmte aus der Tür. Das Gebimmel des Türgeläuts klang in Bettinas Ohren wie die Freiheitsglocke.

»Tja, das war es dann wohl«, sagte sie, als sie hörte, wie Martins Sportwagen davonrauschte. Zufrieden sah sie die beiden Männer abwechselnd an.

»Könntet ihr euch mit dem Gedanken anfreunden, demnächst nicht mehr die Lover einer verheirateten Frau zu sein?«

Robert blickte daraufhin ein wenig erschrocken drein, Andreas grinste, denn er hatte die Bemerkung verstanden.

»Was mich angeht, schon«, sagte er, und damit Robert es auch mitbekam, fügte er hinzu: »Was meinst du denn, ab wann du wieder unverheiratet bist?«

»Ich denke mal, es wird nicht lange dauern. Martin will es, ich will es. Aber ich bin mir sicher, dass ich mit euch beiden besser wegkomme als er mit seiner Suse.« Damit küsste sie zuerst Andreas und dann Robert und sammelte anschließend ihr Kleid vom Boden auf. Ein wenig Mehlstaub haftete daran, aber das machte nichts. Immerhin war sie Konditorin und nicht mehr eine im Haushalt geparkte Ehefrau!

»Wenn ihr wollt, können wir das hier gern bei Gelegenheit wiederholen«, sagte sie, als sie sich wieder angezogen hatte.

Auch die beiden Männer hatten ihre Sachen mittlerweile wieder am Leib. Andreas hatte ebenfalls etwas Mehl abbekommen, doch das konnte er sich abklopfen, bis er wieder in seiner Firma war.

Die Männer blickten sich an, und bevor sie etwas sagen konnten, sah Bettina schon die Bereitschaft in ihren Augen aufflammen. Konnte der Tag noch besser werden?

Epilog

Das Wort »Sandwich« ging Bettina unvermittelt durch den Kopf, und das hatte auch einen Grund. Unter ihr lag Andreas, den Schaft tief in ihrer Pussy, während Robert gerade von hinten ihren Anus bearbeitete. Er hatte ihr versichert, dass dies das beste Gleitgel für solche Zwecke sei, und sie glaubte ihm. Sie vertraute ihm auch, wenn er sagte, dass man bei Analsex sehr vorsichtig sein musste. Der Anus war weitaus enger als eine Scheide, und bei einem Schwanz wie dem von Robert konnte allerhand passieren, wenn der Partner nicht aufpasste. Seine Berührungen erregten sie so sehr, dass sich ihre Schamlippen ein paar Mal fest um Andreas' Schaft krampften.

»Verdammt«, stöhnte er leise, und es fiel ihm schwer, sich noch immer zu beherrschen.

Doch Robert ließ ihn jetzt nicht länger warten. Vorsichtig bahnte er sich seinen Weg, und obwohl Bettina Schmerz verspürte, war es doch ein süßer Schmerz, der ihrer Lust keinen Abbruch tat. Wenig später begannen die beiden Männer, sich in ihr zu bewegen. Andreas ruckte ihr von unten entgegen, und Robert glitt vorsichtig auf ihr vor und zurück.

Das Gefühl, von zwei Schwänzen gleichzeitig gestoßen zu werden, war unglaublich. Bettina hörte sich stöhnen und keuchen, spürte die Lippen beider Männer auf ihrem Körper und fühlte das Pulsieren ihrer Schwänze. Sicher hatten nur wenige Frauen das Vergnügen, so etwas zu erleben, und Bettina war überglücklich, dass sie eine von ihnen war.

Während sie gemeinsam dem Gipfel der Lust entgegenstürmten, kam ihr plötzlich eine Idee. Sie schlich sich nicht langsam an wie ein Orgasmus, sondern überfiel sie regelrecht. Während Andreas und Robert im Rhythmus stießen und stöhnten, war ihr Kopf mit einem Mal klar, und sie erlebte etwas, was sie bisher noch nie erlebt hatte. Ein Rezept spulte sich vor ihrem geistigen Auge ab. Das Rezept, das sie schon seit einigen Tagen gesucht hatte. Der Höhepunkt ihres Angebotes!

Jede einzelne Zutat war nun sonnenklar, jeder Schritt der Zubereitung – und als der Orgasmus sie schließlich mit voller Wucht überfiel, stöhnte sie laut: »Creme d'amour.«

Damit konnten die beiden Männer im Moment sicher nicht viel anfangen, aber sie würde es ihnen später erklären. In ihrem Rausch bekamen sie es ohnehin nicht mit.

Seit die Scheidung eingereicht war, wohnte Bettina über der Konditorei. Sie hatte sich nur noch einmal in der Villa blicken lassen, mit einem Lieferwagen, den Andreas ihr besorgt hatte. Viele Möbel hatte sie nicht mitgenommen, nur ein paar Dinge, die sie entweder mitgebracht hatte oder an denen ihr Herz hing. Martin hatte nicht dagegen protestiert, denn er war in der Praxis gewesen. Nicht, dass sie feige gewesen wäre, es hatte lediglich gut gepasst. Konfrontationen mit ihm standen ihr noch zur Genüge bevor, aber davor fürchtete sie sich nicht. Sie würde über ihren Anwalt eine Abfindung einfordern, und selbst wenn diese kleiner ausfiel als erwartet, brauchte sie um ihr Überleben nicht zu fürchten.

Das Interesse der Kunden war nach wie vor so groß, dass Bettina auch stundenweise am Sonntag öffnete. Ihr Liebesleben kam dennoch nicht zu kurz. Andreas, der ebenfalls über eine Scheidung von Nicole nachdachte, war ständiger

Gast bei ihr, und auch Robert ließ sich zwischendurch immer mal wieder blicken. Es war ein großer Glücksfall, dass die beiden Männer, der langsame und der wilde, sich so gut verstanden. Als würde Fortuna sie für all die Jahre mit Martin entschädigen wollen, lief auch ihre Firma bestens. Der Cateringservice erwies sich als ein ebenso großer Renner wie der Laden, so dass Bettina tatsächlich bald gezwungen sein würde, jemanden einzustellen. Aber noch nicht jetzt.

Ihre Gedanken ans Geschäft und an die Creme d'amour wurden hinweggeweht, als sie spürte, wie es beiden Männern kam. Es war ein wechselseitiges Zucken und Pulsen, das Bettina ebenfalls zum Höhepunkt katapultierte. Gleich am nächsten Tag würde sie ihre Idee in die Tat umsetzen …

Creme d'amour

(für Pancakes und als Dessert)
200 g Frischkäse; 200 g Schlagsahne; 100 g Erdbeeren;
1 Vanilleschote; 200 ml Milch; 100 g Zucker

Vanilleschote auskratzen und Mark in der Milch aufkochen lassen, dann abkühlen. Schlagsahne mit Zucker steifschlagen. Erdbeeren kleinschneiden, dann die Vanillemilch mit dem Frischkäse mischen.
Sahne, Fischkäsemasse und Erdbeeren vorsichtig zusammenrühren, anschließend kühl stellen und genießen.

Seine Haut war heiß, und er hatte einen Hauch von Schweiß wie Tau auf der Stirn. Karen legte die Hände auf seine Lenden …

Mariah Greene

Karens Männer

Ein erotischer Roman

Während Männer bekanntermaßen nie mehr als eine Aufgabe mit voller Konzentration erledigen können, verfolgt Werbefrau Karen gleich zwei ehrgeizige Ziele: Sie will das Luxuskaufhaus Hamiltons um eine besondere Abteilung bereichern, in der nur Frauen Zutritt haben – und sie will ihren Spaß haben, nicht nur im eigenen Bett. Bei beiden Vorhaben sind Karen diverse Männer behilflich …

Sexy, frech und ganz schön schamlos!

Knaur Taschenbuch Verlag